KB038123

그대 안에 묻다

서희수 장편소설

그대 안에 묻다 1

초판 1쇄 인쇄 2016년 9월 20일
초판 1쇄 발행 2016년 9월 27일

지은이 서희수
발행인 오영배
기획 박성인
책임편집 김보나
표지 · 본문 디자인 권지연
제작 조하늬

펴낸 곳 (주)삼양출판사 · 로즈벨벳
주소 서울시 강북구 도봉로 173
대표 전화 02-980-2112 **팩스** / 02-983-0660
편집부 전화 02-980-2116 **팩스** / 02-983-8201
블로그 blog.naver.com/dan_gul
출판등록 1999년 3월 11일 제9-00046호

ISBN 979-11-313-0987-2 (04810) / 979-11-313-0986-5 (세트)

+ 지은이와 협의하에 인지는 생략합니다. 잘못된 책은 구입한 곳에서 바꾸어 드립니다.
+ 이 도서의 국립중앙도서관 출판시도서목록(CIP)은 서지정보유통지원시스템홈페이지(http://seoji.nl.go.kr)와 국가자료공동목록시스템(http://www.nl.go.kr/kolisnet)에서 이용하실 수 있습니다. (CIP제어번호: 2016022089)

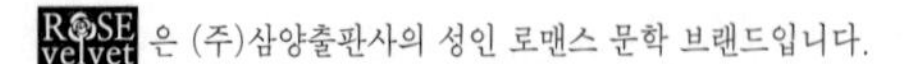

그대 안에 묻다 1

서희수 장편소설

ROMANCE STORY

그대
안에
묻다

차 례

프롤로그

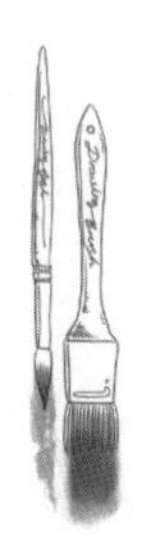

나현은 눈을 비비며 회사 준비실로 향했다. 점심을 먹은 후의 나른함을 견디기 힘들어, 커피라도 한잔 탈 요량이었다.

준비실에는 에스프레소 머신과 원두가 구비되어 있었다. 원두를 갈고 있을 때 달칵, 준비실의 문이 열리는 소리가 들려왔다. 돌아보지 않고도 들어온 인물이 누군지 알 수 있는 이유는, 문이 열리는 순간부터 느껴지는 향수 냄새 때문이었다.

존 바바토스.

이 회사에서 그만이 뿌리는 향수.

파블로프의 개처럼, 향을 맡는 순간 긴장했다. 야릇하고도 달콤한 긴장이었고, 그런 기분을 느끼는 자신을 경멸했다.

"선배."

어느새 뒤로 다가온 그가 바짝 붙어 서서 나현의 귓가에 속삭였다. 그의 숨결이 귓불을 간질였다.

"커피 마시게요?"

그의 손이 자연스럽게 나현의 날씬한 배 위에 놓였다. 밥을 먹은 후라, 나현은 뱃살이 느껴질까 싶어 배에 힘을 줬다. 그가 작게 웃었다.

"힘 안 줘도 돼요. 선배는 밥 먹은 다음에도 배 안 나오니까."

모르는 말씀. 아무리 말랐어도 밥을 먹으면 배가 나오는 것이 인지상정.

"노아 씨도…… 커피, 마시게요?"

간신히 목소리를 끄집어냈다. 형편없이 떨리는 목소리라서 창피했다.

"그럴까 했는데, 커피보다는……."

배 위에 있던 그의 손이 서서히 위로 올라오더니, 나현의 가슴을 움켜쥐었다. 나현은 아랫입술을 잘근 깨물었다.

"선배가 더 당기네요."

"여기…… 회사인데……."

"여긴 사람 잘 안 오잖아요." 라고 말하며, 그가 나현의 치마를 걷어 올렸다. 나현은 움찔하며 그를 향해 돌아섰다. 그는 장난기가 담긴 눈으로 나현을 내려다보고 있었다.

그래, 장난이겠지. 설마 이런 곳에서 하겠어?

그렇게 생각하며 애써 미소를 지으려 하는데, 그가 입술을 부덮쳐 왔다. 그는 나현의 도톰한 입술을 핥다가 빨아들이고, 혀를 밀어 넣었다. 그의 혀가 잇몸과 입천장을 핥다가 나현의 혀를 옭아매듯 애무했다.

숨이 막힐 정도로 급하고 뜨거운 키스를 하며, 그는 나현의 팬티 안으로 손을 집어넣었다. 그의 긴 손가락이 검은 수풀을 헤치고 들어가, 은밀한 곳에 감추어진 작은 진주를 찾아냈다.

"흣……!"

그의 손가락 끝이 클리토리스를 자극하자, 나현은 몸을 바르르 떨며 작은 신음을 내뱉었다. 하지만 신음은 그의 입 안으로 흘러들어 갔다. 나현은 두 손으로 그의 팔뚝을 꽉 잡았다.

입술을 떼어 낸 그가 나현의 귓불을 깨물고 목덜미를 핥았다. 그러는 동안에도 그의 손가락은 계속해서 나현의 다리 사이를 지분거리고 있었다. 자신의 몸이 젖어 들어가는 것이 똑똑히 느껴졌다.

"엄청 젖었네요, 선배."

그가 속삭였다.

"음란해요. 여기 회사라면서 이렇게 젖다니."

수치스러웠다. 나현은 아랫입술을 꽉 깨물고 신음을 흘리지 않기 위해 애썼다. 그는 눈을 가늘게 뜨고 나현의 표정을 감상했다.

"기대하고 있었던 거예요?"

"아, 아니에요."

나현의 다급한 대답에 그의 눈이 더 가늘어졌다.

"그거 알아요? 선배가 나한테 존댓말 쓰는 거, 처음에는 되게 웃겼는데……."

그의 손가락이 흠뻑 젖은 여린 살을 헤치다가, 은밀한 동굴 안으로 쑥 밀려들어 왔다. 나현은 그의 넓은 어깨에 자신의 입술을 짓눌렀다. 소리를 내지 않기 위해서였다.

"지금은……."

그가 나현의 속살을 자극하며 계속해서 말했다.

"듣기 좋아요."

그의 말에 대꾸할 정신이 없었다. 회사에서 음란한 행위를 한다는 죄책감과 누군가 올지도 모른다는 긴장감, 그리고 그의 긴 손가락이 전하는 은밀한 쾌감이 나현의 머릿속을 엉망으로 헤집어 놓았다.

그는 나현의 대답을 기대하지 않았다는 듯, 그녀의 귓불과 귓바퀴를 천천히 핥았다. 축축한 혀와 뜨거운 숨결, 그리고 몸 안을 헤집는 그의 손가락이 저릿하면서도 달콤한 쾌감을 만들어 냈다.

몸 안 깊이 들어온 그의 손가락은 느릿하다가도 빠르게 움직였고, 나현의 가장 예민한 부위만을 자극했다. 나현은 다리에서 힘이 빠지기 시작했지만, 어떻게든 버티기 위해 애썼다.

회사에서, 그의 손가락에 반응해 주저앉는 꼴을 보이고 싶지 않았다. 그건 너무 한심하니까.

그러나 지속적으로 반복되는 자극에 나현의 육체는 버티지 못하고 절정에 이르렀다. 아랫배 부근에서 수백 마리의 나비가 파드닥파드닥 날갯짓을 해, 온몸이 공중으로 붕 떠오르는 느낌이 들었다.

고개를 뒤로 젖히며 신음을 뱉으려는 나현의 머리 뒤를 감싼 그가 키스를 해 왔다. 그는 나현의 신음을 입으로 빨아들이며, 계속해서 나현의 은밀한 부위를 자극했다.

한 번 절정을 경험한 몸은 살짝만 스쳐도 떨릴 만큼 예민해졌다. 그런데도 계속해서 자극하는 그의 손가락 때문에, 나현은 울고 싶어졌다. 아니, 실제로 나현의 눈가에 눈물이 고였다.

절정 후의 자극은 거칠면서도 강해서, 이 몸이 제 몸 같지 않다는 생각마저 들었다. 다리가 바들바들 떨렸지만 다행히도 엉덩이가 싱크대에 걸쳐져 있어 넘어지진 않았다.

숨이 차올라 죽을 것 같다는 생각까지 들 때쯤, 그가 손가락을 빼내고 나현에게 자유를 주었다. 나현은 촉촉하게 젖은 눈으로 그를 올려다봤다.

"이런."

그가 옅은 미소를 지으며 나현의 눈가를 핥았다.

"울 만큼 좋았어요?"

"여기…… 회사예요."

"응, 선배는 회사에서 오르가즘을 느끼는 변태고요."

"아니에요. 나는 노아 씨가……."

"쉿. 누가 들어요."

그가 검지로 나현의 도톰한 입술을 살짝 눌렀다. 나현은 눈을 크게 뜨고 그를 노려봤다. 하지만 그는 조금도 무섭지 않다는 듯 나현의 눈가에 한 번 더 입을 맞췄다.

"들어가 있어요, 선배. 커피는 내가 타 갈게요."

1장

출근하자마자 진후가 나현을 불렀다. 진후는 자일 화장품 마케팅부 부장으로, 나현보다 2살 많았다. 32살이라는 나이에 부장이 될 만큼 능력이 있는데다가, 부하 직원들에게 함부로 하지 않아 인망도 두터웠다.

"나현 씨, 오늘 신입이 들어오는 거 아십니까?"

얼마 전, 입사한 지 4개월 된 사원이 제멋대로 회사를 그만두는 바람에, 급하게 사람을 뽑았다. 내로라 할 대기업은 아니지만 이름이 알려진 기업이라서 사람을 구하는 건 어렵지 않았다.

"네, 들었습니다."

"나현 씨가 신입 교육 좀 담당해 주시겠습니까? 다들 신입 교육을 할 시간이 없다더군요."

시간이 없다기보다는 귀찮기 때문일 것이다. 진후도 그걸 알지만 귀찮아 하는 사원들에게 시켜 봐야 문제만 생기기에, 일을 잘하는 나현에게 부탁하는 것이었다.

"제가 해도 괜찮을까요? 전 아직 사원인데."

"나현 씨의 업무 능력은 인정하고 있습니다. 게다가 신입 자리가 나현 씨 옆자리니까 가르치는 데도 편하겠지요."

깐깐한 진후에게 능력을 인정받았다는 사실이 나현을 기쁘게 했다. 실력을 인정해 준다는데 신입 교육쯤이야.

"네, 부장님. 열심히 해 보겠습니다."

"그래요. 나현 씨만 믿겠습니다. 신입에 대한 자료는 메일로 보내 두겠습니다. 이름이랑 얼굴 정도는 미리 알아 두는 게 좋겠지요."

"네, 부장님."

"그럼 수고하세요."

꾸벅 인사를 하고 부장실에서 나왔다.

오늘은 유독 일찍 눈을 뜨는 바람에 이른 시간에 출근을 해서, 사무실에는 아직 아무도 없었다.

'부장님은 대체 몇 시에 출근하는 거지?'

자리로 돌아가 컴퓨터를 켜며 생각했다.

'애인도 없나? 부장님 정도면 애인 정도는 있을 것 같은데…….'

진후는 누구보다도 일찍 출근을 하고, 늦게 퇴근을 했다. 그렇게 일을 하기에 회사에서 인정을 받은 것이리라.

'나도 분발해야지.' 라고 결심하며 메일을 열었다.

거래처에서 온 메일이 몇 통, 진후에게서 온 메일이 한 통. 거래처에서 온 메일들은 업무 시작하면 열어 보기로 하고, 진후에게서 온 것을 클릭했다. 첨부파일이 하나 있어서 다운을 받아 클릭했더니, 신입사원의 정보가 모니터 화면을 채웠다.

반명함 사진과 이름, 생년월일, 학력.

딱 필요한 정보만 보냈기에 읽을 것은 많지 않았다. 그러나 나현은 한참 동안 모니터에서 눈을 떼지 못했다.

반명함 사진 속의 얼굴을, 나현은 알고 있었다.

그 옆에 쓰인 이름 또한, 나현은 기억하고 있었다.

10년 전, 나현의 가슴을 처음으로 떨리게 만든 남자, 나현의 심장을 처음으로 자극한 이름.

정노아.

나현의 첫사랑이었다.

* * *

"안녕하세요, 정노아입니다. 잘 부탁드립니다."

꾸벅 인사를 하는 노아를, 다들 놀란 눈으로 바라봤다.

"와, 잘생겼다."

"키도 엄청 크네. 모델 비율인데?"

몇몇 여직원들이 속닥거렸다.

나현은 10년 전과 다를 바 없는 여자들의 반응에, 속으로 쓴 웃음을 삼켰다.

고등학교 때도 이랬다.

신입생 입학식을 하는 날. 단상에 나가 인사를 하는 신입생 대표보다, 학생들 사이에 섞여 지루한 듯 하품을 하는 노아가 더 관심을 받았다. 복도를 걷기만 해도, 체육 시간 운동장에서 준비 체조를 하기만 해도, 여학생들은 그를 보며 환호하고 속닥거렸다.

그는 항상 얘깃거리의 중심이었고, 학생들의 스타였다.

노아는 눈썹을 살짝 가리는 곱슬머리를 손으로 쓸어 넘기며 회사 직원들을 둘러봤다. 그와 눈이 마주쳤지만, 그는 나현을 알아보는 기색이 없었다.

당연했다. 나현은 눈에 띄지 않는, 평범한 모범생이었으니까.

그와 몇 번인가 대화를 해 본 적은 있지만, 그렇다고 해서 기억해 줄 거라고 생각하진 않았다. 그와 한 번이라도 말을 해 보기 위해 전전긍긍하는 여학생들로 넘쳐 났었고, 나현은 그런 여학생들 중의 한 명일뿐이었다.

기대를 한 적 없기에, 실망도 하지 않았다. 첫사랑을 다시 만났으니 우린 인연이라고 꿈꿀 만큼 어린 나이도 아니었다. 나현은 그에게서 시선을 떼고 신입 교육 자료를 정리하기 시작했다.

"정노아 씨 자리는 이쪽이고, 임나현 씨가 교육을 담당해 줄 겁니다. 그럼 나현 씨, 수고하세요."

노아를 소개시킨 진후가 자리를 알려 줬다. 그가 옆자리에 앉는 기척이 느껴졌다. 그를 돌아보며 인사를 건네야 하는데 쉽게 움직일 수가 없었다. 그의 얼굴을 똑바로 마주 보는 것이, 조금은 쑥스러웠다.

"안녕하세요, 선배."

그의 가벼운 인사에 순간, 과거로 돌아간 듯한 느낌이 들었다.

—재미있는 사람이네요, 선배.

그때도 그는 나현을 '선배'라고 불렀다.

혹시 기억하는 걸까?

"앞으로 잘 부탁드립니다."

이어지는 그의 말에 잠시나마 기대를 품었던 자신을 나무랐다. 기억을 할 리 없잖아. 친했던 것도 아닌데.

나현은 표정을 갈무리하고 고개를 돌렸다. 이쪽을 향해 웃고 있는 노아는, 그때와 달라진 것이 조금도 없었다. 곱실거리는 연갈색 머리카락과 뽀얀 피부, 길고 갸름한 눈과 붉고 얇은 입술. 어지간한 여자보다 예쁜 얼굴을 보며 나현은 살짝 고개를 숙였다.

"나도 잘 부탁해요."

여직원들이 이쪽에 주의를 기울이고 있는 것이 느껴졌다. 그들은 아마도 신입 교육을 귀찮아 했던 걸 후회하며, 나현을 질투하고 있을 것이다. 여직원들과 척을 져서 좋을 것이 없기에, 나현은 노아와 어느 정도 거리감을 유지해야겠다고 결심했다.

* * *

화장실에서 볼일을 보고 나와 손을 씻는데, 후배 사원인 슬이가 와서 옆에 섰다. 동그란 눈이 유독 귀여운 슬이는 연분홍색 원피스를 입고 있어서 평소보다 화사해 보였다.

"언니, 좋겠어요."

슬이가 옆에서 손을 닦으며 말했다.

"뭐가요?"

"신입 담당하시게 돼서요."

"아아, 그거요."

"으으. 신입이 이렇게 잘생긴 줄 알았으면 제가 교육한다고 할걸 그랬나 봐요."

슬이의 솔직한 표현에 속으로 감탄했다. 이 솔직함은 젊어서일까?

'아니, 난 어릴 때도 별로 솔직하진 못했어. 성격 탓이겠지.'

거리낌 없이 이성을 대할 수 있는 사람이 있는가 하면, 그렇지 못한 사람도 있다. 슬이가 전자라면 나현은 후자였고, 슬이 같은 성격을 늘 부러워해 왔다. 할 말 못 하고 사는 성격은 아니지만,

이성 문제가 되면 달라진다. 상대를 이성이라고 생각하고 나면, 그때부터 긴장을 하기 시작하는 것이다.

"오늘 저녁에 신입 환영회 할 거래요."

"아, 그래요? 중간에 들어온 거라 안 하겠다고들 했던 것 같은데."

"어휴. 그래도 당연히 해야죠. 언니들이 다들 야단이에요. 신입 환영회 열어서 노아 오빠 취한 꼴 보겠다고."

슬이는 누구나 언니, 아니면 오빠였다. 노아와 따로 대화하는 것도 보지 못했는데 제멋대로 오빠라는 호칭을 붙이는 슬이가 신기했다. 더 신기한 것은 그런 슬이를 아무도 나무라지 않는다는 점이었다. 그건 아마도 슬이가 가진 밝음 때문일 것이다. 미워할 수 없는 무언가가, 슬이에게는 있었다.

"언니, 노아 오빠 애인 있대요? 있겠죠? 그렇게 잘생겼는데."

"그런 건 안 물어봤어요."

"엑? 정말요?"

"응. 얼른 업무 가르쳐야 하니까."

"에이, 언니. 그러지 말고 좀 물어보세요. 부모님은 뭘 하시는지, 가족관계는 어떻게 되는지."

슬이의 애교스러운 말에 나현은 작게 웃었다.

"슬이 씨가 물어보는 게 더 빠를 것 같은데요?"

"그런가? 그래도오…… 전 아직 그 오빠한테 막 말을 걸 만한 상황이 아니니까요. 교육하고 있는데 사적으로 말 걸면 개념 없어 보이잖아요."

"하긴, 그건 그렇겠다. 그럼 이따가 점심시간 때 물어봐요. 내가 슬이 씨 옆자리에 앉혀 줄게요."

"우와! 역시 언니밖에 없어요."

슬이가 나현을 꼭 끌어안더니, "그럼 잘 부탁해요, 언니!"라고 말하고는 화장실을 나갔다. 손을 마저 닦고 물기를 말리고 화장실에서 나왔을 때, 노아도 남자 화장실에서 나오고 있었다. 생각지 못한 상황에서 마주친 터라, 저도 모르게 숨을 삼키고 말았다.

노아가 나현을 보고는 빙그레 웃었다.

"아까부터 엄청 마려웠거든요. 선배 화장실 가신 틈에 저도 얼른."

노아와 아무렇지도 않게 이런 대화를 할 수 있다는 게 신기했다. 세상도 참 오래 살고 볼 일이라고 생각하며 대답했다.

"고등학교도 아닌데, 화장실 급하면 급하다고 말하세요. 참으면 병나요."

"네, 그럴게요. 아, 저 지금 목마른데…… 여기 음료수 파는 곳은 없어요?"

"저쪽에 있는 준비실에 커피랑 녹차 같은 거 있고, 탄산음료는 저쪽 휴게실에 자판기 있어요."

"커피 마시고 싶은데 같이 가 주세요. 사무실에 혼자 들어가기 겁나요."

10년이라는 시간 동안 변한 게 있기는 있었다. 노아는 이렇게 싹싹한 성격이 아니었다.

"그래요, 그럼."

굳이 거절할 이유는 없었다. 나현도 교육 때문에 끊임없이 말하느라 입이 텁텁한 상태였다.

먼저 걸음을 옮겼는데 노아가 바짝 다가와서 섰다. 노아에게서는 좋은 향기가 났는데, 향수 냄새인지 스킨 냄새인지 알 수 없었다.

준비실은 평소에 불을 꺼 놓는다.

달칵—

스위치를 켜고 안으로 들어가 찬장에서 원두를 꺼냈다.

"여기에 원두가 있고요. 이걸로 갈아서 저기서 뽑아 마시면 돼요. 커피 향기 많이 안 따지면……."

거기까지 말하고 말을 멈춘 이유는, 바로 뒤에서 느껴지는 노아의 숨결 때문이었다. 나현이 조금만 움직여도 등이 닿을 정도로, 그는 가까이에 서 있었다.

"여기 미리 갈아 놓은 원두 쓰면 되고요."

간신히 말을 끝마쳤다.

"선배가 타 주시게요?"

그의 목소리가 머리 바로 위에서 들려왔다.

"네, 처음이니까요."

원두를 그라인더에 적당히 집어넣고 갈기 시작했다. 다락, 다락, 원두 갈리는 소리가 준비실 안을 가득 채웠다. 그러는 동안에도 그는 계속 나현의 바로 뒤에 서서 지켜보고 있었다. 손등에 그의 시선이 느껴져 자꾸만 숨이 막혔다.

'도망치고 싶어.'

이런 상황을 기대한 적은 없다. 노아는 별생각 없이 지켜보고 있을 뿐인데, 혼자 긴장하는 꼴이 우습다.

"원두 가는 것도 일이네요."

갑자기 들려온 그의 음성에 화들짝 놀랐다. 그 바람에 원두 그라인더가 테이블을 벗어났다. 떨어지는 그라인더를 향해, 나현과 노아가 동시에 손을 뻗었다. 바닥에 떨어지기 전 잡은 사람은 노아였고, 나현은 그 손을 잡고 말았다.

"으앗!"

나현은 저도 모르게 비명을 지르며 그의 손을 놓았다. 그리고 그 짧은 순간, 그의 손등에 있는 깊은 흉터를 발견했다.

"너무해요, 비명을 지르다니."

"손…… 다쳤네요."

노아와 나현이 동시에 말하고 서로의 얼굴을 쳐다봤다.

"네, 사고가 나서요."

"아, 미안해요."

이번에도 동시에.

계속 말이 겹치니 일단 입을 다물고 있자고 생각했다. 노아도 마찬가지 생각이었는지 이번에는 침묵이 흘렀다. 침묵 속에서 다시 그라인더로 원두를 갈았다. 곱게 간 원두를 에스프레소 머신에 옮기는 동안, 그의 시선이 계속 느껴졌다.

침묵 때문에 그의 시선이 유독 마음이 걸리는 것이리라. 어떻게든 침묵을 깨야 한다는 생각에, 나현은 그녀 자신도 생각지 못한 것을 묻고 말았다.

"그림, 이제 안 그려요?"

질문해 놓고 아차 싶었다. 과거를 기억하는 이야기는 꺼내지 않으려고 했는데.

"제가 그림 그렸다는 거, 어떻게 아세요? 입사지원서에는 안 썼는데."

아니나 다를까. 질문이 돌아왔다.

어떡하지? 이런 상황이 올까 봐 조심했던 건데.

역시나 그는 나현을 기억하지 못했다. 서운하다기보다는 어떤 식으로 변명을 해야 좋을지 알 수 없어서 당혹스러웠다. 인기 많은 신입사원에게 '넌 내 첫사랑이야.' 따위의 말을 할 만큼 넉살이 좋지 않다.

"고등학교…… 같은 학교 나와서……."

간신히 내뱉은 말은 자신이 생각하기에도 바보 같았다.

"아아, 그래요? 고등학교 때도 선배님이셨구나."

"네."

"신기하네요. 이렇게 회사에서 또 선후배 관계로 만나게 되다니."

"그러게요."

"아, 말씀 편하게 하세요."

"이게 편해요."

마침 커피가 다 내려졌다. 그에게 하나를 건네고 황급히 준비실에서 나왔다.

사무실에 들어가자 준비실에서의 일들이 모두 꿈처럼 느껴질 만큼 일상이 되돌아왔다. 그에게 교육을 하고 점심을 먹고 또 교육을 하고…… 늘 그렇듯 평범하게 하루가 흘러갔다.

신입환영회는 회사 근처의 고깃집에서 열렸다.

차돌박이가 맛있고, 단체손님을 위한 방이 따로 마련된 가게였다.

"노아 씨는 여기에 앉으면 되겠네요."

하루를 같이 보냈더니 그의 존재에 조금은 익숙해졌다. 슬이에게 약속한 대로, 노아를 그녀의 옆자리에 앉게 했다. 슬이가 고맙다는 듯 눈을 세게 깜빡거렸다.

처음에는 다들 점잔을 떨었지만 술이 들어가기 시작하자 거침이 없어졌다. 노아의 주위에 앉은 여직원들이 그에게 질문공세를 퍼붓기 시작했다. 아까 슬이가 나현에게 물어보라고 말했던 것들. 가족 관계, 학벌 등등…….

나현은 그쪽에 귀를 기울이지 않으려 했지만 신경이 쓰이는 것은 어쩔 수 없었다. 노아는 담담히 그들의 질문에 대답했고, 술도 잘 받아 마셨다.

"제일 중요한 거!"

슬이가 검지를 척 들며 애교스럽게 말했다.

"오빠, 여자 친구 있어요?"

"여자 친구는 없는데 쭉 사랑해 온 사람은 있어요."

노아의 말에 슬이가 눈을 동그랗게 떴다.

"짝사랑?"

"음…… 짝사랑……이라고 해야 하나?"

"뭐야, 진짜요? 오빠가 짝사랑하는 중이라고요?"

"아마도요."

"왜요? 그 여자가 오빠 싫대요?"

술기운 때문일까? 슬이가 과하게 질문을 퍼부었다. 하지만 노아는 싫은 기색 없이 대답했다.

"고백도 못 했어요."

"왜요?"

"무서워서 그런가? 떨려서 그런가?"

그들의 대화를 들으며, 나현은 10년 전 그의 곁에 항상 함께였던 여학생을 떠올렸다.

최여울. 노아가 말하는 짝사랑 대상은 아마도 그녀일 것이다.

'아직도 사랑하는구나. 하긴…… 그때도 그렇게 좋아했으니까.'

여울은 노아만큼이나 눈에 띄는 존재였다. 연예인이라고 해도 믿을 만큼 예쁜 얼굴과 고등학생답지 않은 성숙한 몸매를 가진 그녀를 보러, 다른 학교 남학생들이 찾아오기도 했다. 그녀를 따라다니는 팬클럽도 있다고 들었다.

소꿉친구인 노아와 여울은 늘 붙어 다녀서, 노아를 찾으려면 여울을, 여울을 찾으려면 노아를 찾으면 된다는 말이 있을 정도였다. 둘은 학교의 공식 커플이었지만, 사실 진짜로 사귀는 사이는 아니었다.

—사귀는 사이 아니에요. 소꿉친구예요, 걔는.

—고백 못 해요. 친구니까.

—우린 아마 평생 이런 관계일 거예요.

그런 말을 하며 쓰게 웃던 노아의 표정을, 나현은 똑똑히 기억했다. 사랑하면서도 우정을 깨고 싶지 않아 고백하지 못하는 노아가 안쓰러웠었다. 그 안쓰러움이 현재까지 이어질 줄은 몰랐다.

'그래도 정말 여태껏 고백 못 하고 있을 줄은 몰랐는데.'

그런 생각을 하며 앞에서 따라 주는 술을 홀짝홀짝 받아 마셨더니, 자리가 파할 때쯤에는 꽤 취했다. 2차를 가자는 제안을 거절하고 먼저 자리에서 일어났다. 택시를 탈까 하다가 관두고 조금 걷기로 했다.

7월 밤의 바람은 눅눅해서 개운하지 않았다.

"선배."

막 한 블록을 지났을 때, 노아의 목소리가 발목을 붙들었다. 그가 따라올 이유가 없으니 잘못 들은 거라고 생각하며 계속 걸었다.

"선배, 같이 가요."

이번에는 좀 더 가까운 거리에서 들렸다. 걸음을 멈추고 뒤로 돌아섰다. 그의 모습이 시야 안에 들어왔다.

"선배, 걸음이 되게 빠르시네요."

"2차 안 가요?"

"네. 계속 질문들만 해 대서 불편해요."

"다들 서운해하겠네요. 노아 씨 때문에 모인 자리인데."

"너무들 취해서 제가 있는지 없는지도 모를 거예요. 전철 타고 가세요?"

"걸어가려고요. 좀 취한 것 같아서."

"어디 사시는데요?"

"동교동이요."

"아아, 멀진 않네요."

"네."

전철역 하나를 그냥 지나쳤다. 전철역으로 들어갈 줄 알았던 노아는 계속해서 나현을 따라오고 있었다.

"선배는 저한테 궁금한 거 없어요?"

문득 그가 물었다.

"궁금한 거……."

궁금한 건 많았다.

그림은 이제 안 그려요? 손은 왜 그렇게 다쳤어요? 지금은 어디 살아요? 그 아이, 여울이와는 잘 지내고 있나요? 그리고…… 나와 나누었던 그 대화들, 정말로 기억 못 하나요?

질문할 것이 많아 오히려 하지 못하는 것을 오해한 모양이다.

"서운하네요. 그래도 고등학교 후배였는데 아무것도 궁금해하지 않으시다니."

"아니요, 저기…… 그림, 이제 안 그려요?"

사담은 나누지 않겠다고 결심했건만, 그가 서운하다는 말에 저도 모르게 묻고 말았다.

"그림은…… 그러게요. 이제 안 그려요."

그가 조금 굳은 표정으로 대답했다.

"왜요? 노아 씨 그림 잘 그리잖아요."

"그랬던가요?"

"응. 좋아했어요, 노아 씨 그림."

"그랬어요?"

역시 기억하지 못하는구나. 그때 했던 대화들, 내게는 소중했던 그 짧은 추억.

"네, 좋아했어요. 굉장히. 당연히 그림 쪽으로 직업을 가질 줄 알았는데."

"우리나라에서 그림으로 먹고살기는 힘들잖아요."

"취미로라도 그릴 수 있는 거니까요."

거기까지 말하고 다시 대화가 끊겼다. 둘은 말없이 어두운 거리를 걸어갔다. 번화가에서 벗어나 인적이 드문 길에 들어섰다. 이제 곧 다음 전철역이 나올 것이다. 그러면 둘만의 시간도 끝이겠지.

아쉬웠다. 그리고 아쉬워하는 자신에게 당황했다.

'뭘 아쉬워하고 있는 거야? 개인적으로 친해지지 말자고 그렇게 다짐했으면서. 이 남자는 그저 10년 전의 첫사랑, 고백조차 할 수 없었던 동경의 대상일 뿐인데.'

"사고가 있었어요."

다음 전철역이 보일 때쯤, 노아가 침묵을 깨뜨렸다.

"사고요?"

"네, 오토바이 사고. 이쪽 팔을 크게 다쳤어요."

노아가 오른손을 살짝 들며 말했다.

"큰 문제가 있는 건 아닌데 트라우마가 생겼나 봐요. 그림을 그릴 수가 없게 됐어요. 아니, 사실 다른 건 그릴 수가 있는데 사람을 그릴 수가 없더라고요."

"사람을요?"

그의 그림에는 늘 사람이 담겨 있었다.

그가 만들어 낸 아름다운 배경 안에서 살아 숨 쉬는 사람, 아니, 최여울.

10년 전, 나현의 시선을 잡아 끈 그의 그림도 해변에서 날아가는 모자를 향해 손을 뻗는 여성의 그림이었다. 그림 속의 여성이

'최여울'이라는 것을 알게 되기까지는 오랜 시간이 걸리지 않았다.

"배경은 그려지는데 사람이 안 담겨요. 사람의 형체를 알 수 없게 되었다고 할까? 기억할 수 없게 되었다고 할까? 그리려고 하는 순간 손이 멈춰요. 사람의 형체 같은 건 모른다는 듯이."

노아는 차분하게 자신의 문제를 설명했다. 그가 이런 사실을 털어놓는 이유를 알 수 없으면서도, 현재의 그에 대해 알 수 있게 되어 조금은 기뻤다. 만약 고등학교 선후배 관계였다는 걸 밝히지 않았더라면, 이런 대화를 나눌 수 없었겠지.

"사람을 빼고 그릴 수는 없는 거예요?"

"해 봤는데 만족스럽지가 않더라고요. 뭔가 빠진 듯한 느낌이 들어서……."

"하긴. 도자기 장인들을 보면 남들이 보기엔 완벽한 것도 마음에 안 든다면서 부수기도 하니까."

나현의 말에 그가 낮게 웃었다.

"전 뭐, 장인까지는 아니지만요."

이 정도의 관계라면 나쁘지 않겠다는 생각이 들었다. 그와 대화를 나누는 동안 고등학교 때로 돌아간 것 같았다. 그때처럼 두근거리지는 않지만, 풋풋했던 시기로 돌아간 것 같아 즐거웠다. 어쩌면 술기운 때문에 좀 더 편한 쪽으로 생각하는 건지도 모르겠다.

'그래, 굳이 밀어낼 필요는 없지. 적당히 대화를 하는 것 정도는 괜찮을 거야.'라고 생각하며 물었다.
"노아 씨는 이제 어디로 가요?"
"선배가 사는 동네에 제 아틀리에가 있어요. 이왕 여기까지 온 거, 거기로 갈까 하고요."
"우리 동네예요?"
"네. 동교동."
그러면서 그가 눈을 반달 모양으로 접고 웃었다. 고등학교 때와 똑같은 눈웃음이었다.
"그렇게 가까운 데 있는지 몰랐어요. 용케 한 번도 안 마주쳤네요."
"거기선 그다지 돌아다니진 않거든요. 차 타고 가서 주차장에 세워 두고 콕 틀어박혀 있으니까."
"그렇군요."
"아틀리에, 구경하실래요?"
"그래도 돼요?"
술기운이 아니었더라도 아틀리에를 구경하겠느냐는 제안은 거절하지 않았을 것이다. 그의 그림을, 그리고 그림을 그리는 그를 참으로 좋아했었다.
그의 아틀리에는 나현의 집에서 10분도 안 되는 거리에 있었다. 그리 넓지 않지만 그렇다고 너무 좁지도 않은 단독주택. 파란 문을 들어가면 작은 마당이 있고, 거기에 2층짜리 건물이 있었다. 땅값이 비싼 동네라 작은 오피스텔일 거라고 예상했기에,

마당에 들어서면서부터 놀랐다.

그림만 그리는 곳인지 생활의 흔적은 전혀 없었다. 새하얀 벽지를 바른 공간에 가득한 그림의 흔적. 이젤과 팔레트, 캔버스, 화틀, 붓…… 그러나 완성된 그림은 없었다. 물감 냄새도 나지 않았다. 오랫동안 비워 뒀던 것처럼.

신발을 벗고 들어가 천천히 그 안을 거닐었다.

오래전, 그림을 그리는 그를 발견했을 때를 떠올렸다. 바람에 흩날리는 연갈색 머리카락, 가늘게 뜬 눈과 긴 속눈썹, 진지하게 다문 입술.

그림을 그리는 그는 무척이나 아름다워서, 그 자체로 그림 같아 눈을 뗄 수가 없었다.

"그림, 다시 그릴 수 있게 되면 좋을 텐데." 라고 중얼거리며 돌아보는 순간, 심장이 철렁 내려앉았다. 과거에 취해 잠시 그의 존재를 잊고 있었다. 그는 벽에 기대어 묵묵히 나현을 응시했다. 오롯이 나현에게 고정되어 있는 그의 새까만 눈동자에 사로잡힌 듯한 기분을 느꼈다. 옴짝달싹할 수가 없어서 마른침을 꿀꺽 삼켰다.

그제야 깨달았다.

밀폐된 공간에 단둘뿐이라는 것을.

오전에 준비실에서 느꼈던 숨 막히는 긴장감이 나현을 짓눌렀다.

"그러게요."

그의 입술이 움직이는 순간, 마법에서 풀려난 것처럼 긴장감이 사라졌다. 그가 천천히 걸어와 이젤에 손을 얹었다.

"그림을 다시 그릴 수 있게 되면 좋을 텐데요."

씁쓸하게 중얼거리는 그가 안타까웠다. 누구보다도 아쉬운 것은 노아일 것이다. 그림을 그릴 때 무척이나 즐거워했던 그의 모습을, 나현은 똑똑히 기억하고 있었다.

흔히 말하는 일진이라는 아이들과 어울리는 것보다, 오토바이를 타고 돌아다니는 것보다, 그림을 그릴 때의 정노아가 가장 행복해 보였다.

"그림을 그리는 데, 뭔가 내가 도울 일이 있다면 말해 줘요. 난 그림에 대해서는 잘 모르지만 그래도…… 노아 씨 그림 또 보고 싶어요."

충동적으로 내뱉은 말이었다. 그러나 후회하진 않았다. 진심이었다. 그가 다시 그림을 그렸으면 좋겠다. 애정이 가득한 그의 그림을 더 보고 싶다.

그의 눈이 가늘어졌다.

"정말로 말해도 돼요?"

그가 물었다.

"응, 정말로요."

"뭐든 도와줄 거예요? 어려운 일이라도?"

"내가 할 수 있는 일이라면요."

"하나."

그가 나현을 향해 한 걸음 다가왔다.

"있기는 해요."

"뭔데요?"

그를 도울 수 있다는 생각에, 그가 가까이 다가오는 것을 의식하지 못했다.

"만지게 해 줘요."

"뭘요?"

"선배 몸."

그제야 그가 너무 가까이에 서 있다는 것을 깨달았다. 가슴이 닿을 만큼, 숨결이 느껴질 만큼 가까운 거리.

뒷걸음질을 치면 충분히 멀어질 수 있는데, 어째서인지 발이 떨어지지 않았다.

"이 손이."

그가 흉터가 있는 오른손을 들어 올렸다. 그의 손가락 끝이 나현의 뺨을 향해 다가왔다. 하지만 닿기 직전에 멈췄다.

"다시 사람을 알 수 있게."

"……."

"사람의 형체와 체온을 알 수 있게."

"……."

"만지게 해 줘요, 선배."

입 안이 바싹 말랐다. 나현은 눈을 크게 뜬 채로, 숨도 쉬지 못하고 그를 응시했다.

진심으로 하는 말일까?

노아가 하는 말의 의도를 알 수 없었다.

'진심이겠지. 노아 같은 남자가 고작 여자 몸 좀 만지자고 이런 요구를 해 오지는 않을 테니까.'

노아는 여자에게 인기가 많았다. 만지고 싶다고 말하면 그 이상의 것을 바칠 여자가 넘치도록 있었다. 굳이 나현에게 이런 요구를 하는 데는 다른 이유가 있을 것이다.

"왜 내 몸을……? 노아 씨는 만지게 해 줄 여자 많잖아요."

"내가 그림을 그리던 시절을 기억하고 알아 주는 건 선배뿐이니까요. 내 그림을 기억하는 사람의 몸이 필요해요."

"아…… 그렇군요……."

바보처럼 중얼거렸다. 노아는 웃음기 없는 얼굴로 나현을 향해 허리를 굽혔다. 그의 얼굴이 가까이 다가와 나현의 귓가에 머물렀다. 그의 숨결이 나현의 귓불을 스치고 지나갔지만, 나현은 도망칠 생각도 하지 못했다.

10년이 지났지만, 그는 여전히 마법 같은 남자였다.

"선배."

그의 낮은 음성이 청각을 자극했다.

"만지게 해 줄 거죠?"

홀린 듯 고개를 끄덕인 것 같다.

허락이 떨어지자마자 그는 허리를 펴고 나현에게서 한 발자국 떨어졌다. 그의 검은 눈동자가 나현을 응시했다. 그의 시선이 몸을 더듬는 것 같은 느낌에, 나현은 주먹을 꽉 쥐었다.

'그저 만지는 것뿐이니까…… 괜찮아. 마사지라든가, 뭐, 그런 것처럼 생각하면 될 거야.'

그래, 대단할 거 없는 일이다. 그저 피부와 피부가 닿는 일일 뿐이니까, 친구들끼리 그렇듯 가벼운 접촉을 하는 것뿐이니까.

하지만 그의 손가락이 뺨에 닿는 순간, 나현은 생각을 바꿀 수밖에 없었다.

아주 작은 부위에 그의 손가락 끝이 살짝 닿았을 뿐인데도 움찔거릴 정도로 저릿했다. 그 작은 부위에서 퍼진 감각이 전신으로 퍼져, 심장이 쿵, 쿵, 쿵, 거칠게 뛰기 시작했다. 심장은 빠르게 뛰는데 숨을 쉴 수가 없어서 금방이라도 쓰러질 듯 어지러웠다.

손끝이 닿은 것 정도로 쓰러지는 모습을 보이고 싶지 않아 간신히 버텼다.

한동안 멈춰 있던 그의 손가락이 천천히 움직이기 시작했다. 그의 손가락이 스치고 지나가는 곳이 화상을 입은 듯 뜨거웠다. 볼을 천천히 더듬던 그의 손가락이 나현의 입술에 닿았다.

흠칫.

나현의 몸이 떨렸다.

그의 손길을 견디기 버거웠다. 나현의 볼과 입술을 만지는 동안, 그의 눈동자는 가만히 나현을 응시했다. 그 검은 눈동자 안에 담긴 자신의 모습이 형편없어서, 나현은 도망치고 싶었다.

그는 엄지로 나현의 입술을 살며시 문지르다가 손바닥으로 나현의 목덜미를 쓰다듬었다. 그리고 어깨를, 팔을, 다시 목덜미를…….

'애무를 받는 것 같아…….' 라고 생각하다가 이를 악물었다.

애무라니. 바보 같은 생각을 하고 말았다.

하지만 한 번 그렇게 생각하고 나자, 야릇한 기분이 들기 시작했다. 그의 손길이 모조리 연인을 향한 것처럼 느껴져서 더욱더 숨을 쉬기 힘들어졌다. 그의 진지한 눈을 똑바로 볼 수 없어서 눈을 질끈 감았다.

그의 눈을 보지 않으면 나을 줄 알았는데 잘못 생각했다. 앞이 보이지 않으니 몸의 감각이 더 예민해졌다. 볼과 목, 어깨를 더듬는 그의 손길이 무섭도록 강하게 느껴졌다.

그리고…….

'어떡하지?'

몸이 젖어 들어가고 있었다.

'어떡해.'

고작 볼과 목에 손이 닿았을 뿐인데 젖다니.

그는 야한 생각 따위 하지 않고 있을 것이다. 그저 다시 그림을 그리고 싶을 뿐이리라. 그만큼 그는 진지한 눈빛을 하고 있었다.

그걸 도와주겠다고 했으면서 그의 손길에 느껴 버렸다. 창피하고 미안했다. 이 몸의 반응을 알게 되면 그는 실망할 것이다. 아니, 경멸할지도.

눈을 뜨기가 더 힘들어졌다. 노아의 눈을 똑바로 볼 수가 없었다.

"선배."

그의 음성이 들려왔다.

"눈 떠요."

그가 말했지만 나현은 고집스럽게 눈을 감고 있었다. 입술 근처에 따뜻한 공기가 느껴졌다. 숨결이었다.

"눈 감고 있으면 키스하고 싶어져요."

"……안 돼요."

눈을 감은 채로 말했다.

눈만 뜨면 되는 문제지만, 가까이에 있을 그의 얼굴을 보기 힘들었다. 이렇게 되어 버린 몸으로 그를 보는 것이 창피했다.

"응, 안 되는 거 알아요. 그런데 정말로 하고 싶어져요."

말이 끝나는 것과 동시에 입술에 뜨겁고 촉촉한 것이 닿았다. 그제야 나현은 눈을 번쩍 떴다.

그는 눈을 감고 있었다. 그의 눈동자를 볼 수 없어서 다행이라는 생각과 동시에, 지금 입을 맞추고 있는 중이라는 데에 생각이 미쳤다.

키스라니. 그 정노아와 키스라니.

상상해 본 적도, 꿈꾼 적도 없는 일이다. 그만큼 노아는 먼 곳에 있는 존재였다.

'안 돼.'

면 세상에 있는 사람은 멀리 있는 편이 낫다. 마음의 병을 치료한다는 목적으로 몸을 만지게 해 줄 수는 있지만 키스는 달랐다. 서로의 타액이 섞이는 긴밀한 행위. 그것은 아마도 착각을 불러일으킬 것이다. 노아와 한 발 더 가까워졌다는 착각.

그런 착각을 하고 싶지 않았다.

태양에 가까이 다가가려던 이카루스는 날개가 불타 떨어져 죽었다. 가까이 가서는 안 되는 존재에게 다가가면 그 끝에는 고통이 있을 뿐이다.

노아는, 나현에게 그러한 존재였다.

왜냐하면, 10년 전 그때에도…….

기억하고 싶지 않은 일이 떠오르려 했다. 나현은 정신을 차리고 노아의 가슴에 손을 얹었다. 있는 힘껏 그를 밀어내려 했다. 하지만 그는 나현이 원하는 대로 해 주지 않았다.

그의 팔이 나현의 가느다란 허리를 단단히 감았다. 몸이 더욱 밀착되어 얇은 옷을 통해 그의 체온이 전해졌다. 그의 단단한 가슴과 날씬한 배가 고스란히 느껴졌다.

닿아만 있던 입술이 벌어지며 그의 혀가 나현의 입술을 핥았다. 나현은 입을 꽉 다물고 벌리지 않으려고 했다. 그러자 그는 나현의 입술을 한참 핥다가 아랫입술을 살짝 깨물었다.

알싸한 통증에 나현은 저도 모르게 입을 벌리고 말았다. 그 잠깐의 순간, 그가 혀를 밀어 넣었다.

그의 혀는 나현의 잇몸과 입천장을 핥고 나현의 혀를 찾아 안

쪽을 더듬었다. 나현은 혀를 움직여 피하려 했지만 그가 먼저 찾아내어 빨아들였다.

"흣……."

저릿한 감각에 나현은 저도 모르게 작은 신음을 흘렸다. 허리를 감싼 그의 팔이 더 강하게 죄여 왔다.

그의 키스는 거친 듯했지만 아프진 않았다. 이런 식으로 오랫동안, 열정적으로 키스를 하는 것은 처음이었다. 입술이, 혀가, 입 안의 모든 것이 그의 것이 된 것만 같았다. 온몸의 감각이 입술로 모여, 그의 혀가 핥기만 해도 몸이 부르르 떨리는 지경에 이르렀다.

다리에 힘이 풀려 갈 때쯤에, 그가 입술을 떼었다.

'이제 끝났나?'

아직 괜찮다. 얼른 정신을 차리고 풀린 다리에 힘을 주고 돌아서면 된다.

그러나 끝인 줄 알았던 건 나현의 착각이었다.

그는 나현이 정신을 차릴 틈도 없이, 그녀의 목덜미에 입술을 가져갔다. 나현의 타액으로 젖은 그의 입술이 낙인을 찍듯 목덜미를 눌렀다.

"앗!"

생각지 못한 공격에 나현은 소리를 내며 그의 어깨를 꽉 붙잡았다. 그는 거기서 멈추지 않고 나현의 목덜미를 혀로 핥았다. 간지러우면서도 짜릿한 느낌이 전신으로 퍼졌다.

"안 돼……."

간신히 목소리를 냈다. 그러나 그는 안 들린다는 듯 계속해서 애무를 해 왔다. 그의 이가 목덜미의 여린 살을 살짝 깨물었다가 놓아주었다. 촉촉하고 따뜻한 혀가 목덜미에서 귀로 이어지는 부분을 핥고 빨아들였다. 희고 여린 피부에 낙인처럼 붉은 흔적이 남았다.

예상치 못한 애무에 몸이 달고 머릿속에 멍해졌다. 그의 손이 등을 쓰다듬다가 옷 안으로 들어오는 것조차 느끼지 못했다. 그는 나현의 부드러운 등을 쓰다듬다가 그녀의 날씬한 배를 더듬어 올라갔다. 그의 손이 나현의 가슴을 움켜쥐는 순간, 나현은 반사적으로 그를 밀어내려 했다. 하지만 그보다 먼저 그가 다시 키스를 했다.

뜨거운 키스와 애무에 뇌가 녹은 초콜릿처럼 흘러내렸다. 그의 손길과 향기만이 달콤쌉쌀한 초콜릿 속에 또렷하게 존재했다.

가빠진 숨은 그에게 삼켜졌다. 그는 나현을 전부 다 먹어 치우려는 듯 강하게 입 맞췄다. 그의 손가락이 브래지어 안으로 들어와 단단히 곤두선 젖꼭지를 꼬집었다.

"흣……!"

나현은 숨을 내뱉으며 몸을 바르르 떨었다. 입술을 뗀 그가 나현의 입술을 살짝 핥고 속삭였다.

"괜찮아요. 소리 내도 돼요."

"나는……."

"쉿."

그는 나현의 반항 따위 듣고 싶지 않다는 듯 다시 입을 맞췄고, 그의 손가락은 나현의 유두를 꼬집어 돌리다가 긁었다. 성감대를 자극하는 손길. 온몸에 저릿저릿 전기가 통한 것 같았다. 달콤한 저릿함이 전신을 에워싸며 다리에서 힘을 앗아 갔다.

바들바들 떨리는 나현을 벽으로 밀어붙인 그는, 거침없이 나현의 윗옷을 벗겼다. 브래지어는 위로 올라간 상태라 가슴이 브래지어 아래로 짓눌리듯 나와 있었다. 그냥 가슴을 드러낸 것보다 창피해서 한 팔로 가리려 했지만, 그가 그러지 못하게 붙잡았다.

"가만히 있어요, 선배. 좀 더 알 수 있게."

"뭐, 뭘요……?"

"뭐라니요."

그의 눈이 가늘어졌다.

"나한테 사람을 알려 준다면서요."

"아……."

그런 의도는 새까맣게 잊고 있었다. 그의 체취에, 체온에 정신없이 취해 있었다.

그는 검지 끝으로 나현의 유륜을 따라 빙글빙글 쓰다듬다가 유방의 선과 허리의 굴곡을 느릿하게 더듬었다. 허리는 분명 성감대가 아닐 텐데도, 나현은 달콤한 쾌감에 젖어 들었다.

허리선을 따라 내려간 그의 손가락이 바지에 살짝 걸렸다. 그 손가락은 바지허리 부분에서 머물다가 안으로 쑥 들어왔다.

나현의 반항을 예상한 그가 다시 키스를 했다. 그의 상체가 나현의 몸을 눌러 움직이지 못하게 만들었다. 나현의 엉덩이를 만지던 그는 그녀의 바지 단추를 풀고는, 팬티 안으로 손을 집어넣었다.

나현은 헐떡거림을 참기 위해 아랫입술을 꽉 깨물었다.

그의 손이 검은 덤불을 헤치고 작은 돌기를 찾아냈다. 나현의 몸에서 가장 예민하고 민감한, 그리하여 수줍게 감춰져 있던 부위를, 그는 손가락으로 쓰다듬었다.

"아핫……!"

새어 나오는 신음을 참을 수가 없었다. 바늘로 콕 찌르는 것 같으면서도 전신을 쓰다듬는 것 같고, 전기가 통하는 것 같으면서도 포근히 안긴 것 같은 감각. 계속해서 움직이는 그의 손가락이 나현에게서 이성을 앗아 갔다.

나현은 그의 목에 매달려 떨고 신음했다. 그리고 그가 나현의 귓불을 살짝 깨물었을 때, 나현의 안에 녹아 있던 초콜릿이 폭발하며 흰빛을 흩뿌렸다.

처음으로 느끼는 오르가즘이 나현의 머릿속을 새하얗게 비웠다. 바들바들 떨다가 주저앉으려는 나현의 허리를 끌어안은 노아는, 벌어진 그녀의 입술에 입을 맞췄다. 그리고 조심스레 그녀를 눕히고는, 흐트러진 머리카락을 쓰다듬었다.

"괜찮아요?"

젖은 눈으로 할딱거리는 나현에게, 그가 물었다. 나현은 아직 대답할 정신이 아니었다.

성경험은 있다. 하지만 이런 느낌은 처음이다. 온몸이 제 것이 아닌 듯 반응했다. 공중에 붕 뜬 것 같으면서도 지하 저 깊은 곳으로 뚝 떨어지는 것 같은 감각. 비명이 나올 것만 같았던 그 짜릿함이 여전히 나현의 몸에 남아 있었다.

그는 옅은 미소를 짓고는 나현의 미간과 눈썹에 가볍게 입을 맞췄다. 그리고 머리를 쓸어 넘겨 주며 말했다.

"선배가 이렇게 음란한 몸을 가졌는지 몰랐어요. 손가락만으로 가다니."

"노아 씨가…… 내……."

"내, 뭐요?"

"내……."

내 성감대만 자극하니까, 따위의 말은 할 수 없었다. 곤란해하는 나현의 모습에 그가 짓궂은 눈빛을 했다.

"성감대, 라는 단어를 말하는 게 그렇게 어려워요? 의외로 순진하네요, 선배. 몸은 엄청 야한데."

"난 안 야해요."

"야해요."

그가 허리를 굽혀 나현의 콧등에 입을 맞췄다.

왜 이런 행동을 하는 걸까? 이건 마치 연인에게 하는 듯 다정하지 않은가.

"엄청 야해요, 선배."

"이런 짓을 할 줄은 몰랐어요."

"왜요? 만지게 해 준다면서요."

"하지만…… 그런 식으로 만질 것까지는 없잖아요."

"그래서 내가 눈 뜨라고 했잖아요."

아, 그런 말을 했지.

오랜 과거의 일처럼 아득하게 느껴졌다.

"아무리 치료 목적이라도, 여자가 눈을 감고 있으면 키스하고 싶어져요. 키스하고 나면 더한 걸 하고 싶어지고."

"……."

"하지만 끝까지 하면 선배가 싫어할 테니까 여기까지만 할게요."

이미 끝까지 했다. 누구에게도 보여 주지 않았던 흐트러진 모습을, 노아에게 보이고 말았다.

"갈래요."

나현은 벌떡 일어나 옷매무새를 정돈했다.

"응, 데려다줄게요."

"혼자 갈 수 있어요."

"너무 늦었어요."

노아는 나현보다 더 고집스러웠다. 기어코 따라와 옆에 선 그를, 똑바로 볼 수가 없었다. 아니, 지금이 문제가 아니라 내일부터 어떻게 봐야 할지 모르겠다. 아직 신입 교육 중인데.

말없이 걸었고, 그 역시 아무 말도 하지 않았다. 아까는 몰랐는데 침묵이 무겁고 버거웠다.

밖에 나와 걷는데도 계속 그에게 애무를 받는 기분이었다. 그 입술의 온도, 그의 향기와 무게감, 손가락 끝의 움직임이 또렷하게 각인되었다. 그의 입술이 여전히 귓불과 목덜미를 지분거리는 듯했고, 그의 손가락이 가슴과 다리 사이에서 움직이는 것 같았다.

"화났어요?"

문득 그가 물었다.

"아니요."

이상하게도 그에게 화가 나진 않았다.

첫사랑이었기 때문일까? 아니면 이런 일이 있기를 바랐던 걸까? 나도 모르는 새에?

"그럼 내일도 저랑 얘기해 주실 거죠?"

"어차피 신입 교육 담당이라 해야 돼요."

나현의 말에 그가 낮게 웃었다.

"선배는 정말 재미있는 사람이에요. 이런 순간에도 존댓말을 꼬박꼬박 사용하다니."

"재미있는 사람이라는 말은 노아 씨한테만 듣네요."

"그래요? 왜지?"

"난 평범하고 재미없는 사람이니까."

"아니에요, 선배. 재미있어요."

"다 왔어요. 나 들어갈게요."

그에게 놀림을 받는 기분이 들었다. 나현은 그의 대답도 듣지 않고 도망치듯 오피스텔 안으로 들어갔다. 엘리베이터 버튼을 누르고 입구를 돌아봤을 때, 그는 여전히 그곳에 서서 나현을 응시하고 있었다.

어둠 속에 가만히 서 있는 그는, 금방이라도 사라질 듯 불안해 보여 괜히 가슴이 지끈거렸다.

* * *

한숨도 못 잤다.

창문으로 들어오는 새벽빛을 보며 작게 한숨을 내뱉었다.

어떡하지? 회사에 어떻게 가지? 노아 얼굴을 어떻게 보지? 어떤 식으로 행동해야 하지?

노아는 왜 그런 짓을 한 거지? 나는 왜 그걸 받아 준 거지? 그 말도 안 되는 요청을, 어째서 의심하지 못한 거지? 애초에 그의 아틀리에에는 왜 따라간 거지?

답 없는 의문부호만 떠돌아다녔다.

마음 같아서는 병가라도 내고 싶었지만, 어쩔 수 없이 몸을 일으키고 출근할 준비를 했다. 느지막이 들어가 시선을 끄는 것보다는, 남들보다 빨리 출근해서 자리를 지키고 있는 게 나을 것 같았다.

차가운 물에 샤워를 하고 나니 조금 정신이 들었다.

그러자 어제 노아도 나현처럼 회식자리에서 일찍 나왔다는 데에 생각이 미쳤다. 설마 그걸 눈치챈 사람은 없겠지? 괜한 의심을 받는 건 사양이다.

'아니, 괜한 의심이 아니지. 실제로 무슨 일이 있기는 있었으니까.'

나현은 작게 한숨을 내쉬었다.

노아는 기억 저편에 아지랑이처럼 남아 있던 첫사랑이었다. 첫사랑을 못 잊어 새로운 사랑을 못 하는, 그런 영화 속 여주인공 같은 상황이 아니었다. 어제 아침 모니터로 그의 사진을 보기 전까지는 '정노아'라는 이름 자체를 생각하지 않고 있었다.

물론 때때로 미술 전시회를 가면 그의 이름을 떠올리긴 했다. 언젠가 정노아의 그림도 전시회에서 볼 수 있을까, 같은 생각. 그뿐이었다.

이제 와서 사랑이 어쩌네, 추억이 어쩌네, 따위의 생각을 할 이유는 없다.

'해프닝……이라고 생각하면 되겠지.'

성인남녀가 술에 취해 얼떨결에 둘만의 공간에 들어가게 됐고, 어쩌다 보니 묘한 분위기가 됐을 뿐이라고 생각하는 게 좋겠다. 매일 얼굴을 봐야 한다는 게 껄끄럽기는 하지만 시간이 해결해 주리라.

'신입 교육 끝나고 나면 크게 부딪칠 일도 없을 거고. 옆자리인 게 좀 불편하긴 하지만 회사 업무 얘기만 나누고 거리를 두면 괜찮아질 거야.'

나현은 거울 앞에 서서 크게 심호흡을 했다. 평소에는 비비크림 정도만 바르고 다니는데, 오늘은 화장을 좀 해 볼까 하다가 관뒀다. 안 하던 짓을 하는 것은 좋지 않다. 평소처럼 하자, 평소처럼.

'노아 씨도 어제는 술을 많이 마셨었고, 그러다 보니 술기운에 그런 짓을 한 거겠지. 굳이 어제 일을 끄집어내려고 하지 않을 테니까 아무 일도 없었던 것처럼 행동하면 돼.'

머릿속으로 몇 번 시뮬레이션을 하고 나니 마음이 좀 가벼워졌다.

대단한 일은 아니다. 성인남녀에게 한 번쯤은 있을 수도 있는 일, 그뿐이다.

그리 생각하며 어제보다 일찍 집을 나선 나현은, 오피스텔 앞에 서 있는 훤칠한 남성을 발견하고는 걸음을 멈췄다.

망했다.

2장

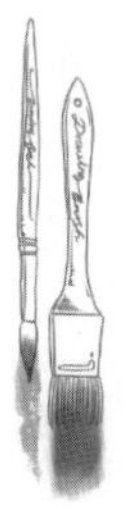

새벽빛에 감싸인 노아는 아름다웠다. 남들보다 옅은 색의 머리카락이 마치 금발처럼 빛났고, 오뚝한 코와 모양 좋은 턱 선이 유독 또렷한 굴곡을 자랑했다.

그와 마주치고 싶지 않아 뒷걸음질을 치려고 했지만 한발 늦었다.

위잉—

기척을 감지한 센서 때문에 자동문이 열렸다.

소리를 들은 노아가 천천히 고개를 돌렸다. 아니, 아마 평소와 같은 속도였겠지만 나현의 눈에는 그렇게 비쳤다. 영화의 한 장면처럼, 느릿하고도 감명 깊게.

몇 분 전까지만 해도 '평소처럼 아무렇지도 않게, 별일 아닌

듯이.'라고 되뇌었는데 소용없게 되었다. 그는 몇 백 번 되풀이한 주문이 무색해질 만큼 근사했다.

나현을 발견한 그의 얼굴에 옅은 미소가 번졌다. 그래서 나현은 10년 전과 똑같은 착각을 할 뻔했다. 그의 미소가 자신만을 향한 미소라고.

간신히 마음을 다잡고 아무렇지도 않은 척 문을 나섰다.

"노아 씨, 여긴 어쩐 일이에요?"

"어제 아틀리에에서 잤거든요. 어차피 같은 곳으로 출근하니까 같이 갈까 해서요."

"좋은 생각은 아닌 것 같은데요."

일부러 딱딱하게 말했지만 노아는 대꾸하지 않고 걷기 시작했다. 일부러 멈춰 있을 수도 없는 노릇이기에, 나현도 그를 따라 걸었다.

"일찍 출근하시네요. 원래 이 시간에 출근하세요?"

노아가 물었다.

"대중없어요. 하고 싶을 때 해요."

"버스 타세요?"

"걸어가려고요. 노아 씨는요?"

"같이 걸어가요."

"다시 한 번 말하지만 같이 출근하는 게 좋은 생각은 아닌 것 같아요."

"왜요?"

"어제 회식 자리에서도 둘 다 일찍 나왔는데 오늘 아침에도 같이 출근하면, 회사 사람들이 오해할 수도 있으니까요."

"전 상관없어요."

노아가 어깨를 으쓱하며 말했다. 이 대답 또한 10년 전과 똑같다. 다른 여자였다면 이런 상황에서 '어쩌면…….'이라는 기대를 할 수도 있지만, 나현은 그러지 않았다.

"난 상관있어요."

"회사에 마음에 둔 사람이라도 있어요?"

"그런 문제가 아니에요. 난 괜한 소문에 시달리는 거 싫어하거든요."

"아아, 그렇구나."

"그럼 우리, 여기서부터 따로 가죠."

버스정류장을 가리키며 말했다. 당신은 버스를 타고 가라는 의미였지만, 노아는 나현의 검지를 내려다보다가 싱긋 웃고는 그것을 살짝 붙잡았다. 깜짝 놀라 빼내려 했지만, 노아는 손을 놔주지 않았다.

"뭐하는 짓이죠?"

그를 노려보며 물었다. 노아는 대답 없이 한 걸음 다가왔고, 나현은 얼른 뒤로 한 발 물러섰다. 하지만 또 한 걸음, 또 한 걸음, 노아가 다가오는 바람에, 물러서던 나현의 등이 벽에 부딪쳤다. 더는 피할 곳이 없었다.

이른 시간이라 통행인이 많지는 않지만, 아주 없는 것도 아니었다. 하지만 그들은 노아와 나현에게 관심을 주지 않았다. 흔히 볼 수 있는 연인이라고 생각하는 것이리라.

"지금 뭐하는 짓이냐고 물었어요."

은근히 내려다보는 노아에게 다시 한 번 물었다.

심장이 조금씩 빨리 뛰기 시작한 이유는, 그의 검은 눈동자에 감춰져 있는 은밀한 열기 때문이었다. 그의 눈동자는 어젯밤처럼 미미한 욕망을 품고 있었다.

순식간에 이 거리가 그의 아틀리에로 변한 것 같았다. 그의 숨결이 이마에 닿았다.

"만지고 있어요."

그가 뻔뻔하게 대답했다.

"함부로 만지지 마요."

"선배가 허락했잖아요."

"내가 언제……?" 라고 묻다가 입을 다물었다. 어제 분명 만져도 된다고 했다. 하지만 그것은 어제의 일일 뿐이다.

"기억나죠? 술에 취해서 아무것도 기억하지 못한다고 하지 말아요."

그가 낮은 음성으로 속삭이며 몸을 밀착해 왔다.

화를 내면 물러서리라는 것을, 나현은 알고 있었다. 노아는 나현을 모르지만, 나현은 노아를 아주 잘 알았다. 노아는 정색을 하며 싫다고 하는 일을 억지로 하는 남자가 아니었다.

그런데도 화를 낼 수 없는 이유를, 나현은 알 수 없었다. 어째서일까. 왜 나는 여기서 두 손으로 그의 가슴팍을 있는 힘껏 밀어내지 않는 걸까? 왜 그의 체온과 숨결을, 그와의 사이에 존재하는 이 짧은 거리를, 썩 괜찮다고 생각하는 걸까?

"전요, 선배."

그가 허리를 굽혀 나현의 귓가에 입술을 가져왔다. 뜨거운 숨결이 귓바퀴를 타고 안으로 흘러 들어왔다. 오싹한 기분에 몸을 바르르 떨었다.

"선배 몸이 마음에 들어요. 그러니까 내가 마음껏 만지게 해줘요. 언제든, 어디서든. 내가 그림을 다시 그릴 수 있게 될 때까지."

* * *

안 돼, 라고 말하지 못했다. 물론 돼, 라는 말도 하지 않았다. 마침 도착하는 버스가 보여, 그의 가슴을 밀쳐 내고 도망치듯 버스를 타고 회사에 왔다.

사무실 창가에 서서 창밖에 시선을 두고 한숨을 내쉬었다.

왜 "안 돼."라고 말하지 못했을까?

원래 거절을 잘 못 하는 소심한 성격이기는 했다. 하지만 아까와 같은 상황에서도 안 된다는 말을 못 할 만큼 바보는 아니었다. 그럼에도 말하지 못한 것은 아마도…….

'나는 그 애 앞에서는 약해지는구나. 여전히.'

이래서야 10년 전과 달라진 것이 하나도 없다. 노아를 앞에 두면 가슴이 죄이고 머릿속이 멍해지고 '나'라는 존재를 잊게 된다.

'아니, 달라진 게 있긴 있구나.'

기대감. 설렘.

그것이 사라졌다.

10년 전, 바보처럼 순진하기만 했던 그때에는 기대를 했기에 설레기도 했다. 노아가 내뱉는 말 한 마디, 그의 시선, 그는 아무 생각 없이 하는 행동에 '혹시나'라는 생각을 했었다.

그게 얼마나 바보 같은 일이었는지는, 얼마 지나지 않아 알게 되었다.

그래서 이제는 그의 키스에 심장이 뛰더라도 기대는 하지 않는다. 그저 그의 의도가 궁금할 뿐이다.

달칵—

사무실 문이 열리는 소리에 긴장했다. 노아인 줄 알았다. 하지만 들어온 사람은 진후였다.

'이 시간에 출근하시는구나.' 라고 생각하며 고개를 숙였다.

"안녕하세요, 부장님."

"아, 나현 씨. 일찍 출근했군요."

사람이 있을 줄은 몰랐던 모양이다. 진후는 조금 놀란 표정이었고, 항상 무표정한 사람을 놀라게 해 줬다는 사실에 왠지 모를 뿌듯함을 느꼈다.

"네, 오늘 일찍 깨서요."

"그렇군요. 그럼……."

손목시계로 시간을 확인한 진후가 말했다.

"커피 한잔하러 갈까요?"

생각지도 못한 제안에, 이번에는 나현의 눈이 커졌다. 진후가 이런 제안을 해 올 거라고는 상상조차 해 본 적이 없다.

진후는 훤칠한 키에 잘생긴 얼굴을 가졌는데도 사내에서 여자 문제를 일으킨 적이 없었다. 아니, 몇 년 같이 일하면서도 사귀는 여자가 있다는 소리를 들어 본 적이 없다. 일부에선 게이가 아니냐는 말이 나올 정도였다.

그런데 단둘이 커피를 마시러 가자고 하다니.

'아니, 내가 너무 예민하게 받아들이는 거겠지. 상사가 사원한테 커피 한잔하자는 게 꼭 그런 의도는 아닐 텐데.'

나현은 잠시나마 바보 같은 상상을 한 자신을 나무라며 고개를 끄덕였다.

"네, 좋아요."

사무실에 혼자 있고 싶지 않았다. 이제 곧 노아도 출근할 텐데, 그와 단둘이 있는 상황은 피하고 싶었다.

"잠시만 기다려 주세요."

나현의 허락이 떨어지자, 진후는 부장실에 들어가 가방을 놔두고 돌아왔다. 그와 함께 회사를 나와 근처 커피숍으로 향하는 동안, 노아와 마주치게 될까 긴장하고 있었다. 다행히 그를 마주치는 일 없이 커피숍에 도착했다.

"뭐 마실래요?"

"전 아이스 라떼요."

나현은 아이스 라떼, 진후는 아이스 아메리카노를 주문했다. 진후가 계산을 해서 나현은 지갑에서 현금을 꺼냈다.

"커피 한 잔 정도는 살 수 있습니다." 라고 말하며, 진후는 나현이 내미는 돈을 부드럽게 거절했다.

커피숍 구석 자리에 마주 보고 앉아, 홀짝홀짝 커피를 마시며 진후의 눈치를 살폈다. 아까는 노아를 피할 생각만 하느라 다른 걸 따질 여유가 없었는데, 상사와 단둘이 커피를 마시는 상황은 그리 편안하지 않았다. 물론 노아와 단둘이 있는 것보다는 낫지만, 이쪽도 만만찮게 불편하다.

'무슨 얘기를 해야 하지?'

침묵이 버거워서 뭐든 얘기할 주제를 찾아 머리를 굴리는데, 진후가 먼저 입을 열었다.

"신입 교육은 할 만합니까?"

"아, 그거 말인데요."

마침 잘됐다.

"아무래도 다른 분께 맡기면 안 될까요? 전 아직 신입 가르칠 만한 실력도 없고……."

"실력은 충분하다고 보는데요. 전에도 말했지만 나현 씨의 업무능력은 인정하고 있습니다."

"정말요?"

"네, 정말요. 설마 신입 교육 맡기려고 입에 발린 소리를 한다고 생각했습니까?"

"네."

"솔직하군요."

"아, 죄송합니다."

너무 솔직했나 싶어서 얼른 사과했다. 테이블에 고정시켜 두었던 시선을 올려 그의 얼굴을 봤더니, 놀랍게도 진후의 얼굴에 옅은 미소가 떠올라 있었다.

잘 웃지 않는 사람이 짓는 미소는 감개무량하다. 그만큼 그의 미소가 근사해서, 두근두근 심장이 반응했다.

'우와, 부장님도 웃을 줄 아는구나.'

진후가 웃는 걸 본 적이 없다. 아니, 그래도 사람이니 몇 번은 웃었겠지만 그리 염두에 두질 않았었다. 그러나 이렇게 마주 보고 있는 상황에서 목격한 미소는 신선한 놀라움을 안겨 주었다.

"나현 씨는 아주 잘하고 있습니다. 입사 당시부터 눈여겨봤는데, 단 한 번도 실망시킨 적이 없습니다. 뭘 해도 효율적으로 구분해서 확실하게 마무리 짓고 불평하지도 않더군요."

이렇게 칭찬을 받을 줄은 몰랐다. 신입 교육을 떠넘겨서 미안한 마음에 하는 칭찬은 아니겠지? 그런 생각으로 가만히 그의 얼굴을 살펴봤다.

"미안한 마음에 하는 칭찬은 아닙니다. 진심이에요."

다시 그의 얼굴에 미소가 번졌다. 두 번째 보는 미소인데도 감격스러웠다.

"부장님께 칭찬을 받는 일이 생길 줄은 몰랐어요."

"나도 칭찬을 할 때는 합니다."

"칭찬 받았다는 얘기를 들어 본 적이 없는데."

"그렇다면 칭찬을 받을 만큼 잘하는 사람이 없었던 거겠지요."

담담히 흘러나오는 칭찬이 진심으로 다가왔다. 갑작스러운 칭찬이 당혹스러우면서도 기뻤다. 그래서 저도 모르게 웃고 있었던 모양이다.

"나현 씨는 웃는 얼굴이 참 예쁩니다."

이번엔 정말 깜짝 놀랐다.

나현은 숨까지 멈추고 진후를 응시했다. 나현의 놀란 표정에 진후도 당황한 모양이다.

"아, 이건 성희롱입니까?"

"아, 아뇨. 그게 아니라…… 그게……."

얼굴이 붉어졌다는 것이 자신에게까지 느껴질 정도면 어마어마하게 빨개졌다는 거겠지. 나현은 예쁘다는 칭찬 한 번에 얼굴이 새빨개지는 숙맥처럼 보이고 싶지 않았지만, 그렇다고 두 손으로 얼굴을 가릴 수도 없었다.

"부장님께 예쁘다는 말을 들을 줄은 몰라서요. 조금 당황했어요."

"조금 당황한 게 아닌 것 같은데요."

"사실 칭찬 받는 게 익숙하지가 않아서요."

"그건 의외군요. 나현 씨라면 늘 칭찬을 받았을 것 같은데."

"아니요, 정말 그렇지 않아요."

너무 단호하게 아니라고 말한 것 같다. 칭찬으로 화기애애했던 분위기가 일순 가라앉았다. 난 이래서 안 돼, 라고 생각하면서도 무어라 할 말을 찾을 수가 없었다. 칭찬에 익숙하지 않은 것은 사실이니까. 어릴 때부터 쭉 비난만 받으며 자랐으니까.

모처럼 칭찬을 해 준 진후에게 미안한 마음이 들어 고개를 숙이고 있는데, 진후가 말했다.

"그렇군요. 그렇다면 앞으로 많이 해드리겠습니다, 칭찬."

"아……."

바보처럼 그렇게밖에 대답할 수 없었다. 오늘의 진후는 확실히 평소와 다르다. 이렇게 다정하게 이야기하는 사람일 줄은 몰랐다.

연진후 부장이라고 하면 보통은 차갑고 무뚝뚝하고 일에 있어서 무서울 정도로 깐깐한 사람이라는 평가인데, 사석에서는 이렇듯 부드러운가 보다.

생각지 못한 순간에 진후의 새로운 면을 발견하게 되어 조금 들떴다. 아니, 어쩌면 설렌다는 표현이 맞을 것이다. 심장이 두근두근, 기분 좋게 뛰었다.

"그럼 그만 들어갈까요?"

나현이 커피를 다 마시고 나서 조금 지난 후 진후가 말했다. 출근 시간인 9시가 거의 다 되어 가고 있었다. 이 시간이면 사무실에 다들 와 있을 것이다.

둘이 함께 들어가서 이상하게들 생각하면 어쩌나 걱정했다. 하지만 함께 들어가는 두 사람에게 신경 쓰는 사람은 없었다. 복도에서 마주쳤을 거라고만 생각하는 것 같았다.

동료 직원들에게 아침 인사를 건네며 자리로 향하다가 옆자리에 앉아 있는 노아를 발견했다. 진후의 미소와 칭찬 때문에 노아에 대해 새까맣게 잊고 있었다.

나현의 자리에는 슬이가 앉아 있었고, 생글생글 웃으며 노아와 대화를 나누고 있었다. 슬이는 '나 너에게 관심이 있어.'라는 생각을 고스란히 내비치고 있었는데, 그게 밉지 않았다.

"글쎄요. 오늘 저녁은 어떨지 잘 모르겠는데요."

노아의 대답으로 봐선, 오늘 저녁에 시간이 있느냐고 물어본 것 같다. 나현은 슬이를 방해하고 싶지 않았지만, 이제 곧 업무시간이기 때문에 어쩔 수 없이 그들 옆으로 다가갔다.

"슬이 씨. 나 왔는데."

"언니, 오셨어요? 어디 갔다가 오셨어요? 가방만 놔두고."

"잠깐 밖에 좀."

"응, 그럼 노아 오빠. 이따 다시 얘기해요."

슬이가 싹싹하게 말하고 제 자리로 돌아갔다.

나현은 숨을 죽이고 의자에 앉았다. 숨을 멈춘다고 노아에게 자신의 존재를 들키지 않는 것도 아닌데, 어떻게든 눈에 띄지 않으려는 자신이 바보처럼 느껴졌다.

'어쩔 수 없잖아. 어제 그런 짓을 한데다가, 오늘 아침에 그런 소리까지 들었는데, 멀쩡하게 얼굴을 볼 수 있는 게 더 이상한 거지.'

나현은 노아 쪽을 보지 않으려고 애쓰며 컴퓨터 전원 버튼을 눌렀다. 돌아보지 않아도 노아의 시선이 느껴졌다. 그는 집요할 정도로 나현을 응시하고 있었다.

마음 같아서는 왜 그렇게 쳐다보냐고 물어보고 싶지만, 이곳은 회사. 노아가 무슨 말을 할지 모르는 상황에서 그를 건드릴 수는 없었다.

위잉위잉 소리를 내던 컴퓨터가 켜지고 모니터에 화면이 나타났다. 나현은 이번 주까지 처리해야 할 업무 파일을 켜 놓고 가만히 그것을 응시했다. 여전히 그의 시선이 느껴진다. 언제까지 쳐다보려는 걸까?

사무실에는 10명도 넘는 사람들이 함께 있었다. 키보드 두드리는 소리, 전화를 거는 소리, 부스럭거리는 소리. 거슬리지 않는 소음이 분명히 존재했다.

그러나 나현은 이 사무실 안에 노아와 단둘이 있는 것 같은 기분이 들었다. 느껴지는 것은 그의 체온뿐, 들려오는 것은 그의 숨소리뿐. 그 이외에는 어느 것도 존재하지 않았다.

눈을 깜빡이는 것조차 잊고 열심히 모니터를 응시하는데,

"선배."
그가 나현을 불렀다.
소스라치게 놀랐다. 얼마나 놀랐냐 하면 엉덩이가 의자에서 조금 떨어졌을 만큼.
"뭘 그렇게 놀라요?"
그가 작게 웃었다. 민망했다.
"아니, 갑자기 불러서요."
"되게 집중하고 있었나 봐요. 눈도 안 깜빡거리고."
"……왜 불렀어요?"
"오늘 기획 관련 업무 알려 주시기로 했는데 말씀이 없으셔서요."
"아, 맞다."
아직은 신입 교육 중이다. 노아는 경력이 아닌 신입으로 입사를 했기 때문에, 기본적인 것부터 하나하나 가르쳐야 해서, 아직 교육할 것이 많이 남아 있었다.
'여긴 회사야, 임나현. 정신 차려.'
공사를 제대로 구분하지 못하는 자신을 꾸짖으며, 신입 교육 자료를 클릭했다. 그러자 노아가 그걸 제대로 보기 위해 의자를 나현 쪽으로 바짝 끌어왔다. 그의 숨결이 더 가까운 곳에서 느껴졌다. 내쉬는 숨이 볼에 살짝살짝 닿았다.
나현은 그를 밀어내고 싶었지만, '과민반응'이라는 말이 돌아올 것 같아서 꾹 참았다.

'너무 가까이 붙어 있는 거 아냐? 다들 이상하게 생각하면 어쩌지?'

"다들 이상하게 생각하면 어쩌지, 라는 생각을 하고 있죠?"

나현의 생각을 읽기라도 한 것처럼, 노아가 작은 목소리로 물었다.

"아니요. 자료에 집중해 주세요."

"선배, 아까 슬이 씨가 물어보더라고요. 어제 혹시 선배랑 둘이 어디 간 거냐고."

가장 두려워하던 일이 일어나고 말았다. 나현은 그제야 노아 쪽으로 고개를 돌렸다. 노아가 생각보다 더 가까운 곳에 있어서 코끝이 스칠 뻔했다. 내쉬는 숨이 섞일 만큼 가까운데도, 노아는 물러나지 않았다.

그래서 나현이 머리를 조금 뒤로 빼며 물었다.

"그래서 뭐라고 대답했어요?"

그의 눈동자에 짓궂은 빛이 떠올랐다. 심장이 덜컥 내려앉았다.

"뭐라고 대답했을 것 같아요?"

"여기 회사예요, 장난치지 말아요."

"회사에선 장난치면 안 돼요?"

이런 성격이었던가?

나현의 기억 속에 있는 노아와는 조금 달랐다. 10년 전의 그는 조금 차갑고 말이 없었다.

그의 질문 아닌 질문에 대답하는 아랫입술을 잘근 깨물었다. 그걸 본 그가 묘한 표정을 짓더니 곧 싱긋 웃었다.

"어제 선배도 먼저 일어난 줄은 몰랐다고 대답했어요. 걱정하지 않아도 돼요. 나랑 선배를 연결시켜서 생각하지는 않을 테니까."

그의 음성은 부드러웠지만, 나현은 어쩐지 힐난 받는 기분이 들었다.

너는 그래서 안 돼. 왜 그렇게 남의 눈을 의식해? 넌 정말 답답하고 숨 막히는 인간이야.

언젠가 들었던 비난들이 모습만 바꿔 쏟아지는 기분이 들었다. 가슴이 따끔거린다.

"알겠어요. 걱정 안 할 테니까 조금만 떨어져서 앉아 줄래요?"

나현의 말에 노아가 의자를 조금 뒤로 움직였다.

나현에게는 충분히 먼 거리가 아닌데, 그에게는 이 정도면 됐다 싶은 모양이다. 더는 떨어질 생각이 없는 것 같기에 그냥 교육을 시작했다.

업무 내용을 천천히 설명하는 동안 그는 나현의 얼굴을 빤히 응시하며 가만히 듣고 있었다. 그의 시선이 거슬렸지만 그것까지 뭐라고 할 수는 없었다.

신경 쓰지 않으려고 노력해도 긴장한 탓에 몇 번이나 말을 더듬었다. 바보처럼 보일 것 같아서 걱정이었다.

'나는 고등학교 때랑 변한 게 없구나.' 라는 생각에 자괴감이 들었다. 불쌍할 정도로 남의 눈치를 심하게 봤던 시기가 있었다. 그 시기로 돌아간 듯한 기분이 들었다.

* * *

퇴근 시간인 6시가 길게도, 짧게도 느껴지는 이상한 날이었다. 6시가 되자마자 노아에게 말했다.

"그만 퇴근하세요."

"벌써요?"

노아가 모니터로 시간을 확인했다.

"네, 보통 신입은 정시 퇴근이에요."

"좋네요. 당연히 야근을 해야 할 줄 알았는데."

"일이 바쁘지 않을 때는 시간 맞춰서 퇴근해도 괜찮아요."

"선배는 퇴근 안 하세요?"

"난 아직 일이 남아서요."

마침 근처에 있던 이윤정 대리와 다른 팀원들이 "신입 퇴근 안 하나?", "슬슬 집에 가야지.", "일찍 보내야 앞으로 열심히 일하지." 따위의 말을 던졌다.

"그럼 먼저 가 보겠습니다."

노아가 일어서자마자 슬이도 따라 일어났다.

"아, 저도 일이 있어서 먼저 퇴근할게요. 내일 봬요."

노아와 슬이가 나란히 나가는 걸 보며, 뒷자리의 이윤정 대리가 중얼거렸다.

"슬이, 아주 힘이 빡빡 들어갔네."

"신입한테 관심 있대?"

"응, 어제 집에 가는데 계속 신입 얘기만 하더라. 너무 자기 취향이래."

"젊음이 부럽네. 저렇게 솔직하고. 우리 나이엔 쉽지 않잖아."

"그러게. 신입이 뭐, 잘생기긴 했지. 요새 애들이 딱 좋아할 만한 얼굴이잖아."

"애들만 좋아하나. 어른들도 좋아하게 생겼드만."

뒤에서 들려오는 대화들이 다시금 나현을 고등학교 때로 돌아가게 만들었다. 그때도 이런 이야기들이 심심치 않게 들려왔다.

누가 노아에게 관심 있대, 재가 노아 좋아한대.

그러나 그때는 모두들 알고 있었다. 자신들에게 노아의 곁에 있을 기회가 없다는 것을. 노아의 곁을 지키는 사람은 최여울, 한 여자뿐이라는 것을 알기에 다들 동경의 마음만 품고 있었다.

'슬이 씨는 모르겠지. 노아가 사랑하는 여자가 얼마나 예쁜지.'

여울은 같은 여자가 봐도 결점을 찾을 수 없을 만큼 예쁜 사람이었다.

신입 교육을 하느라 미뤄 뒀던 일을 끝내고 나니, 대부분 퇴근을 한 후였다. 가방을 들고 아직 남아 있는 사람들에게 인사를 한 후 사무실을 나왔다.

'장을 좀 봐서 가야겠다. 오늘 저녁은 햄버거로 때울까?'

노아와 함께 있을 때는 그와의 거리를 걱정할 뿐이었는데, 그가 사라지는 순간 비일상에서 일상으로 돌아왔다.

그런데 끼니를 걱정하며 회사 건물을 나오는 순간, 다시 비일상이 찾아왔다. 회사 근처에 노아가 서 있었던 것이다.

다른 사람이라면 곧바로 그를 발견하지 못했을지도 모른다. 그러나 나현은 퇴근하는 사람들 속에 섞인 그를 단번에 찾아낼 수 있었다. 다른 회사원들과 똑같이 정장을 입고 있어도, 그는 나현의 눈에 특별했다.

그가 회사 근처에 있을 줄은 몰랐다. 그를 보는 순간, 처음 봤을 때처럼 심장이 쿵 내려앉았다.

노아는 도로 끝에 서서 지나가는 차량에 무심한 시선을 던지고 있었다. 회사에 있을 때와는 달리 황량한 눈동자, 공허한 표정이 마음에 걸렸다.

'그림을 그릴 수 없게 돼서 그런가?'

밥을 안 먹고는 살 수 있지만 그림을 못 그리면 살 수 없을 거라던 그의 말을, 나현은 똑똑히 기억하고 있었다.

생각지 못한 그의 모습에 잠시 걸음을 멈추고 있었는데, 도로를 향하고 있던 그의 시선이 이쪽으로 옮겨 왔다. 나현을 발견한 그의 표정이 순식간에 바뀌었다. 짙은 공허감이 사라지고 옅은 미소가 얼굴을 채웠다.

쿵—

좀 전과는 다른 의미로 심장이 떨어졌다.

어쩌면 저렇게 예쁜 미소일까.

그의 미소에 감탄하는 동안, 그가 나현을 향해 걸어왔다.

"이제 퇴근하세요?"

그가 질문을 던졌을 때에야 정신을 차렸다.

"네. 노아 씨는 왜 여기 있어요?"

"선배를 기다렸어요."

"네?"

"같이 저녁 먹고 싶어서요."

"아…… 왜요?"

"왜라니요. 같이 저녁 먹고 싶은 것도 이유가 있어야 돼요?"

"아까 슬이 씨랑 같이 저녁 먹는 줄 알았는데."

"일이 있으니 먼저 가라고 했어요."

"그 일이라는 게 나랑 저녁 먹는 거고요?"

"걱정 마세요. 슬이 씨한테는 그렇게 말 안 했으니까. 선배랑 저를 연결시켜서 생각할 일 없을 거예요."

놀림을 당하는 것 같아서 아랫입술을 지그시 깨물었다. 그걸 본 노아의 표정이 또 묘하게 변했지만, 나현은 깨닫지 못했다.

노아가 왜 이러는 건지 알 수 없었다. 사회에 첫 발걸음을 내디뎠을 때 만난 고등학교 선배에게 기대고 싶어서, 라는 이유를 갖다 붙이기엔, 그는 독립적인 사람이었다.

'아니, 내가 이 애에 대해 뭘 안다고. 그냥 나 혼자의 판단이었던 거지. 얘에 대해 알 만큼 친했던 것도 아니니까.'

방송에 나오는 연예인의 모습과 실제 모습이 다른 것처럼, 노아 또한 그러리라. 그를 동경하던 여학생들이 상상했던 그의 성격과 실제 성격이 다른 것은 당연했다.

'나는 안 그랬을 거라고 생각했는데.'

어쩌면 상상한 모양이다. 이러한 남자일 거라고, 이러한 성격일 거라고.

그를 동경했던 여학생들과 다를 바 없는 자신을 깨닫자 쓴웃음이 맺혔다.

"선배, 계속 여기에 있으면 퇴근하는 사람들이 볼 거예요."

그의 말에 상념에서 벗어났다. 나현은 주위를 한 번 둘러본 후 걸음을 옮겼다. 그가 따라오는 것이 느껴졌다.

"우리 뭐 먹으러 가요?"

"진짜로 나랑 같이 저녁 먹게요?"

"그럼 가짜겠어요?"

"샤브샤브 어때요?"

"좋아요."

그래서 샤브샤브를 먹으러 갔다. 회사에서 멀지는 않지만 구석에 있어서 사람들이 잘 모르는 곳이었다. 이곳이라면 회사 사람들과 마주치는 일이 없으리라.

에어컨을 틀어 놨는데도 육수를 끓이는 열기에 후텁지근했다. 나현이 주문을 하는 동안 노아는 수저를 챙기고 컵에 물을 따랐다.

음식이 나오고 야채가 익기를 기다리는 동안, 둘 사이에 대화는 없었다. 손님들이 대화를 나누어 시끌벅적한 식당 안에서 두 사람이 앉은 식탁에만 침묵이 내려앉았다.

"나한테."

참다못한 나현이 먼저 말문을 열었다.

"할 말 있어서 저녁 먹자고 한 거 아니었어요?"

"네, 아닌데요."

"……그럼 왜 같이 먹자고 한 거예요?"

"그냥요."

"그냥……."

"야채 다 익은 것 같아요."

노아가 잘 익은 야채를 나현의 접시로 옮겨 주었다. 나현은 멍하니 그것을 내려다봤다.

정노아가 건져 주는 야채를 먹는 날이 오다니. 그 시절로 돌아가 이 얘기를 하면 다들 황당하다며 비웃을 것이다.

"고등학교 때는 이런 성격인 줄 몰랐어요."

저도 모르게 흘린 말에 노아가 고개를 옆으로 기울였다.

"그럼 어떤 성격인 줄 알았는데요?"

"좀 더 차갑고 말도 없고…… 이렇게 음식을 챙겨 주는 성격인 줄은 몰랐어요."

"흐응."

"노아 씨가 덜어 준 음식을 먹다니. 노아 씨를 아는 친구들한테 얘기하면 다들 안 믿을 거야."

피식 웃으며 접시에 담긴 야채를 집어 올리는데, 노아가 갑자기 손을 뻗어 왔다. 그의 손바닥이 나현의 볼에 닿았다. 나현이 놀란 눈으로 쳐다보자 그가 말했다.

"만지고 싶어졌어요."

느닷없이 만진 것치고는 당당한 말투였다.

밀어내야 하는데, 그럴 생각이 들지 않았다. 그의 손길은 다정했고, 그의 눈빛은 부드러웠다. 그는 조심스레 나현의 볼을 쓰다듬다가 다시 손을 거둬들이더니, 만진 적 없다는 듯 젓가락을 들었다.

* * *

식당에서 나와 집으로 돌아가는 길, 노아는 자연스럽게 나현과 같은 방향의 버스를 탔다. 왜 이 버스를 타느냐는 질문을 하지 않은 이유는, 아마도 저녁을 함께 먹을 때부터 이러리라는 것을 예상했기 때문일 것이다.

집으로 돌아간다는 일상이 그와 함께 있는 것만으로도 특별한 느낌이 들었다.

버스에서 내려 걸어가다가 그와 손등이 부딪쳤다. 예기치 못한 접촉에 깜짝 놀랐는데, 그의 반응에 더 놀랐다. 그 역시 나현처럼 깜짝 놀라며 손을 움츠린 것이다.

지금껏 멋대로 만져 왔으면서 갑자기 왜?

노아는 나현이 황당한 눈으로 쳐다보는 것을 모르는지, 나현과 닿았던 손등을 물끄러미 내려다봤다. 그러다가 문득 나현을 돌아보며 말했다.

"선배, 아틀리에에 가요."

"네?"

"선배를 만져야겠어요."

"아니, 난……."

거절하려 했지만 그가 손목을 붙잡는 통에 목소리가 나오지 않았다.

그와의 접촉은 나현의 몸을 제 것이 아니게 만들었다. 그의 체온을 기다렸다는 듯 기뻐하고 두근거리는 육체의 반응을, 나현은 똑똑히 인지하고 있었다.

인정하고 싶지 않았다. 그러나 인정할 수밖에 없었다.

'나는 또다시…….'

그에게 이끌려 걸어가며 그의 옆얼굴을 훔쳐봤다. 정면을 응시하는 그의 옆모습은 가슴이 아릴 정도로 아름다웠다.

'이 남자를 사랑하게 됐구나.'

쭉 사랑해 왔다고는 생각하지 않는다.

다만 그를 다시 만나고 그의 손길을 느끼며 그의 미소를 보는 동안, 희미하게 옅어졌던 감정에 색깔이 칠해지고 진해졌다. 덧칠된 감정은 10년 전과 같지 않지만, 비슷한 색채를 지니고 있었다.

그때도 그랬듯 지금도 그에게는 약해진다. 그때도 그랬듯 지금도 그의 그림을 보고 싶다.

그리고 그때도 그랬듯 지금도 이 가슴이 아프다. 그를 온전히 가질 수 없다는 것을 알기에.

탁—

아틀리에의 현관문이 닫히는 소리에 움찔 몸을 떨었다. 어제의 일이 방금 전 벌어진 듯 또렷하게 기억났다.

꿀꺽.

마른침을 삼키며 신발을 벗었다. 그러는 동안에도 노아는 계속 나현의 손목을 잡고 있었다. 잡힌 부위가 뜨거웠다. 아직 아무것도 일어나지 않았는데 몸이 긴장했다.

거실 중앙으로 간 노아가 바닥에 책상다리를 하고 앉았다. 손목이 붙잡힌 나현도 그를 마주 보고 앉을 수밖에 없었다. 나현이 앉은 후에야 노아가 손목을 놔주었다.

그는 나현을 관찰하듯 집요하게 나현의 얼굴을 응시했다. 나현은 시선을 피하지 않으려고 노력했지만 그의 까만 눈동자를 똑바로 보는 것이 힘들었다. 계속 보고 있으면 가슴에 품은 은밀한 감정을 들킬 것만 같았다.

사랑했고, 다시 사랑하게 된 이 바보 같은 감정.

들키기 싫었다. 그 순간 바라게 될 것 같아서. 그를 갖고 싶다 욕심내게 될 것 같아서.

"왜 그렇게 봐요?"

시선을 피하며 물었다.

"선배는 동안이에요. 교복 입으면 위화감이 없을 거예요."

심심치 않게 들어 본 말이었다. 가장 친한 친구인 주미도, "너는 정말 늙지를 않네." 라며 부러워한다.

자주 듣는 말이지만 노아에게 듣는 말은 느낌이 달랐다. 동안이라서 다행이라고, 이거라도 칭찬 받을 수 있어서 좋다고 생각했다.

"피부도 정말 좋아요. 만질 때 느낌이……."

거기까지 말하고 노아가 나현의 뺨을 쓰다듬었다.

"진짜 좋아요."

"그래요."

목소리가 조금 갈라졌다. 계속되는 그의 칭찬에 당황했기 때문이다.

"어린애를 만지는 것 같아서 조금 죄책감이 들어요."

"그럼 만지지 마요." 라고 말했더니, 그의 눈이 가늘어졌다. 그는 나현의 반항 아닌 반항이 즐거운 듯 상체를 앞으로 내밀어 나현의 볼에 입을 맞췄다.

쪽—

가볍게 부딪쳤다가 떨어지는 그의 입술이 나현의 심장을 자극했다. 열정적이고 강한 키스보다 살짝 닿았다가 떨어지는 입맞춤이 더 두근거리는 이유를 알 수 없었다.

"선배는 정말 재미있는 사람이에요."

"왜 자꾸 재미있다고 하는지 모르겠어요. 나한테 그런 말 하는 사람은 노아 씨가 처음이에요."

"네, 저도 누군가한테 재미있다고 하는 건 선배가 처음이에요."

볼을 쓰다듬던 그의 손이 나현의 목덜미로 향했다. 나현은 움찔하며 주먹을 쥐었다. 그러다가 그게 너무 순진해 보일 것 같아서 별일 아닌 척 손을 펼쳤다. 그 손을, 노아의 다른 손이 붙잡았다.

노아는 나현의 손에 깍지를 끼며 다시 상체를 내밀었다. 그는 나현의 둥근 이마와 미간, 그리고 콧등에 입을 맞췄다. 목을 쓰다듬던 손이 뒤로 돌아와 나현을 끌어당겼고, 가볍게 자극하던 그의 입술이 나현의 입술을 덮쳐 왔다.

그는 나현에게 입을 맞추며 조심스럽게 나현을 뒤로 눕혔다. 몸 위를 누르는 그의 무게가 싫지 않아서, 나현은 조금 울고 싶었다.

사귀지도 않는 사이에 이런 짓을 하는데도 반항할 기분이 들지 않다니. 이런 나는 정말 싫다. 싫다고 생각하면서도 밀어내지 못하는 게 더더욱 싫고.

입술을 떼어 낸 그는 나현의 위에 앉듯이 올라타 있었다. 내려다보는 그의 시선이 민망했다. 나현이 슬쩍 시선을 옆으로 피한 틈에, 그가 나현의 블라우스 단추를 풀기 시작했다.

얇은 블라우스 아래에 감춰져 있던 가슴이 모습을 드러냈다. 희고 봉긋한 가슴이 만들어 낸 둔덕은 색정적이었고, 꽉 끼는 브래지어가 유독 야했다.

그는 나현의 가슴골 사이를 검지 끝으로 쓸어내리다가 브래지어가 걸리자 성가시다는 듯 그것을 들어 올렸다. 그의 손길에 이미 단단하게 곤두서 있던 유두를 본 그가 옅은 미소를 지었다.

"벌써 이렇게 된 거예요?"

나현은 대답하지 않았다.

대답을 들을 생각도 없었는지, 그는 나현의 단단해진 유두를 꼬집듯이 잡았다.

"흣……."

아랫입술을 꽉 깨물었지만 신음이 흘러나왔다. 그는 만족스러운 듯 아랫입술을 핥더니, 나현의 유두를 빙글빙글 돌리듯 가지고 놀기 시작했다. 나현은 얼굴을 옆으로 돌리고 이를 악물었다. 그의 손길에 헐떡이는 모습을, 그에게 보이고 싶지 않았다.

그의 집요한 괴롭힘이 묘한 쾌감을 만들어 냈다. 시작된 것은 가슴인데 발가락 끝까지 저릿저릿했다.

나현의 젖꼭지를 가지고 놀던 그가 갑자기 벌떡 일어나더니, 나현을 일으켜 세웠다. 그리고 걸쳐져 있던 블라우스를 완전히 벗기고 브래지어를 풀었다. 입고 있던 옷이 한 겹, 한 겹 바닥에 떨어지는 것을, 나현은 멍하니 지켜봤다.

그는 나현의 잘록한 허리를 쓰다듬고, 바지 단추를 풀고 벗겼다. 검은 수풀을 감추고 있던 작은 팬티까지 벗겨진 후에야, 나현은 그의 앞에서 혼자 알몸이 되었다는 것을 깨달았다.

뒤늦게 수치심을 느끼며 팔로 가슴을 가렸다. 다리를 오므렸지만 은밀한 수풀은 감춰지지 않았다. 그는 재미있다는 듯 나현이 움츠리는 것을 지켜봤다.

"옷…… 입을래요."

"안 돼요."

그가 단호하게 말하며 옷으로 향하는 나현의 팔을 잡아 올렸다.

"가만히 있어요."

"창피해요."

"알아요. 그래도 가만히 있어요."

그가 엄지로 나현의 젖꼭지를 퉁겨 올리며 명령했다. 나현은 아랫입술을 잘근 깨물고 고개를 옆으로 돌렸다. 그는 한참 동안 그 자세로 나현의 나체를 감상했다.

몸이 만져지는 것보다 더 부끄러웠다. 그의 시선이 물체가 되어 온몸을 더듬는 느낌이었다. 가슴에, 배에, 그리고 다리 사이에 들어오는 그의 시선을 막을 수가 없었다.

몸이 젖어 간다는 것을 그에게 들킬 것만 같았다.

"이런 게…… 그림을 다시 그리는 데 도움이 돼요?"

무슨 말이라도 하지 않으면 그의 시선만으로 절정을 느낄 것만 같았다. 간신히 끄집어낸 질문에 그가 낮은 웃음을 흘렸다.

"안 된다고 하면 못 하게 할 거예요?"

"네, 못 하게 할 거예요."

"거짓말쟁이."

그가 갑작스럽게 나현의 다리 사이로 손을 집어넣었다. 나현의 몸에서 흘러나온 애액이 그의 손등을 적셨다.

"이렇게 젖었으면서."

그가 손가락으로 나현의 클리토리스를 문질렀다. 강렬한 자극에 나현은 신음하며 그의 가슴에 얼굴을 묻었다. 그가 가슴을 뒤로 빼냈다.

"얼굴 감추지 마요. 볼 거예요."

"싫어요."

"그래도 감추지 마요. 자꾸 감추면 묶을 거예요."

"거짓말……."

"정말로."

"창피해요."

"응, 안다니까요."

그는 나현이 부끄러워하는 것이 즐거운 듯했다. 그의 검은 눈동자가 반짝반짝 빛을 내고 있었다. 어린아이가 갖고 싶은 장난감을 앞에 둔 것 같은 눈빛이었다. 나현은 그의 시야 밖으로 벗어나고 싶었다.

"창피해하면서도 이렇게 젖는 게 신기해요. 선배는 정말 좋은 몸을 가졌어요."

"이게 뭐가 좋은 몸…… 읏!"

그의 손가락 두 개가 질 안으로 쑥 밀려들어 왔다.

"우와, 진짜 많이 젖었네요. 이렇게 잘 들어가다니."

"빼……줘요."

"정말?"

"응, 정말."

"싫어요."

"안 빼 줄 거면 왜…… 흣…… 물어봤……어요……?"

그의 손가락이 나현의 몸 안에서 천천히 움직이고 있었다. 질벽을 자극하는 느낌이 뜨겁고 강했다. 무슨 말이라도 하지 않으면 이성을 잃을 것만 같았다.

"그냥. 선배가 반항하는 걸 보는 게 좋아서요."

"그런 게 대체…… 왜…… 으흣……."

"선배는요."

헐떡거리는 나현의 귓가에, 노아가 입술을 가져왔다.

"정말 귀여워요."

그의 손가락이 깊이 들어왔다가 빠져나갔다. 그는 애액에 젖어 번들거리는 손가락을 자신의 입 안에 넣고 핥았다. 그 색정적인 모습에 나현은 말릴 생각도 하지 못했다.

그는 손가락을 핥으면서도 눈동자는 나현에게 고정시키고 있었다.

이것 봐. 내가 네 몸에서 나온 은밀한 액체를 먹고 있어.

그의 눈동자가 그리 말하는 것 같아서 오싹한 쾌감을 느꼈다.

"선배. 다리 벌려요."

그가 명령했다. 나현은 대답도 하지 않고 움직이지도 않았다. 소심한 반항에 그의 한쪽 입꼬리가 올라갔다.

"벌려요, 선배."

이번에도 나현은 가만히 있었다. 그가 무엇을 할지 예상되었기 때문이다.

나현이 고집스러울 정도로 입을 꽉 다물고 가만히 있자, 그가 어쩔 수 없다는 듯 한숨을 내쉬었다. 그러더니 나현의 가느다란 허벅지를 잡아들어 올리고, 다리 사이에 쭈그리고 앉았다.

"난 분명 편하게 해 주려고 했어요."

그의 숨결이 은밀한 곳에 닿았다.

"불편한 자세로 하게 된 건 전부 선배 탓이에요."

그의 입술이 축축하게 젖은 음모를 헤치고 안으로 들어왔다. 그의 혀가 나현의 클리토리스를 핥았다.

한 번도 받아 본 적 없는 애무에, 나현은 까무러치게 놀랐다. 다리에서 힘이 쭉 빠졌지만 간신히 버텼다. 두 손으로 그의 머리카락을 거머쥐지 않았더라면 뒤로 넘어졌을지도 모르겠다.

누군가의 얼굴이 다리 사이로 들어온 것은 처음이었다. 부끄럽고 수치스러운데다가 무서울 정도로 강한 쾌감 때문에 정신을 차릴 수가 없었다.

그는 나현의 클리토리스를 공들여 애무하다가 더 안쪽으로 혀를 밀어 넣었다. 그의 혀가 질 안으로 들어오는 감촉에 나현은 비명 같은 신음을 내뱉었다.

"아……!"

그의 머리카락을 더 세게 쥐었다. 아프지도 않은지, 그는 움찔하지도 않았다.

한쪽으로 버티고 선 나현의 다리가 바들바들 떨리는 게 느껴진 모양이다. 그가 위로 올리고 있던 나현의 허벅지를 자유롭게 해 주었다. 나현은 다리를 내렸지만, 그렇다고 해서 편해진 것은 아니었다.

그의 얼굴이 다리 사이에 끼인 꼴이 되어 더욱 민망했다.

뜨거운 혀가 오랫동안 클리토리스와 질 안쪽으로 번갈아 애무했다. 생전 처음으로 느끼는 감각에 온몸이 저릿해지다 못해 녹아내릴 것만 같았다. 흠뻑 젖은 몸과 그의 입술이 질척거리는 야한 소리를 흘렸다.

"으…… 으흣…… 흣……."

흐느낌과도 같은 신음이 아틀리에를 가득 채웠다.

그의 입술이 단단해진 클리토리스를 쪽 빨아들였을 때, 나현은 절정을 느꼈다. 아랫배가 움찔거리며 쓰러질 뻔했지만, 그가 양쪽 다리를 단단히 붙들어 넘어지지 않았다. 몸의 떨림이 끝났을 때에야 입술을 뗀 그가, 그 상태로 나현을 올려다봤다.

"머리카락 다 빠지는 줄 알았어요."

짓궂은 눈빛이 얄미워서 손바닥으로 그의 눈가를 덮었다. 그가 웃으며 나현의 손을 잡아 손바닥에 입을 맞췄다.

이 남자는 왜 이렇게 입 맞추는 걸 좋아할까. 오해하게시리.

하지만 입술이 닿는 감촉이 좋아, 나현은 손을 빼내지 않았다. 그는 나현의 손바닥과 손가락에 하나씩 입을 맞춘 후 일어났다. 그리고 바닥에 떨어진 그녀의 블라우스를 집어, 직접 입혀 주었다.

나현이 팬티를 집어 들려 하자, 그가 막았다.

"그냥 그러고 있어요."

"집에 갈 거예요."

"안 돼요. 좀 더 있다가 가요."

"갈래요."

"그럼……."

그가 나현보다 먼저 팬티와 브래지어를 집어 들었다.

"가지 마요."

"속옷 줘요."

"싫어요."

"줘요."

"싫다니까요."

나현은 아랫입술을 잘근 깨물었다.

팬티 없이 바지를 입는다고 쳐도, 블라우스는 브래지어를 착용한 후에 입어야 했다. 단단하게 일어선 유두가 고스란히 드러나기 때문이다.

"선배는 정말."

그가 갑자기 손가락으로 나현의 아랫입술을 꾹 눌렀다. 그 때문에 깨물고 있던 이가 떨어져 나갔다.

"변한 게 없네요. 외모도, 습관도."

"네?"

그가 하는 말의 의미를 파악하지 못해, 멍청히 그를 올려다봤다. 그는 잇자국이 난 나현의 아랫입술을 엄지로 살짝 훑으며 말했다.

"난처하면 아랫입술을 깨무는 버릇, 여전하다고요."

그제야 깨달았다.

"날…… 기억해요?"

그의 눈이 가늘어졌다.

"기억하죠."

"아…… 정말로요?"

"네, 정말로요."

"하지만…… 그런 말 안 했잖아요."

"물어보지도 않았잖아요."

"그거야 그렇지만…… 그래도……."

심장이 뛰기 시작했다. 이번에는 설렘을 품고. 어쩌면, 혹시나, 하는 은밀한 욕심을 품고.

'안 돼. 그냥 기억하는 것뿐이잖아. 얘한테는 죄여울이 있어. 그때도, 지금도 이 애 마음속에는 죄여울뿐이야. 그러니까 안 돼.'

10년 전에도 이랬다.

그에게 여울이 있다는 것을 알면서도, 친근하게 그림에 대해 이야기하는 그의 태도에 기대를 품었다. 나는 특별할지도 몰라, 나는 조금 괜찮은 위치에 있는지도 몰라. 그렇게 생각하다가 처참히 짓밟혔다. 그 기분을 또 느끼고 싶지 않았다.

서둘러 욕심을 밀어냈다.

그때처럼 사랑하게 된 건 어쩔 수 없지만, 욕심은 품지 말자. 그냥 이루어지지 않을 사랑을 하는 것뿐이라고, 연예인을 사랑하는 것뿐이라고, 그렇게 생각하자.

"선배가 제 그림을 기억하고 있어서 기뻤어요. 도움이 되어 주겠다고 해서 좋았고요."

이런 말을 할 줄이야.

나현은 정말로 난처한 상황에 빠졌다. 이렇게 말하면 도저히 그를 거부할 수가 없게 된다. 앞으로는 둘만 되는 상황을 피하려고 했는데.

"이런 식으로 만지는 게 도움이 돼요?"

"네, 돼요. 굉장히."

"……거짓말."

"정말요."

장난을 치는 기색은 없었다. 그의 눈빛은 진지했다.

"그러니까 선배."

그의 눈에 다시 장난기가 떠올랐다.

"이제 와서 말 바꾸기 없기예요."

* * *

"넌 낚인 거야." 라고, 주미가 말했다.

나현은 치킨 다리를 손에 들고 중얼거렸다.

"역시…… 낚인 걸까?"

"응, 낚인 거지."

그 일이 있고 나흘이 지났다. 나흘은 아무 일 없이 흘러갔다. 얼마나 아무 일이 없었느냐 하면, 그와 있었던 모든 일이 꿈이라 여겨질 만큼.

그날 밤, 그는 아주 늦은 시간이 되어서야 나현을 집에 보내주었다. 이틀 연속 수면부족인데다가 회사에서 하도 긴장을 하고 있었더니, 금방이라도 쓰러질 듯 몸이 피곤했었다.

'오늘 밤 또 그런 일이 있으면 진짜 기절할지도.' 라고 생각했는데, 그 이후 아무 일이 없었다. 그는 신입답게 6시 조금 지나서 퇴근을 했고, 그대로 집으로 돌아갔는지 마주치지 않았다. 아침에 나현의 집 앞에서 기다리는 짓도 하지 않았다.

안도감과 함께 묘한 서운함을 느꼈다.

주말 저녁에는 주미를 만나기로 선약이 되어 있어서 나오기는 했는데, 머릿속은 노아에 대한 생각으로 가득 차 있었다. 눈치 빠른 주미는 무슨 일이 있느냐고 물었고, 나현은 고민 끝에 그동안 있었던 일을 이야기했다.

'그' 정노아가 신입사원으로 들어왔다는 사실에 놀라던 주미는, 그가 나현의 몸을 만지는 시점이 되자 눈을 반짝반짝 빛냈고, 어째서인지 자기 일처럼 즐거워하며 "결혼을 빨리 하는 게 아니었어!" 라고 한탄했다.

그리고 이야기가 끝난 지금, 주미는 말했다.

"걔도 상당하네. 그런 쪽으로 임나현을 낚다니. 그렇게 안 봤는데."

"그래?"

"걔는 뭐랄까. 좀 얌전한 이미지였잖아. 아니지. 얌전하다기보다는 겉멋이 든 타입이랄까?"

고등학교 때의 주미는 나현처럼 눈에 띄지 않는 평범한 학생이었다. 하지만 자기 주관은 뚜렷하고 남자 보는 눈이 높아서, 대부분의 여학생들이 열광하는 노아에게 아무런 관심을 보이지 않았다.

—난 저렇게 겉멋 든 놈은 별로야.

그때도 주미는 이렇게 말했다.

대학교에 들어가면서부터 주미는 잘 꾸미기 시작해서, 지금은 한 번쯤 돌아볼 만큼 예뻐졌지만 남자 취향은 바뀌지 않은 모양이다.

"난 그렇게 자기 속마음 감추고 잘난 척하는 놈은 정말 별로거든. 솔직한 남자가 좋아."

"네 남편처럼?"

"그건 그냥 바보고."

말은 그렇게 했지만 주미의 눈에는 애정이 가득했다. 결혼한 지 3년이 되었는데도 저러는 걸 보면 어지간히도 좋은 모양이다.

"아무튼 정노아 걔도 성격이 좀 변했나 보다. 잘 웃는다고?"

"응, 이상할 정도로 웃어."

"게다가 널 기억하고 있고?"

"응. 깜짝 놀랐어. 전혀 기억 못 하는 줄 알았는데."

"기억 못 하면 바보지. 그때, 너랑 상당히 친하지 않았어?"

"친하긴. 그냥 그림 때문에 얘기 몇 번 해 본 게 단데."

"그게 친한 거지, 뭐. 걔랑 얘기하는 애들 별로 없었잖아. 너랑 일진 놈들 몇 명, 그리고…… 그, 이름이 뭐였더라?"

"최여울?"

"그래, 최여울. 그게 다였잖아."

"하지만 나는 눈에 띄지도 않았고……."

중얼거리는 나현의 양쪽 볼을, 주미가 꽉 꼬집었다.

"아파!"

"바보처럼 행동하지 마, 임나현. 네가 왜 눈에 안 띄어? 전교 1등이었잖아. 전교 1등은 숨만 쉬어도 눈에 띄는 법이야."

"그것뿐이었잖아."

"그것뿐이라니. 학생 때 공부를 잘하는 게 얼마나 대단한 건데. 자기 할 일을 제대로 했다는 거잖아. 전교 1등이 어디 쉬운 일이니?"

주미와 대화를 하면, 이래서 좋았다. 주미는 늘 나현의 부족한 자신감을 채워 주었다.

"걔, 여전히 얼굴은 잘생겼지?"

"얼굴이야 잘생겼지."

"그럼 걔랑 좀 즐기는 것도 나쁘지 않잖아."

"나쁘지 않다니."

"그렇잖아. 네가 결혼한 것도 아니고, 남친이 있는 것도 아니고. 그 미친놈이랑 헤어지고 1년쯤 지나지 않았어?"

그 미친놈.

주미의 말에 간신히 지운 기억이 떠올라 쓴웃음이 나왔다. 나현은 작게 한숨을 내쉬며 맥주잔을 손에 쥐었다.

그랬다.

사랑했다고 생각했던 남자가, 그래서 결혼까지 생각했던 남자가 1년 전에는 있었다.

나현보다 4살 많은 그 남자의 이름은 양민우였다.

나현의 첫 남자, 첫 경험을 가지고 간 남자, 그리고 결혼을 생각한 남자.

"울적해하지 마, 임나현. 그놈은 다시 생각할 가치도 없는 놈이야."

사정을 아는 주미가 매몰차게 말했다. 나현은 가볍게 고개를 끄덕였지만, 가슴에 들러붙은 끈끈한 불쾌감이 쉬이 사라지지 않았다.

"내가 괜히 그놈 얘기를 꺼냈네. 아직도 정리가 안 된 거야?"

"정리가 안 된 게 아니라…… 생각하면 기분이 별로야."

"그래, 오래 사귀었으니까 단번에 괜찮아지진 않겠지. 게다가 지금 남자도 없고…… 원래 사람은 사람으로 잊어야 하는 건데."

"잊지 않은 상태에서 다른 사람을 만나는 건 예의가 아니잖아."

"완전히 잊는 건 기억상실이라도 걸리지 않는 이상 불가능하지. 어느 정도 마음에서 정리가 되면 다른 사람을 만나도 되는 거야."

"그럴까?"

남자가 아주 없는 건 아니었다. 이 일을 하다 보면 심심치 않게 타 회사의 남자들을 만나게 되고, 교제 신청을 받기도 한다. 그러나 한 번도 그 요청에 응한 적이 없는 이유는, 첫 연애가 행복하지 않았기 때문이다.

한 남자를 내 사람으로 생각하며 만나는 것이 조금도 즐겁지 않았기에, 섣불리 또 다른 만남을 갖고 싶지 않았다. 그때 느꼈던 지독한 외로움과 답답함을 다시 느끼게 될 것 같아서 두려웠다.

사람들은 알까? 때때로 둘인 것이 혼자일 때보다 더 외롭다는 걸.

양민우와의 만남이 그러했다.

"마침 잘됐잖아. 정노아라면 네가 많이 좋아하기도 했고, 여전히 얼굴도 근사하다며? 가볍게 즐겨."

"난 그런 성격 아니잖아. 게다가 회사 동료이기도 하고."

"회사에 안 들키면 그만 아냐? 그리고 그런 성격이 뭐 따로 있나? 적당히 마음 맞고 몸 맞으면 만날 수도 있는 거지. 노아가 너한테 그런다는 건, 걔도 상당히 외롭다는 거 아니겠어? 아니면 네 몸이 무지 마음에 들거나."

"아냐, 그림을 다시 그리고 싶다고……."

"멍충아. 넌 그 말을 믿니?"

"완전히 믿는 건 아니지만 그래도……."

그날의 정경을 떠올렸다.

10년 전, 펼쳐져 있던 새파란 하늘을, 불어오는 바람에 실린 향기를, 그리고 그 풍경에 섞여 그림을 그리던 그의 뒷모습을.

"난 노아가 그림을 그리는 모습을 정말 좋아했어. 그 그림도 정말 좋아하고. 걔가 다시 그림을 그렸으면 좋겠어."

나현의 말에 주미의 얼굴에서 옅은 미소가 묻어 나왔다. 그녀는 한 손에 턱을 괴고 나현을 향해 애정이 가득 담긴 눈빛을 보냈다.

"임나현. 내가 널 왜 좋아하는 줄 알아?"

"왜 좋아하는데?"

"나는 말이야. 네가 때때로 보여 주는 그 순백의 순수함이랑 타인을 향한 그 바보 같은 믿음이 참 좋아."

"바보 같다니……."

나현의 중얼거림에 주미가 콧등을 찡그리고 웃었다.

"진짜로. 그래서 난 네가 참 좋아. 좋아하는 만큼 네가 행복했으면 좋겠고."

주미의 진심 어린 말에 가슴이 찡했다.

"넌 너무 착하고 올곧게만 살았어. 사람은 가끔 나쁘기도 하고 도덕적이지 않기도 해. 하고 싶은 일이 타인에게 해를 끼치지 않는다면, 때로는 뒷일을 생각하지 않고 해 보기도 해야 하는 거야. 그러지 않으면 숨이 막힐 테니까."

"……."

"나현아. 칭찬을 받고 싶다면 내가 해 줄게. 네가 무슨 짓을 해도, 나는 네 편이 되어 줄게."

주미는 나현의 사정을 아는 유일한 사람이었다. 그녀가 하는 한 마디, 한 마디가 나현의 심장을 죄고 있던 날카로운 사슬을 느슨하게 풀어 주었다.

"최여울은 신경 쓰지 마. 회사도 신경 쓰지 말고. 남자 대 여자, 정노아 대 임나현. 그렇게만 생각하고 그 순간의 감정을 즐겨. 그래도 돼."

"그래도 될까?"

"그래. 불륜이 아닌 이상, 남녀 관계에 안 되는 게 어딨니?"

"나중에…… 이 마음이 너무 커져서 상처를 받게 되면?"

"울어. 가슴 빌려 줄 테니까."

주미가 너무 확실하게 말하는 통에 오히려 속이 시원해졌다.

"사람은 최선을 다해서 행복해져야 한다고 생각해. 그 마음을 꾹꾹 억누른다고 해서 사라지지 않는다면, 차라리 인정하고 멋대로 행동해 버려. 그래도 돼. 내가 허락해 줄게."

* * *

한결 가벼워진 마음으로 주미와 헤어졌다. 술을 조금 과하게 마신 터라 집에 도착할 무렵엔 취기가 올라 어지러웠다. 얼른 들어가 쉴 생각에 걸음을 서두르는데, 누군가 손목을 붙잡았다.

밤에 손목을 붙잡히는 일은 흔치 않기에, 나현은 화들짝 놀랐다. 너무 놀라서 비명조차 지르지 못하고 뒤를 돌아본 나현은, 노아를 보고는 다리에 힘이 풀렸다.

"노아 씨……."

비틀거리는 나현의 허리를, 노아가 자연스럽게 감싸 안았다. 그의 향기가 나현의 후각을 자극했다. 술기운 때문에 그에게 안기고 싶다는 충동이 강해졌다. 그에게 안겨 그의 향기에 흠뻑 젖어 들고 싶다.

간신히 충동을 억누르고 그의 가슴을 두 손으로 밀어냈다. 노아는 순순히 나현을 놔주었다.

"이제 들어오세요?"

"네. 노아 씨는 여기 어쩐 일이에요?"

"그냥 문득 선배를 만지고 싶어서요."

"……이상해요, 그런 거."

"안 이상해요. 선배 몸은 정말 매력적이니까."

나현은 아랫입술을 잘근 깨물고 다시 걸음을 옮겼다. 그를 만나는 바람에 취기가 어느 정도 날아갔지만, 아직 조금 어지러웠다. 흐트러진 모습을 보이고 싶지 않아, 정신을 바짝 차리려고 노력하며 걷는데 그가 다시 나현의 팔뚝을 잡았다.

"선배, 넘어질 것 같아요."

"괜찮아요. 혼자 걸을 수 있어요."

"고집부리지 마요."

그가 낮게 속삭였다. 그의 팔이 나현의 잘록한 허리를 감았다.

"부축해 줄게요."

"정말 괜찮아요."

"내가 안 괜찮아서 그래요."

그는 어린아이를 어르듯 부드러운 목소리로 말했다. 여기서 더 괜찮다고 하면 칭얼거리는 것처럼 들릴 것 같아서, 나현은 그가 하는 대로 내버려 두었다. 그에게 안기는 듯한 자세로 걸어서 오피스텔 앞에 도착했다. 잠시 망설이다가 그에게 말했다.

"들어올래요?"

그의 표정이 순식간에 밝아졌고, 그것이 나현의 심장을 두근거리게 만들었다.

"그래도 돼요?"

"나도 노아 씨 아틀리에 구경했으니까요."

이런 게 이유가 될까 싶었지만, 그는 납득한 듯 고개를 끄덕였다.

"좋아요. 선배 집 구경하고 싶었어요."

그와 엘리베이터를 타고 올라가는 동안, 술기운이 완전히 사라졌다.

'내가 미쳤지.'

혼자 사는 집에 남자를 들이다니.

전 애인이었던 민우 이후로 처음 있는 일이다. 민우도 1년 넘게 사귄 후에야 나현의 집에 발을 디딜 수 있었다. 그런데 노아와는 사귀는 사이도 아닌데 집으로 초대를 하고 말았다.

—멋대로 행동해 버려.

주미와 그런 대화를 하고 와서인지도 모르겠다. 마음이 깜짝 놀랄 만큼 해이해졌다.

기대하는 듯한 그의 얼굴을 보니, '뭐 어때.'라는 생각이 들었다.

'그래, 뭐 어때. 금남의 구역도 아닌데. 그나저나 얘는 왜 이렇게 들뜬 거지?'

노아 정도 되는 남자라면 여자 혼자 사는 집에 들어가는 게 처음 있는 일은 아닐 것이다. 오히려 여자 쪽에서 노아를 초대하지 못해 안달이 나지 않을까 싶다. 그런데도 나현의 집에 들어가는 일 정도로 기뻐하는 그의 반응을 이해할 수가 없었다.

"뭐라도 마실래요?"

집에 들어오자마자 냉장고로 향했다. 냉장고 문을 여는데 그가 나현의 뒤로 바짝 다가와서 서는 게 느껴졌다. 그는 나현의 허리를 끌어안고 목덜미에 입을 맞췄다.

"마실 건 됐어요."

"이런 짓 하라고 들어오라고 한 거 아니에요."

"응, 알아요."

"알면서……."

"말했잖아요. 선배 몸 만지러 왔다고."

그의 손이 자연스럽게 옷 안으로 들어와 나현의 날씬한 배를 쓰다듬었다. 뜨거운 손이 천천히 위로 올라와 브래지어 안으로 들어왔다. 그는 나현의 가슴을 움켜쥐고 주무르며, 다른 손으로 나현의 바지를 벗기기 시작했다.

그의 입술이 닿는 부위마다 달콤한 감각이 저릿하게 울려왔다. 나현은 냉장고 문을 꽉 쥐고 한 꺼풀, 한 꺼풀 벗겨지는 옷을, 그의 앞에 드러나는 육체를 견뎠다.

순식간에 알몸이 된 나현의 등에 그가 낙인을 찍듯 천천히 입을 맞췄다. 그의 입술이 척추를 따라 아래로, 아래로 내려갔다. 전기가 통하듯 짜릿한 느낌에 몸이 떨렸다.

그의 손가락이 엉덩이 둔덕을 더듬다가 안으로 들어왔다. 그새 젖은 다리 사이를 확인한 그가 엉덩이 사이에 입술을 둔 채 웃었다. 그 안으로 흘러 들어오는 뜨거운 숨결에, 나현은 숨을 삼켰다.

"선배는 정말 야해요. 이렇게 금방 젖다니."

"아니에요. 나는…… 아핫!"

그가 갑작스럽게 그녀의 다리를 벌리더니 은밀한 동굴 안으로 혀를 밀어 넣었다. 그의 혀가 몸 안에서 위아래로 움직이는 게 무섭도록 예민하게 느껴졌다.

전신을 자극하는 감각에 바들바들 떨며, 냉장고 문을 더 세게 붙잡았다. 다리에서 점점 힘이 빠졌다. 붙잡을 것이 있어서 다행이다.

그는 한참 동안 나현의 깊은 곳을 맛보다가, 나현이 절정에 이르려는 순간 혀를 빼냈다. 헐떡거리며 돌아보는 나현을 향해, 그는 짓궂은 미소를 지었다.

"더 가고 싶어요?"

"그, 그런 거 아니에요."

속마음을 들킨 것 같아 서둘러 변명했다.

"그래요? 여기서 멈춰도 돼요?"

"네, 괜찮아요."

절정에 이르기 직전 멈춘 몸이 더한 쾌락을 요구하며 비명을 질러 댔지만, 나현은 무시했다. 그에게 휘둘리고 싶지 않아 고집스럽게 대답하며 떨어진 옷을 주웠다. 그는 팔짱을 낀 채 느긋하게 나현의 모습을 지켜봤고, 그의 시선이 나현을 더욱 수치스럽게 만들었다.

그러고 보면 항상 나현만 옷을 벗고, 항상 나현만 절정을 느꼈다. 그는 나현의 몸을 애무만 했을 뿐, 한 번도 그의 것을 집어넣으려고 시도한 적이 없었다.

왜일까?

"옷 입지 마요."

"입을 거예요."

"입지 마요, 선배."

그가 나현의 가느다란 손목을 붙잡아 올렸다.

"난 선배 알몸이 좋아요."

"나 혼자 알몸인 건 싫어요."

"그럼 나도 벗을까요?"

"……그런 말이 아니에요."

그가 눈을 가늘게 뜨고 나현을 내려다보다가 이마와 콧등에 입을 맞췄다. 때때로 해 주는 그의 짧은 입맞춤은, 어쩐지 사랑받고 있다는 기분을 느끼게 한다. 사랑에서 비롯된 행위가 아니라는 걸 알면서도.

"선배는 여전히 귀여워요."

"내가 뭐가 귀여워요."

"정말 귀여워요. 예전에도 귀엽다고 생각했어요."

"거짓말."

"내가 하는 말은 다 거짓말 같아요?"

그가 웃으며 나현의 가슴을 한 움큼 베어 물었다. 그의 혀가 단단해진 유두를 톡톡 치고 지나갔다. 나현은 움찔거리며 그의 머리를 감싸 안았다. 나현의 솔직한 반응이 마음에 드는지, 그는 나현의 가슴을 세게 빨아들였다.

"핫!"

고개가 뒤로 젖혀지며 신음이 흘러나왔다. 얼른 입을 다물고 숨을 삼키자 그가 가슴에 입을 댄 채 말했다.

"신음 삼키지 말아요. 소리 들려줘요."

"싫…… 읏…… 흐읏……."

그는 나현의 한쪽 가슴을 세게 빨아들이면서 다른 쪽 가슴을 움켜쥐었다. 양쪽 가슴에 느껴지는, 잔인할 정도로 저릿한 쾌감에 나현의 몸이 떨렸다. 새하얀 살결이 바르르 떨리는 모습은 무척이나 색정적이었다.

아플 정도로 오랫동안 나현의 가슴을 탐하던 그가 입술을 떼더니, 나현을 안아 식탁에 앉혔다. 그리고 나현의 다리를 벌려 그 사이에 얼굴을 묻었다. 다시 시작된 그의 애무에, 나현은 오래가지 않아 절정을 느꼈다.

"으…… 으흑……!"

흐느낌 같은 신음을 흘리며 그의 머리카락을 꽉 거머쥐었지만, 그는 나현을 자유롭게 해 주지 않았다. 죄여 드는 허벅지를 꽉 잡아 옆으로 벌리고, 계속에서 은밀한 부위를 자극했다. 그의 혀가 젖은 몸을 핥고 깊이 들어와 움직일 때마다 나현의 허리가 들썩거렸다.

이러다가 정말 죽을지도 몰라, 라고 생각할 무렵 그가 나현을 놔줬다. 그의 붉은 입술이 나현의 애액에 젖어 번들거렸다. 그는 손등으로 입가를 슥 닦고 나현의 귓불에 입을 맞췄다.

"선배는 정말 맛있어요."

"그런 말 하지 마요."

그의 가슴을 밀어내며 말했다.

거센 절정을 느낀 터라 숨이 거셌다.

"정말로요. 중독될 것 같아."

"거짓말."

"정말로."

"그런 말은 최여울한테나 해요."

그가 의미 없이 하는 말에 사정없이 휘둘리는 자신이 싫어서, 결국은 그녀의 이름을 끄집어냈다.

나는 알고 있어, 네가 얼마나 최여울을 사랑하는지. 그러니까 그런 의미 없는 말 하지 마. 그런 의도로 꺼낸 말이었기에, 순식간에 변하는 그의 눈빛에 당황할 수밖에 없었다. 단지 최여울의 이름을 꺼냈을 뿐인데, 지금껏 다정하던 그의 눈빛이 어둡게 가라앉았다. 그의 얼굴에 습관처럼 묻어 나오던 미소가 사라지고, 10년 전으로 돌아간 듯 냉랭해졌다.

무서울 정도의 어둠이 그의 얼굴을 뒤덮었다.

그는 서늘한 눈으로 나현을 내려다보다가 큰 손으로 나현의 입가를 덮었다.

"선배. 이 입에 걔 이름은 담지 마요. 즐겁지 않으니까."

묻고 싶었다.

이름조차 꺼내면 안 될 정도로 소중한 사람인 거냐고. 그렇게나 소중하면 그 애를 끼고 살면 되지, 왜 나한테 이러는 거냐고. 내 몸보다는 그 애의 몸을 만지는 편이, 그림을 다시 그리는 데 도움이 되지 않겠느냐고.

하지만 물어볼 수 없었다.

그는 화가 났다기보다는, 지독할 정도로 고통스러운 표정을 짓고 있었다. 보는 이의 가슴마저 미어질 만큼 괴로운 표정.

이 표정을 알고 있다.

10년 전에도 그는 나현이 여울에 대해 이야기를 할 때마다 이런 표정을 지었다. 아니, 그래도 그때는 이보다는 나았다. 지금은 정말이지, 저 표정이 절망이란 독이 되어 보는 사람을 죽일 것만 같다.

그 정도로 안 좋은 상황이 된 걸까? 혹시 여울이 다른 남자와 결혼이라도 한 걸까? 도저히 손에 넣을 수 없는 그런 존재가 되어 버려, 이름을 듣는 것조차 힘들어진 걸까?

아랫입술을 잘근 깨물었다가, 신경질적으로 그의 손을 밀어냈다. 묵묵히 응시하는 노아를 똑바로 응시하며, 나현은 말했다.

"네가 싫어, 정노아."

그의 입가에 비릿한 미소가 떠올랐다.

"알아요."

"……."

"10년 전에도 그렇게 말했잖아요. 그런데 어쩌죠, 선배?"

그가 나현의 마른 어깨를 꽉 붙잡았다.

"이번엔 멋대로 못 떠나요."

멋대로 떠나다니.

노아가 왜 이런 식으로 말하는지 알 수 없었다. 애초에 떠나고 말고 할 사이도 아니었다.

모두가 동경하는 노아를, 나현 역시 동경했다.

우연한 계기로 대화를 나누게 되었고, 어쩌면 그도 조금은 마음이 있을지도 모른다고 멋대로 상상했다. 그리고 그렇지 않다는 것을 알게 되어, 처참한 기분으로 마음을 접었을 뿐이다.

그뿐인 사이였다.

"갈게요."

노아가 잡고 있던 어깨를 놔주었다. 하지만 통증이 사라지지 않았다. 여전히 그의 손에 세게 붙잡힌 듯 아파서 아랫입술을 꽉 깨물었다.

"입술, 그렇게 깨물지 마요. 피 나요."

나현은 대답하지 않았다. 그 역시 대답을 바라지 않은 듯 돌아섰다. 신발을 신고 문을 여는 그의 등에 대고, 다시 한 번 말했다.

"정노아, 네가 정말 싫어."

그는 돌아보지 않고 대답했다.

"안다고 했잖아요. 확인사살 할 것 없어요. 선배가 생각하는 것 이상으로 아주 잘 알고 있으니까."

솔직히 말하자면, 최여울이 정말로 싫었다. 하지만 노아를 싫어한 적은 단 한 번도 없었다. 10년 전, 노아를 똑바로 보며 말하던 순간에도, 방금 전 그에게 같은 말을 내뱉던 순간에도. 사실은 그를 싫어하지 않았다.

—선배님. 노아가 좋아서 선배님이랑 시간을 보낸다고 생각하세요?

—난처해하고 있어요. 자기 그림 좋아한다는 사람한테 매몰차게 굴 수도 없는 일이라서.

—선배님. 노아를 흔들지 마세요. 걔 마음은 제 거예요. 노아가 선배님을 좋아하는 일은, 죽었다가 깨어나도 없을 거예요.

심장에 무수히 많은 칼을 찔러 넣었던 아름다운 얼굴을, 예쁜 목소리를, 나현은 똑똑히 기억하고 있었다.

—부탁해요. 나의 노아를, 귀찮게 하지 말아 주세요.

부드럽지만 잔인했던 그 말들은 조금도 흐릿해지지 않았다. 오래전에 들은 말인데도 방금 들은 말처럼 가슴을 찔러 왔다.

나의 노아.

여울은 노아를 그렇게 불렀다.

내 노아. 나의 노아.

마음껏 그렇게 부를 수 있는 여울이, 그 순간에조차 부러웠었다. 그리고 지금도 역시.

어째서일까.

모멸감과 고통으로 가득했을 뿐인데, 왜 다시 노아를 사랑하게 된 걸까? 같은 일이 반복되리라는 걸 알면서, 왜 이 마음이 그때로 돌아간 걸까?

화가 날 정도로 노아가 좋았다.

그가 여울의 이름을 말하지 말라고 하는 그 순간조차도, 그를 사랑해서 짜증이 났다.

조금만 덜 좋아했더라면 이렇게까지 비참하지는 않았을 텐데.

사랑하기 싫어.

나현은 두 손으로 얼굴을 가렸다.

이제 정말 사람을 사랑하고 싶지 않아.

3장

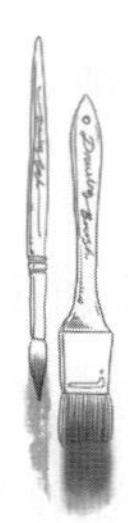

매주 월요일은 부서 회의가 있는 날이다. 회의는 업무 시작 시간인 9시부터 점심시간 전까지로 정해져 있지만, 회의가 길어질 때는 점심을 거르는 경우도 있었다.

얼마 후에 신제품이 발매될 예정이라 오늘은 회의가 길어질 것 같다. 나현은 출근 카드를 찍고 나와 간단히 아침이라도 먹을 요량으로 일찍 집을 나섰다.

오늘 비가 온다는 얘기를 들었는데, 정말로 하늘이 꾸물꾸물한 것이 금방이라도 비가 쏟아질 것 같았다. 더운 공기가 눅눅해서 기분이 좋지 않았다. 이런 날씨일 줄 알았다면 반바지를 입을 걸 그랬다.

회사에 도착했을 때 사무실에 슬이가 있었다. 슬이가 일찍 출근하는 일은 드문 일이었다.

"와, 언니. 원래 이 시간에 출근하세요?"

슬이가 심심했는지 반색하며 다가왔다.

"보통 이것보다는 조금 늦게 출근하긴 해요. 슬이 씨는 이렇게 일찍 어쩐 일이에요?"

"으으, 어제 너무 잤더니 오늘 일찍 눈이 떠지더라고요. 주말인데 약속도 없고. 외로운 청춘이에요."

"슬이 씨는 원하면 만날 사람 많잖아요."

"많긴요. 있어 봐야 다 고만고만한 녀석들이지."

"아침 먹으러 갈 건데 같이 갈래요?"

"네, 좋아요! 오늘 회의도 길어질 것 같은데."

슬이와 함께 회사를 나와서 근처의 식당에 들어갔다. 24시간 영업을 하는 해장국집이었다.

"어? 부장님!"

슬이가 간드러진 목소리로 구석에 앉은 사람을 불렀다. 뒷모습뿐이라서 알아보지 못했는데, 슬이는 단번에 알아본 모양이다.

혼자 밥을 먹던 진후가 고개를 돌려 둘을 발견하고는 살짝 고개를 숙였다. 슬이는 기세 좋게 그쪽으로 향했고, 나현도 그녀의 뒤를 따라가는 수밖에 없었다.

진후가 앉으라는 말을 하지도 않았는데 슬이는 그의 맞은편 자리에 앉았다.

“언니도 앉으세요. 부장님, 괜찮죠?”

“네, 괜찮습니다.”

이미 앉고 나서 묻는데 안 괜찮다고 할 사람이 어디 있을까?

나현은 쓴웃음을 지으며 슬이의 옆자리에 앉았다. 한 종류의 메뉴만 파는 가게이기에 따로 주문을 할 필요 없이 음식이 나왔다. 뚝배기에 담겨 팔팔 끓는 뼈해장국이었다.

진후는 두 여자가 자기 앞에 앉아 있는데도 묵묵히 식사만 했다. 밥을 먹는 진후를 바로 앞자리에 앉아서 보는 건 처음이었다. 늘 일을 하는 모습만 봐 왔기에, 느긋하게 국물을 떠서 입에 넣는 모습이 생소한 한편 재미있었다.

“언니, 뭘 그렇게 보세요? 부장님한테 반했어요?”

슬이의 질문에 퍼뜩 정신을 차렸다. 시선을 아래로 두고 있던 진후가 고개를 들어 나현을 응시했다. 짙은 눈썹 아래에 자리 잡은 검은 눈동자는 올곧고 진지했다.

얼굴이 화끈거렸다.

“우와, 언니 얼굴 빨개진 거 봐. 진짜로 부장님한테 반한 거 아니에요?”

슬이가 눈치 없이 말했다. 나현은 슬이의 입을 틀어막고 싶었다. 이런 경우에 뭐라고 대답해야 좋을지 모르겠다. 그런 거 아냐, 라고 딱 잘라 말하면 너무 싸가지 없어 보이지 않을까. 그렇다고 아무 말도 안 하면 오해할 것 같은데.

그런 고민을 하는데 진후가 말했다.

"슬이 씨. 나현 씨 난처하게 하지 말고 식사하세요."

"뭐야, 부장님. 나현 언니 편들어 주시는 거예요? 너무해, 너무해."

슬이가 즐거운 듯 중얼거리며 숟가락을 들었다. 그녀는 자기가 뱉은 말을 잊은 듯 맛있게 아침을 먹기 시작했지만, 나현은 그럴 수가 없었다. 아랫입술을 잘근 깨물고 있다가 입 안에 감도는 한숨을 삼켰다.

'언제까지 바보처럼 굴래? 이런 건 그냥 농담으로 넘겨도 되잖아.'

매사에 진지하게 반응하는 성격을 고치고 싶은데 쉽지 않다. 이러면 이럴수록 더 오해를 받을 것 같아서, 나현은 숟가락을 들었다.

먼저 온 진후는 제 몫을 다 먹은 후에도 두 사람이 먹기를 기다리는 듯 앉아 있었다. 나현은 슬이가 폭탄 같은 말을 던질까 봐 전전긍긍하며 서둘러 숟가락을 움직였다. 다행히 슬이는 오늘 있을 회의에 대해서만 이야기를 했다.

슬이가 또 폭탄발언을 한 것은, 식당에서 나왔을 때였다.

"저 커피 사 가지고 올라갈게요. 두 분이서 먼저 들어가세요."

"같이 가요."

"아니에요, 언니. 제가 눈치껏 빠질게요. 좋은 시간 되세요!"

"아니, 저기……."

나현이 잡으려고 했지만 슬쩍 몸을 피한 슬이가 손을 휘휘 흔들고는 커피숍 쪽으로 달려갔다.

그녀가 그렇게 가 버리자 분위기가 다시 묘해졌다.

"걱정 마세요. 나현 씨 마음을 오해하지는 않습니다."

진후가 나현의 기분을 알아챈 듯 말했다.

"네, 저도 팀장님이 제 편을 들어주셨다고 오해하지 않습니다."

"그건 오해가 아니겠군요."

"네?"

고개를 번쩍 들어 진후를 쳐다봤다. 진후의 얼굴에 옅은 미소가 묻어 있었다.

"나현 씨 편을 들어준 게 맞으니까요."

"아……."

"그럼 들어갈까요?"

그의 뒤를 따라가며 아랫입술을 잘근 깨물었다.

무슨 의도로 한 말일까? 저번에도 그렇고, 이번에도 그렇고.

'정말 이상한 분이셔.' 라고, 나현은 결론을 내렸다.

'여자에 관심 없으신 줄 알았는데, 설레는 말을 되게 많이 하시네.'

회사로 가는 길에는 출근을 하는 직원들을 마주쳤다.

"오, 같이 식사하신 거예요?"

"나도 일찍 와서 아침 먹을걸."

"난 집에서 먹고 왔어."

직원들 중에서 슬이처럼 나현과 진후를 엮어서 생각하는 사람은 없었다. 진후의 평소 행실이 발랐기 때문이리라.

좁은 엘리베이터에 사람이 꽉꽉 찰 만큼 많이 탔다.

삐—

경고음에 두 사람인가가 내리고 나서야 엘리베이터 문이 닫혔다. 출근 시간이 임박하면 늘 이렇다.

덜컹거리며 올라가는 엘리베이터가 갑자기 멈출까 봐 걱정이라고 생각하면서도, 등에 닿은 진후의 가슴이 신경 쓰였다.

진후가 먼저 타고 나현이 타는 바람에, 그를 등지고 서게 되었다. 사람들이 많이 타서 그에게 거의 기대는 듯한 자세가 되고 말았다.

진후에게서는 옅은 스킨 향기가 났다.

예상대로 회의는 길었다.

점심시간을 훌쩍 넘기는 바람에, 결국 주문한 햄버거를 먹으며 회의를 계속했다. 거래처의 사정 때문에 신작 프로모션 하나가 완전히 엎어져서, 그걸 수습할 방법을 찾느라 시간이 길어졌다.

회의가 끝날 무렵에는 다들 지친 기색이 역력했다. 회사 일이라는 게 하다 보면 딴짓도 하게 되고, 담소도 나누면서 하게 되는지라, 오로지 집중을 해야만 하는 회의는 누구에게나 곤욕일 터였다. 그건 나현도 마찬가지라서 아픈 허리를 펴며 주위를 둘러봤다.

슬이는 아까부터 몇 번이나 하품을 하고 있었고, 이윤정 대리는 몰래 졸고 있었다. 그리고 노아에게서 시선이 멈췄다.

노아는 슬이의 옆옆자리에 앉아 있었는데, 무표정하게 자료를 응시하고 있었다. 지친 기색도, 지루한 기색도, 그에게는 없었다.

그 순간, 나현은 고등학교 때로 돌아간 기분을 느꼈다.

10년 전, 그때에 노아는 늘 저런 분위기였다. 무표정, 그리하여 누구도 접근할 수 없는 철옹성 같은 단단함. 그 성안에 들어갈 수 있는 사람은 여울뿐이었다.

회의는 2시가 넘어 끝났다.

"으아!"

"힘들어."

"죽겠네. 커피 마실 분."

제각각 힘든 것을 티내며 회의실을 빠져나갔다. 회의를 하던 인원 중에 지치지 않은 것 같은 사람은 노아와 진후, 둘뿐이었다.

"오빠, 우리 커피숍 갈래요?"

슬이가 생글생글 웃으며 노아에게 물었다. 자료를 챙기던 노아가 슬이를 올려다보더니 살짝 고개를 저었다.

"난 괜찮아요."

"배 안 고프세요? 햄버거 하나밖에 못 드셨는데. 커피숍에 가서 뭐라도 먹고 올라와요."

"그래, 노아 씨. 같이 내려가자. 나현 씨도 갈 거지?"

윤정이 끼어들었다. 멍하니 눈을 깜빡거리고 있던 나현은 갑작스러운 질문에 눈을 동그랗게 떴다.

"네? 어딜요?"

"뭐야, 나현 씨. 졸았어? 커피숍에 차 한잔하러 가자. 점심시간 건너뛰었으니까 30분은 쉬어야지."

윤정이 웃으며 말했다. 노아는 묘한 표정으로 이쪽을 보고 있었다. 그의 시선이 거슬렸다.

"저는 좀 자야겠어요, 대리님. 너무 졸려요."

졸리지는 않았다. 다만 노아와 여러 여자들이 함께 있는 공간에 따라가고 싶지 않았다. 그 분위기가 얼마나 숨 막힐지, 서로 얼마나 눈치를 볼지 예상할 수 있었기 때문이다.

"그래, 피곤할 만하지. 그럼 나현 씨는 좀 자. 이따 올라올 때 커피 사다 줄게. 아이스 라떼지?"

"네, 감사해요."

다들 카페를 갔거나 담배를 피우러 갔는지, 사무실에는 아무도 없었다. 나현은 자리로 돌아가 어깨를 주무르다가 일어났다.

자판기에서 사이다를 하나 뽑아 휴게실로 향했다. 휴게실 의자는 길어서 다리를 뻗고 앉아 있기에 좋았다. 아무도 없으면 잠깐 누워 있을 수도 있다.

다행히 아무도 없어서 나현은 다리를 쭉 펴고 앉아 캔 뚜껑을 땄다.

치익—

듣기만 해도 시원한 소리.

마시려고 입술을 가져다 댔을 때, 휴게실 문이 열렸다.

들어온 사람은 진후였다. 진후도 나현처럼 사이다를 손에 들고 있었다. 그는 나현이 있을 줄 몰랐다는 듯 잠시 멈춰 서 물었다.

"들어가도 되겠습니까?"

"네? 아, 네. 당연하죠."

공동으로 쓰는 휴게실인데 왜 물어본 거지, 라고 생각하다가 뒤늦게 의자에 다리를 올리고 있는 자신을 깨달았다. 황급히 다리를 내리고 신발을 신었다. 그는 예의상의 미소도 짓지 않고 나현에게서 한 사람분 정도 떨어진 곳에 앉았다.

치익—

그가 사이다 캔을 따는 소리가 들렸다.

"부장님은 왜 커피숍에 안 가셨어요?"

침묵이 무거워서 애써 질문을 던졌다.

"아무도 권하지 않더군요."

"아……."

"덕분에 나현 씨와 휴게실을 이용할 수 있게 됐군요."

"아……."

무슨 의미인가 싶어서 그의 표정을 살펴봤다. 그가 정면을 응시하고 있어서 옆얼굴만 확인할 수 있었는데, 웃는 얼굴이 아니라는 것은 확실했다.

"뮤지컬 좋아하십니까?"

그가 물었다.

"뮤지컬이요?"

"네, 뮤지컬이요."

"음…… 따로 챙겨서 볼 만큼 좋아하진 않는 것 같아요. 친구가 보자고 하면 가끔 보러 가긴 하지만."

"그럼 내가 보러 가자고 해도 보러 갈까요?"

"네?"

눈을 크게 뜨고 그를 돌아봤다. 그가 나현을 향해 천천히 고개를 돌렸다. 그의 눈동자는 늘 그렇듯 정직하게 빛나고 있었다.

"주말에 같이 뮤지컬 보러 갑시다."

* * *

노아의 얼굴을 보는 슬이의 눈동자는 반짝반짝 빛나고 있었다. 누가 봐도 슬이가 노아에게 푹 빠졌다는 것을 알 수 있을 정도였다.

'어쩜 이렇게 잘생겼지?'

이렇게까지 제 스타일의 남자를 만난 건 처음이었다. 노아는 머리끝부터 발끝까지 슬이의 타입이었다.

'조금만 더 능력이 있으면 좋았을 텐데, 아쉽다.'

슬이가 이름 있는 여대를 졸업한 이유는 딱 하나였다.

능력 좋은 남자를 만나 인생역전.

단지 공부만 잘한다고 잘난 남자를 꿰찰 수는 없는 일이라는 걸 알기에, 외모를 가꾸는 일도 게을리하지 않았다. 그 모든 것이 능력 좋은 남자를 만나, 전업주부를 하며 편하게 살기 위해서였다.

자일 화장품에 입사했을 때, 팀장인 연진후 부장을 보고 속으로 쾌재를 불렀다. 진후는 능력이 있을 뿐 아니라 외모도 번듯했다. 진후를 자신의 포로로 만들겠다는 결심은, 오래지 않아 무너졌다. 진후는 게이가 아닐까 의심이 될 정도로 여자에게 관심이 없었다.

회사를 옮겨야 하나 고민을 하던 중에 나타난 사람이 노아인데, 신입사원이라는 것이 마음에 걸린다.

'뭐, 자일 화장품에 입사했을 정도면 능력은 나쁘지 않은 거겠지만…… 신입 월급은 빤하잖아. 집안이 좋으면 좋을 텐데. 너무 대놓고 물어보면 속 보일 것 같고. 게다가 저 얼굴은 정말…….'

신입사원이라는 이유로 포기하기에는, 노아의 얼굴이 너무나 매력적이었다. 섹시하게도, 순수하게도 보이는 그의 얼굴은 그야말로 팔색조의 매력을 지니고 있었다. 쉽게 볼 수 있는 얼굴이 아니다.

'이런 남자 데리고 다니면 여자들이 엄청 부러워하겠지?'

수백만 원짜리 명품백보다 잘생긴 남자 하나가 더욱 주목받는다는 것을, 슬이는 알고 있었다. 슬이는 여자들이 자신에게 부러움과 질투의 시선을 보내는 것이 좋았다.

'일단 개인적으로 만날 일을 만들어야 하는데. 주말에 만나자고 해 볼까?'

* * *

멍하니 진후의 얼굴을 바라봤다. 당혹감이 얼굴에 고스란히 드러났을 텐데도 진후는 기분 나쁜 기색이 없었다. 아니, 저 무표정한 얼굴의 남자가 무슨 생각을 하는지 도통 알 수가 없었다.

'날 놀리려는 걸까?' 라는 생각이 들어 조심스레 물었다.

"진심으로 하시는 말씀이세요?"

"농담으로 이런 말을 하지는 않습니다."

하긴. 진후는 이런 일로 장난을 칠 성격이 아니었다.

"그럼 어째서……?"

"이유는 뮤지컬을 본 후에 말씀드리죠. 토요일에 시간 괜찮으시겠습니까?"

"네, 괜찮기야 하지만……."

"그럼 오후 6시에 혜화역에서 뵙죠."

거절하지 못했다.

진후가 상사이기 때문이 아니었다. 그가 뮤지컬을 보자고 하는 이유가 궁금했다.

만약 다른 남자가 이런 제안을 했더라면, '이 남자가 나에게 관심이 있구나.'라고 생각했을 것이다. 하지만 상대는 '그' 연진후였다. 게이라는 소문까지 도는, 여자관계에 있어서 담백하다 못해 새하얀 연진후.

그런 진후가 회사에서 주말 약속을 잡는 데는 분명 이유가 있을 거라고 생각했다.

"먼저 들어가겠습니다."

진후가 일어났다.

"아, 그럼 저도……."

"나현 씨는 좀 더 쉬다가 들어오세요. 어차피 다른 사원들도 아직 안 들어왔을 테니까."

진후의 배려가 고마웠다.

진후가 휴게실에서 나간 후, 나현은 다시 아까처럼 신발을 벗고 의자에 두 다리를 올렸다. 요새 잠을 제대로 못 자서 그런지 몸이 찌뿌드드해 오랜 시간 앉아 있기 힘들었다.

'오늘 회사 끝나면 마사지나 받으러 갈까?'

저번 달에 이윤정 대리가 준 마사지샵 할인쿠폰이 있는데, 아직 사용할 수 있으면 좋겠다.

또 휴게실 문이 열린 것은, 나현이 전신마사지는 얼마나 할까 가늠해 보고 있을 때였다. 이번에도 진후인 줄 알고 얼른 다리를 내린 후 고개를 들었다.

이번에는 노아였다.

노아는 나현이 있을 줄 몰랐다는 듯 눈을 크게 떴다가 곧 빙그레 웃었다.

"선배가 있는 줄 몰랐어요."

그의 다정한 미소에 가슴이 욱씬 쑤셔 왔다.

—네가 싫어, 정노아.

나현이 그렇게 말했던 것을, 그는 잊고 있는 것 같았다.

그래, 그 정도밖에 안 되는 일이라는 거겠지. 나는 온 힘을 다해서 뱉어 낸 말인데. 그 말을 하는 내 심장에는 칼이 박혔는데, 너에게는 그렇게 쉽게 잊을 수 있는 일인 거겠지.

노아는 자연스럽게 나현의 옆에 앉았다.

"사무실에서 자고 있을 줄 알았는데."

그가 중얼거렸다.

"네?"

"아까 그랬잖아요. 졸려서 좀 잘 거라고."

"아아, 그랬죠."

"커피숍 가기 싫어서 거짓말한 거죠?"

"자려고 하다가 목말라서 나온 거예요."

"그래요?"
"그래요."
그는 믿지 않는 눈치였지만 더 이상 추궁하지 않았다. 생각해 보면 이런 일로 추궁을 받을 이유도 없었다. 잠을 자겠다고 하고 자든, 안 자든 그가 무슨 상관이란 말인가.
"선배, 피곤해 보여요."
"네, 피곤하네요."
"마사지해 줄까요?"
순간 그가 자신의 마음을 읽는 것이 아닌지 의심스러웠다. 가만히 쳐다봤더니 그가 씩 웃었다.
"왜 그런 식으로 봐요? 만지고 싶어지게."
"보기만 했는데 만지고 싶어지는 거면, 이 여자 저 여자 만지느라 정신없겠네요. 노아 씨를 보는 여자들, 많이 있잖아요."
"내가 만지고 싶은 건 선배뿐이에요."
그가 갑자기 나현의 다리를 붙잡아 자기 허벅지 위에 올렸다. 당황하는 바람에 "꺅!" 낮은 비명을 지르고 말았다. 그가 쿡쿡 웃었다.
"걱정 마요. 안 벗길 테니까."
"그, 그런 걱정 안 했어요. 아무리 노아 씨라도……."
"회사에서 벗길 일은 없다고 생각해요?"
"그래요. 미치지 않고서야."
"그렇다면 선배가 절 잘못 본 거예요."

그가 나현의 종아리를 주무르며 말했다. 종아리의 뭉친 부분을 풀어 주는 그의 손길은 무척이나 능숙했다.

"전 미쳐 있거든요."

"……그래요. 그렇게 보이기도 하네요."

"솔직하시긴."

그와 이런 식으로 평범한 대화를 나눌 수 있다는 게 신기했다. 그는 농담을 적당히 받아넘길 줄 알았다. 10년이라는 시간이 그를 변하게 만든 걸까, 아니면 원래 이런 사람인데 오해하고 있었던 걸까?

그는 나현의 종아리뿐 아니라 발까지도 주물렀다. 남자에게 발을 만지게 하는 것은 처음이라서 부끄러웠다.

이 남자는 남의 발을 만지는 게 더럽지도 않은 걸까?

그러면서도 그의 손길을 거부하지 못하는 이유는 기분이 좋기 때문이었다. 온몸의 근육이 풀어져 노곤해질 만큼, 그는 마사지를 잘했다.

"선배는 발이 참 작네요."

"여자니까요."

"귀여워요."

"별 게 다 귀엽네요."

"왜 그렇게 까칠하게 반응해요? 칭찬 받는 거 쑥스러워서 그래요?"

"……응, 익숙하지 않아요."

"그럼 좀 익숙해져 봐요. 선배 몸은 최고니까."

"그런 칭찬은 됐어요."

그가 또 웃었다. 그의 청량한 미소에 나현은 덩달아 기분이 좋아졌다. 그를 싫어한다고 말했던 것을 잊을 만큼, '최여울'이라는 여자가 희미해질 만큼, 이 시간이 즐거웠다.

"이제 그만 사무실에 들어가 봐야 돼요."

하지만 나현은 이곳이 회사라는 것만큼은 잊지 않았다.

"응, 그래요. 아, 선배. 오늘 저녁에 시간 있어요?"

나현이 경계하는 것을 느낀 모양이다.

"안 만질게요. 저녁 같이 먹어요."

"정말 안 만질 거예요? 진짜로?"

"그렇게까지 물어보신다면 고민을 좀 더 해 봐야 할 거 같은데. 갑자기 만지고 싶어질 수도 있으니까."

"그럼 싫어요."

"선배는 정말 나한테는 싫다는 말 잘하네요. 다른 사람들한테는 거절도 잘 못 하면서."

지난 주말에 싫다고 했던 걸 완전히 잊은 건 아닌 모양이다. 기억하고 있으면서도 나현의 입장을 생각해서 모르는 척해 준 것이겠지.

조금 죄책감이 느껴졌다.

"저녁만 먹어요. 만지는 것도 안 되고, 회사 근처에서도 안 돼요."

"보는 눈이 있으니까?"

"그래요, 보는 눈이 있으니까요."

"알겠어요. 그럼 홍대에서 봐요. 전철역 앞에서 기다릴게요."

노아가 일어나며 말했다.

"나, 조금 늦게 끝날 수도 있어요."

나가려는 그의 등에 대고 말했다. 그는 돌아보지 않고 대답했다.

"응, 기다릴게요."

노아는 알까? 그가 별생각 없이 한 '기다릴게요.'라는 말이, 이 바보 같은 가슴에 얼마나 큰 파동을 만드는지.

그는 알고 있을까? 그가 아무 생각 없이 해 준 마사지가, 이 바보 같은 몸뚱이에 얼마나 큰 설렘을 안기는지.

종아리와 발을 주물러 주던 그의 표정과 느릿한 손길이, 일하는 중에도 계속 떠올랐다. 노아는 무얼 하고 있을지 궁금해서 흘끗 돌아보니, 당당하게 인터넷 쇼핑을 하고 있었다. 황당해서 입술이 살짝 벌어졌는데, 때마침 고개를 돌리던 노아와 눈이 마주쳤다. 나현의 표정을 본 그가 멋쩍게 웃었다.

"뭘 해야 될지 모르겠어서요."

"그렇다고 인터넷 쇼핑을 해요?"

"말 나온 김에 선배 옷도 한 벌 사 줄까요?"

"뭐가 말 나온 김이에요? 일할 거 줄 테니까 얼른 그거 꺼요."

"네, 네."

노아가 건성으로 대답하며 인터넷 창을 껐다.

이 남자는 대체 무슨 생각인 걸까?

입사하기 힘들기로 유명한 자일 화장품에 들어왔을 정도면, 아주 바보는 아니라고 생각한다. 생각해 보면, 고등학교 때도 불량 학생들과 어울렸던 것에 비해 성적은 꽤 좋은 편이었다.

하지만 지금 이곳은 고등학교가 아니다.

고등학교 때야 뭘 하든 성적만 좋으면 그만이었지만, 회사에서는 그렇지 않다. 능력이 안 좋든, 좋든 열심히 하는 모습을 보여야만 했다. 특히 신입사원일 때는 더욱더.

그걸 모를 만큼 바보도 아닌데 당당하게 쇼핑몰 창을 띄워 놓고 있다니.

'아니, 바보일지도. 내가 노아라는 남자에 대해 완전히 잘못 알고 있었던 걸지도 몰라. 애초에 성격을 잘 알 만큼 친했던 것도 아니니까.'

그의 메일로 처리해야 할 자료를 하나 보냈다.

"이거 통계해서 보내 주세요."

"고객 만족도네요. 오늘 중으로 해드리면 돼요?"

"내일까지요."

일 년치 분량이라서 상당할 터라, 시간을 좀 길게 주기로 했다. 사실 고객 니즈 통계도 내야 하지만, 그건 나현이 할 생각이었다.

"네, 최대한 빠르게 해서 보내드릴게요."

그가 엑셀을 여는 걸 확인한 후, 나현도 업무로 돌아갔다. 기획서를 작성하고 있는데, 메신저로 메시지가 왔다. 슬이가 보낸 메시지였다.

[언니, 화장실 같이 가요.]

슬이의 자리 쪽을 돌아봤더니, 부탁한다는 듯 두 손을 모아 쥐고 코를 찡긋하는 그녀의 모습이 보였다. 귀엽다고 생각하며 가볍게 고개를 끄덕였다.

그녀가 무슨 말을 하려고 하는지 대충 짐작이 됐다. 그 잠깐 사이에도 슬이의 눈동자가 노아를 향하는 것을 똑똑히 목격했기 때문이다.

먼저 화장실에 가서 기다리고 있노라니, 황급히 들어온 슬이가 대뜸 말했다.

"언니, 노아 오빠랑 친해지셨어요?"

예상대로 노아 얘기였다.

"아니요."

"정말로? 교육하면서 사적인 얘기는 안 해요?"

"응, 안 해요."

"왜요? 좀 하시지."

"업무 중이니까요."

나현은 담담히 거짓말을 하는 자신의 모습이 놀라웠다. 내가 이렇게 거짓말을 잘했었구나.

"언니, 오늘 저녁에 노아 오빠랑 셋이 저녁 먹으면 안 돼요? 같이 저녁 먹고 싶은데."

"나 빼고 둘이 먹는 건 어때요?" 라고 대답하는 자신을 경멸했다.

노아와는 이미 저녁 약속이 잡혀 있었다. 슬이가 노아에게 저녁을 먹자고 했을 때, 노아가 누구를 선택할지 궁금했다. 이런 걸 왜 궁금해하고 있는 걸까. 누구를 선택하든, 노아의 심장을 차지한 여자는 최여울뿐인데.

"노아 오빠가 은근히 낯을 가리는 것 같더라고요. 제가 먹자고 하면 거절할 것 같아요. 언니는 그래도 사수니까 딱 잘라 거절하지는 않을 것 같고."

"노아 씨가 낯을 가려요?"

"네, 그렇던데요. 언니한테는 안 그래요?"

"뭐, 그렇긴 한데……."

말끝을 흐렸다.

정노아가 낯을 가린다고?

생전 처음 듣는 소리다. 낯을 가리는 남자였다면, 10년 만에 만난 나현의 몸을 그런 식으로 만지지 않았을 것이다.

"언니, 제발. 응?"

슬이가 밉지 않게 애교를 부리며 나현의 팔을 잡고 흔들었다. 나현은 난처한 기분으로 슬이의 얼굴을 응시했다.

슬이는 정말로 노아에게 푹 빠진 것 같았다.

그녀는 철부지처럼 행동하긴 하지만 바보는 아니었다. 이런 식으로 행동해 봐야 좋을 게 없다는 걸 알 텐데도 이러는 건, 그만큼 노아를 원하는 마음이 간절하기 때문일 것이다.

사람 좋아지는 건 시간이 중요한 게 아니니까, 첫눈에 반하기라도 한 거겠지. 노아를 본 많은 여자들이 그러하듯이.

"오늘은 내가 선약이 있어요, 슬이 씨."

오늘 만나는 자리에 슬이를 데리고 갈 수도 있다. 그러나 나현은, 어쩐지 그래서는 안 될 것 같다는 생각이 들었다.

"내가 내일 한 번 물어볼게요."

"정말요?"

"응, 그럴게요. 슬이 씨가 직접 물어보면 더 좋고."

"전 못 하겠어요. 왠지 부끄러워서."

진심인 듯 그녀의 볼이 붉어졌다.

대화를 마치고 화장실을 나가는 중에 문득 슬이가 물었다.

"근데 언니, 노아 오빠네 부모님은 뭐하시는 분이래요?"

* * *

홍대 전철역 출구 앞은 만남의 장소라서 늘 사람들이 많았다. 북적거리는 인파 속에서, 나현은 단번에 그를 찾아낼 수 있었다.

그의 키가 크고 외모가 아름답기 때문만은 아니었다. 모두가 같은 키에 같은 옷차림을 하고 있더라도, 나현은 그를 찾아낼 수 있을 거라 확신했다.

그는 귀에 이어폰을 꽂고 무표정하게 하늘을 올려다보고 있었다. 이마를 가린 연갈색 고수머리, 그 아래에 자리 잡은 깊은 눈이 무척이나 인상적이었다. 그림 같은 그 모습에 넋이 나가, 나현은 잠시 걸음을 멈추고 그를 지켜봤다.

무슨 생각을 하고 있을까? 여울을 생각하고 있는 걸까?

10년 전에도, 그는 때때로 저런 표정을 짓곤 했다. 그러다가 생각난 듯이 연습장을 꺼내 그림을 그리던 그의 모습을, 나현은 몹시도 사랑했었다.

하지만 이제 그는 그림을 그리지 않는다. 그림을 그리는 그의 모습을 사랑했을 뿐이라고 생각했었는데, 아니었던 모양이다. 아무것도 하지 않고 하늘을 응시하는 그의 모습조차도, 나현의 가슴을 아리게 했다.

어쩐지 비참한 기분이 들어, 나현은 그를 지켜보는 걸 관두고 그에게로 다가갔다. 그의 앞에 도착하기 전, 그가 천천히 시선을 움직였다. 그의 검은 눈동자가 나현에게 고정되었다.

나현을 발견한 그의 얼굴에 옅은 미소가 떠올랐다.

"선배."

그가 이어폰을 빼며 나현에게 다가왔다.

친구를 기다리던 몇몇 여성들이 나현을 쳐다보는 게 느껴졌다. 그와 있을 때면 항상 받는 시선이었다. 나현은 그 시선을 무시하려고 애썼다.

"오래 기다렸죠?"

일찍 나올 생각이었는데 윤정에게 붙잡히는 바람에 이것저것 얘기를 하다가 두 시간이나 늦고 말았다. 이미 돌아갔을 줄 알았던 노아가 진짜로 기다리고 있어서 조금 감동받았다.

"그런가?"

노아가 의아한 듯 시간을 확인했다.

"아, 그러네요. 나 되게 오래 기다렸네요."

"시간 가는 줄도 몰랐어요?"

"선배랑 뭐 먹을지 생각하다 보니까요."

"그래서 뭐 먹기로 결정했어요?"

"선배가 먹고 싶은 걸 먹는 게 제일 좋겠구나, 하고 결론을 내렸죠. 뭐 먹고 싶어요?"

"오랜만에 느끼한 거 먹고 싶어요. 파스타, 괜찮아요?"

"네, 좋아요."

나란히 서서 이태리 음식점을 향해 걸음을 옮겼다. 이건 마치 평범한 데이트 같다.

'좋지 않아.'

나현은 생각했다.

'이건 정말 좋지 않아.'

다짜고짜 아틀리에나 나현의 집에 가서 몸을 더듬는 편이 나을 것 같았다. 평범한 데이트 같은 상황은 설렘을 안겨 주고, 설렘은 기대와 희망을 만들어 낸다.

이루어지지 않는 희망이 부서졌을 때 찾아오는 절망과 비참함을, 나현은 알고 있었다. 그때에 느꼈던 처절한 고통도 노아 때문이었다. 그런데 바보처럼 또 정노아라는 남자에게 휘둘리고 있다.

"우리 그냥."

나현은 걸음을 멈췄다.

연인들이 하는 평범한 데이트, 그것을 노아와 할 생각은 없었다.

"아틀리에에 가요."

예전처럼 파릇파릇 돋아나는 희망에 설레고 싶지 않았다.

"내 몸을 만지고 싶은 거라면."

그렇다면 철저히 그가 원하는 것을 들어주면 되는 일이다.

"이런 식으로 공들일 필요 없어요."

그가 다시 그림을 그릴 수 있을 때까지만.

"이런 거, 난 싫어요."

이 몸을 내주자. 그러면 이 바보 같은 마음이 희망을 갖게 되는 일도, 설레는 일도 없겠지.

"나는."

이런 이야기를 듣는 노아의 얼굴이 묘하게 일그러졌다는 착각을 하는 일도 없겠지.

"노아 씨랑 데이트 같은 걸 하고 싶지 않아요."

그의 얼굴에서 또다시 표정이 사라졌다. 그는 무채색의 눈동자로 나현을 응시했다. 그의 시선에 담긴 얼음 칼날이 나현의 심장을 베어 내는 것만 같았다.

아직 그와의 관계에 대해 희망도, 설렘도 갖지 않았는데 어째서 이렇게 아픈 걸까? 왜 내가 내뱉은 말에 내가 상처를 받는 거지?

나현은 아랫입술을 지그시 깨물었다. 하지만 그것도 오래가지 않았다. 그가 갑자기 나현의 팔을 끌어당겨 입을 맞췄기 때문이다.

사람이 많은 거리였다. 하지만 그는 아무래도 상관없다는 듯, 나현의 허리를 단단히 옭아매고 농밀한 키스를 해 왔다. 그의 입술이 나현의 도톰한 입술을 빨아들이고, 그의 혀가 나현의 입 안을 더듬었다.

그를 밀어내려 했지만 나현의 힘으로는 역부족이었다. 아직 눈을 뜨고 있었기 때문에, 사람들이 놀란 눈으로 이쪽을 쳐다보는 것이 보였다. 그들의 시선이 민망해서 나현은 질끈 눈을 감아 버렸다.

그러자 예민해진 후각이 그의 향기를 잡아냈다. 존 바바토스의 시원한 향기, 그리고 그의 숨결과 입 안으로 넘어오는 그의 타액.

어느 순간, 주위의 소음이 사라지고 그와 단둘이 남은 듯한 기분을 느꼈다.

그의 입술이 떨어져 나갔다. 나현은 눈을 뜨기 두려웠다. 얼마나 많은 사람이 보고 있을지보다, 그의 눈동자를 마주하는 것이 두려웠다.

"눈 떠요, 선배."

그의 손이 나현의 볼을 감쌌다.

"눈 뜨고 날 봐요."

나현은 천천히 눈꺼풀을 들어 올렸다.

그의 눈동자에 경멸, 혹은 짜증이나 분노 따위가 담겨 있을 줄 알았다. 그러나 나현의 예상은 틀렸다. 그는 지독히 상처 입은 눈으로 나현을 보고 있었다.

"선배가 원하는 게 그거예요?"

눈빛과 달리 그의 음성은 냉랭했다.

"정말로 그런 걸 원해요?"

아니, 사실은 너의 마음을 원해. 나는 늘 네 마음을 원했어. 10년 전에도, 어쩌면 지금도.

하지만 말할 수 없었다.

그때와 같은 결과가 나올 것 같아 두려웠다.

그래서 애써 아무렇지도 않은 척 고개를 끄덕였다. 그의 눈동자가 더 어둡게 물들었다.

"그래요, 그런 걸 원한다면 좋아요."

그가 나현의 손목을 낚아챘다.

"아틀리에로 가죠."

*　　*　　*

더운 날씨였다. 그러나 나현은 아틀리에 안에 갇힌 공기가 무척이나 차갑다고 생각했다. 온기가 조금도 느껴지지 않아서 몸이 바들바들 떨렸다.

아틀리에에 들어오고 한 시간이 지났다. 곧바로 몸을 만질 줄 알았던 노아는 아무 짓도 하지 않았다. 나현을 소파에 앉혀 둔 채, 그 앞에 서서 가만히 내려다보고만 있었다.

아까 언뜻 상처 입은 것 같다고 느꼈던 것은 착각이었나 보다. 그의 눈동자는 무정했다.

"왜 떨어요?"

아틀리에에 들어온 후, 그가 처음으로 입을 열었다. 목소리가 무겁게 가라앉아 있었다.

"내가 무서워요?"

"안 무서워요."

고집스럽게 대답했다. 그는 웃음기 없는 얼굴로 나현을 응시했다.

"그래요? 그럼 떨지 마요."

떨지 않으리라 마음먹는다고 안 떨리는 게 아니었다. 나현도 자신이 왜 이렇게 떨고 있는 건지 알 수 없었다.

노아가 무섭진 않았다. 앞으로 그가 할 행위도 두렵지 않았다. 그런데 뭐가 이렇게 무서운 걸까? 저 차가운 눈빛? 아니면 이런 와중에도 그를 사랑하는 이 마음?

"이제부터 선배를 만질 거예요."

그가 한 걸음 다가왔다.

"싫으면 지금 말해요. 그럼 다시 나가서 계획했던 대로 파스타를 먹고 커피숍에 갔다가 선배를 집으로 데려다줄 테니까."

달콤하지만 무서운 유혹이었다.

나현은 불에 뛰어드는 나방처럼 그의 제안을 수락하려는 자신을 깨닫고는 마음을 다잡았다.

—나의 노아가 선배님을 사랑하게 될 날이 올 거라고 생각하세요?

그 말을 하던 여울의 얼굴에는 조소가 가득했다. 그것은 나현의 한 조각 남은 자존심을 갈가리 찢어 놓았었다.

"다시 한 번 말하지만, 나는 노아 씨랑 데이트 같은 거 하고 싶지 않아요."

나현은 단호하게 말했다. 노아는 눈을 살짝 감았다가 뜨고는 나현의 옆에 앉았다. 그리고 나현의 어깨를 슬며시 눌러 소파에 눕혔다.

그가 나현의 허리를 더듬으며 상의를 위로 올렸다. 그는 아주 느리게 음미하듯 나현의 살결을 쓰다듬었다. 그의 따뜻한 손바닥이 쓸고 지나가는 곳마다 달콤한 전율이 일었다.

그는 나현의 상의를 더 위로 올렸다. 티셔츠가 얼굴까지 올라가 나현의 눈가를 가렸다. 그 상태로 그는 나현의 브래지어를 풀었다.

눈에 보이는 것이 없어 피부의 감각이 더 예민해졌다. 그의 숨결과 닿지도 않은 그의 체온이 느껴질 만큼.

그가 어떤 눈으로 이 몸을 내려다보고 있을지 궁금했다. 그래서 옷을 치우려고 손을 올렸는데, 그가 나현의 양쪽 손목을 붙잡아 위로 고정시켰다.

그가 벨트를 푸는 소리가 들렸고, 그것이 나현의 손목을 단단히 묶었다.

"움직이지 마요."

그가 낮은 음성으로 말했다.

"가만히 있어요, 선배."

나현은 아랫입술을 꽉 깨물었다. 그가 그런 나현의 입술을 살짝 핥고는 목덜미를 애무했다. 그의 이가 연한 피부를 살짝살짝 깨물고 내려가, 봉긋하게 솟은 가슴을 한 움큼 베어 물었다.

그의 혀가 닿자 유두가 반응을 보였다. 단단해진 유두를 혀끝으로 핥은 그가 입술을 댄 채 속삭였다.

"몸이 진짜 솔직하네요. 내가 싫어도 몸은 느끼는 거예요?"

나현은 아랫입술을 더 세게 깨물었을 뿐, 대답하지 않았다. 그는 나현의 대답을 기대하지 않았다는 듯 계속해서 나현의 몸을 애무했다.

예민하게 곤두선 젖꼭지가 깨물렸다가 핥아지고 빨리는 감각에 나현의 숨이 거칠어지기 시작했다.

이번에도 또 혼자서만 흐트러진 모습을 보이게 될 것 같아, 나현은 온 힘을 다해 아무렇지도 않은 척하기 위해 애썼다. 그러나 그는 능숙했고, 나현은 저도 모르게 작은 신음을 뱉어 낼 수밖에 없었다.

"하아…… 흣……."

그가 나현의 등 뒤로 손을 넣어 상체를 일으켜 세웠다. 그는 나현이 다리를 벌리게 해 자기 허벅지 위에 앉히고, 나현의 두 다리가 그의 허리를 감도록 만들었다. 나현은 묶인 두 팔로 그의 목을 끌어안았다.

그는 나현의 목덜미에 얼굴을 묻은 채 한동안 그 자세로 가만히 있었다. 그의 뜨거운 숨이 목덜미를 간질였기 때문에, 그가 움직이지 않는데도 나현은 아찔해졌다.

이윽고 그의 손이 나현의 등을 더듬었다. 그의 손가락이 길게 뻗은 척추를 따라 움직였다. 나현은 지금껏 자신의 등이 이토록 예민하다는 것을 알지 못했다. 그의 손가락이 닿는 부위마다 저릿저릿한 전율이 일어났다. 바르르 몸을 떠는데, 얼굴을 가리고 있던 옷이 흘러내렸다.

가까운 곳에 있는 그의 얼굴이 시야 안에 들어왔다.

그의 짙은 눈썹, 깊은 주름이 생긴 미간과 어딘지 슬퍼 보이는 눈동자.

왜 저런 눈빛을 하고 있는 걸까?

가슴이 따끔거렸다.

나현이 자신을 보고 있다는 걸 모르는지, 그는 나현의 몸을 만지는 행위에 집중하고 있었다. 등을, 그리고 엉덩이와 등이 이어지는 부위를 살살 어루만지던 그가 작게 한숨을 내쉬었다.

"선배."

그의 입술이 벌어지며, 조금은 쉰 것 같은 음성이 흘러나왔다.

"에, 네?"

정신없이 그의 얼굴을 보던 나현은 생각지 못한 부름에 깜짝 놀라 대답했다. 한 톤 높은 대답이 돌아오자 그가 눈을 크게 뜨더니 고개를 돌렸다. 순식간에 그의 표정이 변했다.

그는 슬픈 표정 따위 지은 적 없다는 듯 눈을 가늘게 떴다. 짓궂은 어린 소년 같은 표정이었다.

"왜 그렇게 놀라요?"

"아니, 그냥……."

"다른 남자라도 생각하고 있었어요?"

"그런 거 아니에요."

"배 안 고파요?"

"이러고 있는데 어떻게 배가 고파요?"

"이러고 있는 게 어떤 건데요?"

"그냥…… 이런 거요."

"그냥 이런 게 어떤 건데요?"

낚였다.

나현은 자신의 입술을 저주했다.

그는 나현이 이 상황을 정확하게 표현하기를 바랐다. 나현의 입술이 야한 말을 만들어 내길 기대하는 눈빛이었다.

나현은 곤란한 표정으로 아랫입술을 잘근잘근 깨물다가 간신히 말했다.

"노아 씨가 내 몸을 만지고 있잖아요."

"내가 선배 몸을 만지면 배가 안 고파져요?"

"……그래요."

"선배가 굶어 죽을 일은 없겠네요."

그가 나현을 끌어안으며 말했다. 그의 손이 다시 나현의 등을 쓰다듬었는데, 이번에는 어린아이를 어루만지는 듯한 움직임이었다.

당연히 바지를 벗길 줄 알았던 그는, 아무 짓도 하지 않고 그렇게 나현을 안고만 있었다. 어찌나 포근하고 다정하게 안고 있는지, 이럴 거면 차라리 데이트를 할걸 그랬다는 후회가 들 정도였다.

그의 포옹은 연인의 그것보다 달콤하고 따뜻했다.

감정 없이 만지는 것을 기대했는데, 왜 이렇게 다정하게 안고 있는 걸까? 기대하고 싶게끔.

나현은 한숨이 나오는 것을 삼켰다.

어떤 방식으로 만지든 그건 그가 선택할 일이었다. 그에게 그냥 쓰다듬기나 하라고 종용할 수는 없었다.

"선배. 선배는 내 그림을 왜 좋아하는 거예요?"

나현은 눈을 감았다.

그의 그림을 처음 봤을 때의 광경을 떠올렸다.

약간은 서늘한 공기가 감돌던 복도, 창문 밖에서 흘러 들어오는 햇살과 학생들이 만들어 내는 소음. 그 아련한 추억의 공간 속에 존재하는 그의 그림은 조금도 색이 바래지 않았다.

강가를 그린 그림이었다.

"그 강가로 도망치고 싶어졌어요."

그의 팔에 힘이 들어가는 게 느껴졌다.

"그 그림을 처음 봤을 때, 그 안으로 도망치고 싶어졌어요. 바람이 부는 그 강가에 앉아 따스한 가을 햇살 속에 파묻힐 수 있으면 좋겠다고, 언제까지고 그렇게 지낼 수 있을 것 같다고…… 그런 생각이 들었어요."

"어떻게 알았어요?"

"뭘요?"

"그게 가을날의 강가라는 거."

"그냥요. 그런 것 같았어요. 가을 햇살, 가을바람, 그런 게 그림 안에 가득 담겨 있었어요."

"그랬군요."

"노아 씨는 왜 그런 그림을 그린 거예요?"

"……도망치고 싶어서요."

"……."

"나도 도망치고 싶었어요. 그 강가로."

* * *

그는 더 이상 나현을 건드리지 않았다. 나현의 옷을 입혀 준 그가 소파에서 내려와 말했다.

"가요. 데려다줄게요."

그와 나란히 걸어가며 그의 말에 대해 생각했다.

그는 왜 도망치고 싶었던 걸까?

나현의 눈에 노아의 삶은 눈부시게 찬란했다. 그는 문제아였음에도 공부를 잘했고, 어디를 가도 주목을 받았다. 선생님들조차 그를 진심으로 미워하지는 않았다.

나현에게는 도망치고 싶을 이유가 있었다. 나현의 현실은 지옥이었다. 빛이 보이지 않는 지옥, 끔찍한 절망만이 존재하는 불구덩이. 노아의 그림은, 그럴 때에 만난 유일한 빛이었다. 그 안으로 도망치면 현실의 절망이 발목을 붙들지 못할 거란, 바보 같은 상상을 했었다.

노아 또한 그러한 지옥을 경험한 걸까? 그리하여 그런 그림을 그릴 수 있었던 걸까?

그의 사정이 궁금했다. 이제야 비로소 정노아라는 인간에 대해 제대로 알고 싶어졌다.

나현의 집 앞에서 그는 걸음을 멈췄다.
"그럼 선배. 잘 들어가요."
"데려다줘서 고마워요."
들어가려다가 문득 걸음을 멈추고 뒤를 돌아봤다. 노아는 바지 주머니에 한쪽 손을 찔러 넣고 삐딱하게 서서 이쪽을 보고 있었다. 오피스텔에서 흘러나오는 불빛에 감싸인 그는 무척이나 아름다웠다.
나현은 저도 모르게 그의 앞으로 걸어갔다.
노아는 조금 놀란 표정으로 나현을 내려다봤다. 나현은 머뭇거리다가 그의 볼에 살며시 손을 얹었다.
"조심해서 들어가요. 내일 봐요, 노아 씨."
그의 눈이 가늘어졌다.
"네, 선배. 내일 봐요."

* * *

꿈을 꿨다.
즐겁지 않은 꿈이었다.
깨어났을 때에 기억나는 악몽은 끔찍하다.
꿈에서 얻어맞았을 뿐인데 실제로 맞은 것처럼 몸이 욱신거렸다. 두통도 심해서 진통제를 하나 먹고 조금 앉아 있다가 출근 준비를 했다. 때문에 평소보다 조금 늦게 출근했다.

사무실에 들어가다가 자리에 앉아 있는 슬이와 눈이 마주쳤다. 아차 싶었다. 어제 노아에게 오늘 저녁에 시간이 되는지 물어봤어야 했는데.

시선을 옆으로 피하며 자리로 가려는데 슬이가 다가왔다.

"언니."

한 톤 높은 목소리로 부르며 다가오는 슬이가 부담스러웠지만 애써 웃으며 그녀에게 인사했다.

"좋은 아침이에요."

"응, 언니. 오늘은 좀 늦으셨네요."

"그러게요."

"저기 어제 얘기 말인데요."

"이따 물어볼게요."

"네, 언니. 언니만 믿을게요. 아, 언니. 제가 너무 안달 난 느낌이 아니게 잘 좀 말해 주세요."

"그럴게요."

슬이를 안심시키고 자리에 앉아 컴퓨터를 켰다. 노아는 아직 출근 전이었다.

'뭐라고 말해야 하지?'

친구의 연애를 도와주기 위해 중간에서 노력하는 일은 해 본 적이 없다. 보통 그런 일은 학생 때 많이들 하는데, 나현은 공부를 한 기억밖에 없었다.

슬이가 너무 안달 난 느낌이 들지 않도록, 적절한 말을 고민하고 있는데 문자가 왔다. 주미에게서 온 문자였다.

[저녁에 한잔하자.]

오늘 선약이 있다고 쓰던 문자를 지웠다. 슬이는 노아와 둘이 있고 싶을 것이다. 적당히 앉아 있다가 빠지면 되겠지.

[8시쯤 어때?]

문자를 보내자마자 답이 왔다.

[콜. 홍대에서 마시자.]

사실은 슬이와 노아를 따로 만나게 해 주고 싶지 않았다. 하지만 슬이에게 거절할 말을 찾을 수가 없기도 했고, 괜한 질투를 하는 자신을 인정하고 싶지도 않았다.

'응, 이따 봐.'라고 쓰고 있을 때, 누군가 어깨를 톡톡 두드렸다. 문자 쓰는 데 집중하고 있었던 터라, 무의식적으로 고개를 뒤로 젖혔다가 상대를 확인하고는 사레에 들리고 말았다.

"콜록콜록!"

진후가 바로 뒤에 서서 내려다보고 있었던 것이다.

"아, 이런. 미안합니다."

진후가 잘못한 일도 아닌데 그가 난처한 듯 사과를 했다. 그래서 더 민망했다. 나현은 콜록거리며 고개를 저었다.

"아니, 아니에요. 콜록…… 콜록. 괜찮아요."

직원들이 키득거리며 이쪽을 보고 있었다. 나현은 얼굴이 붉어지는 걸 느끼며 진후를 올려다봤다.

"그런데…… 무슨 일이세요?"

"현재 노아 씨가 따로 맡고 있는 업무 있습니까?"

"특별히는 없습니다."

"그럼 노아 씨 출근하면 내 방으로 오라고 전해 주세요."

'부장님 이상하네. 메신저로 얘기하면 될 걸, 왜 굳이 나와서 얘기하시지? 긴장되게.'

둘을 바라보고 있던 이윤정 대리가 그렇게 생각하고 있을 때, 진후는 할 말을 끝내고 부장실로 돌아갔다.

부장실의 문을 닫는 진후의 얼굴엔 옅은 미소가 묻어 있었다. 메신저로 이야기를 할까, 직접 말할까 고민을 하다가 직접 전하기 위해 나갔는데, 덕분에 좋은 걸 봤다.

다른 데 정신이 팔린 듯 무의식적으로 고개를 뒤로 젖힌 나현은 무척이나 사랑스러웠다. 어깨를 두드린 상대가 진후라는 것을 깨닫고 눈을 동그랗게 뜨는 모습이 귀여워서, 하마터면 그녀의 머리를 쓰다듬을 뻔했다.

언제부터였을까. 그녀를 마음에 두게 된 것이.

아마 그녀가 입사하고 1년쯤 지나서였을 것이다.

신입사원으로 들어온 나현을 처음 봤을 때 느낀 것은 '정말 말랐구나.', '머리카락 색깔이 특이하네.' 정도였다.

살이 전혀 없는 마른 체구인데도 가슴은 컸고, 단정한 단발머리는 붉은빛이 도는 갈색이었다. 한쪽 눈에만 쌍꺼풀이 있는 눈이 상당히 매력적이라는 생각을 했던 것 같다. 하지만 그뿐이었다.

진후는 이루어야만 하는 것들이 있었는데, 그중에는 연애가

포함되어 있지 않았다. 오히려 한 여자를 위해 데이트할 시간을 내고, 때마다 연락을 해야 한다는 것이 귀찮게만 느껴졌다.

나현은 적당히 사원들과 어울리고, 맡은 일은 제대로 하는 똑똑한 여자였다. 나현이 입사를 할 당시에도 부장이었던 진후는, 그녀와 따로 마주칠 일이 많지 않았다. 그녀는 자기가 맡은 일을 망친 적이 없어서, 진후가 지적해야 할 상황이 생기지 않았다.

2년 전, 봄이었을 것이다.

외근을 나갈 일이 생겨 점심을 거르고 외출 준비를 했다. 아무도 없을 줄 알았던 사무실에, 나현이 있었다. 그녀는 진후가 남아 있는 줄 몰랐는지 조용히 눈을 감고 고개를 뒤로 젖히고 있었다.

무척이나 고단한 듯한 그녀의 모습이, 어째서인지 눈에 밟혔다. 당차게 자기 일을 해 왔던 그녀는 툭 건드리면 아스러질 듯 위태로웠다.

그녀의 시간을 방해하면 안 될 것 같아서 조용히 걸음을 옮기는데, "하아." 깊은 한숨과 함께, 그녀가 중얼거리는 소리가 들려왔다.

"지친다."

그 시점에서 그녀에게 반한 것은 아니었다.

외근을 마치고 돌아왔을 때, 나현은 아무 일도 없었다는 듯 사원들과 어울리고 있었다. 예상치 못했던 그 갭이 팀원 중 한 명일뿐이었던 여자에서 '임나현'이라는 이름을 가진 여자로 바꾸어 놓았다. 그때부터 저도 모르는 틈에 그녀를 지켜보았고, 정신을 차려 보니 그녀에게 푹 빠져 있었다.

사랑을 자각한 후에도 쉬이 고백하지 못한 이유는, 그녀에게 연인이 있기 때문이었다. 그녀는 결혼까지 생각하는 남자가 있었다.

그러나 1년 전, 그녀는 남자와 헤어졌고 이제 슬슬 이별의 아픔도 아물어 가리라고 판단했다. 그녀를 지켜보기만 하는 것은 이제 사양이다.

똑똑—

노크 소리에 상념에서 벗어났다.

"들어와요."

곧바로 문이 열렸다.

노아가 무표정으로 들어와 문을 닫았다. 진후는 말없이 노아의 얼굴을 응시했다. 그는 진후의 시선이 거슬리는 듯 신경질적으로 머리를 쓸어 넘겼다. 아무렇지도 않게 하는 행동이지만, 마치 아이돌의 그것처럼 분위기가 있었다.

"왜 불렀어?"

침묵을 견디지 못한 노아가 먼저 입을 열었다.

"요새 집에 안 들어오는 이유가 뭐야?"

"왜? 내가 보고 싶기라도 했어?"

노아가 삐딱하게 되물었다. 진후는 속으로 한숨을 삼켰다.

노아의 건방진 태도를 이해하지 못하는 건 아니었다. 하지만 저렇게 모두를 적으로 삼을 필요는 없다. 저런 태도는 미움만 살 뿐이다. 게다가 진후는 노아를 싫어하지 않았다. 아니, 오히려 좋아하는 축에 속했다.

"전화도 안 받던데."

"배터리가 나갔어."

"거짓말은 하지 마, 노아야."

"……."

"싸우자고 부른 거 아니야, 정노아. 네가 약속을 지키지 않으면 네 상황만 곤란해질 뿐이야."

"신경 꺼."

"정노아."

"내 이름 좀 그만 불러. 정들지도 모르니까."

그런 일은 생기지 않을 거라고, 진후는 생각했다.

노아와 같은 집에서 산 지 10년이 넘었다. 하지만 노아는 그 집의 누구에게도 정을 주지 않았다. 그를 둘러싼 철옹성 안으로 들어갈 수 있는 사람은 아무도 없었다.

진후는 그가 안쓰러웠다.

"오늘부터는 늦더라도 집에 들어와서 자도록 해. 더 이상 널 감싸 줄 수 없으니까."

"날 감싸 줬다고?"

"할아버지께는 회사에 일이 많아서 근처에서 자고 오는 것 같다고 말해 뒀다."

"그 노인네가 그 말을 믿어?"

"안 믿겠지. 그러니까 오늘은 들어와서 자."

"감옥 같아."

그 순간 노아가 지은 표정은, 진후가 언젠가 한 번 봤던 표정이었다. 어디서 봤을지 길게 고민할 필요도 없었다. 오래전, 사무실에 혼자 남은 나현이 짓고 있던 표정. 그 아스러질 것 같은 분위기.

"난 그 집이 감옥 같아, 형."

그 말을 하는 노아는 그녀와 무척이나 닮아 있었다.

그렇다면 나현도 노아처럼 지옥과도 같은 상황에 빠져 있는 것일까? 그래서 그토록 고된 표정을 짓고 있었던 걸까?

솔직한 마음을 드러내는 노아에게 해 줄 말이 없었다. 진후는 그의 잘생긴 얼굴을 가만히 응시하다가 시선을 옆으로 돌렸다.

"집에 들어오라는 말을 하려고 부른 거야?"

노아의 질문에 안도하는 자신이 한심했다. 그리고 주제를 돌려 질문을 하는 노아의 의도를 알 수 있어서, 더더욱 자신이 한심스러웠다.

노아는 할 말이 없는 진후를 생각해 다른 이야기를 꺼낸 것이 분명했다. 그런 녀석이니까. 대충 사는 듯, 막 나가는 듯, 생각이 없는 듯 보여도 사실은 속이 깊은 녀석이니까.

"광고 페이지 하나 맡기려고. 포토샵 할 줄 안다고 했지?"

*　　*　　*

자리로 돌아온 노아의 표정은 밝지 않았다. 나현의 시선을 느꼈는지 그가 표정을 폈다.

"부장님이 일 맡겼어요?"

"네, 광고 페이지 만드는 일이요."

"그럼 어제 내가 맡긴 일은 내가 할게요."

"아, 그거 다 끝냈어요. 지금 선배 메일로 보내 놓을게요."

노아가 가볍게 말하며 컴퓨터를 켰다. 나현이 멍하니 쳐다봤더니 그가 싱긋 웃었다.

"왜요? 못할 줄 알았어요?"

"네."

"우와. 역시 선배는 저한테만 솔직하네요."

그다지 싫지 않은 표정이었다.

"분량이 상당하니까요. 정리하는 데만 이틀은 걸릴 거라고 생각했는데."

"규칙을 만들어서 차근차근하면 생각보다 금방 끝나요."

"역시 머리 좋네요."

"네?"

"고등학교 때도 공부 잘했잖아요."

그의 장난스러운 미소가 잔잔하게 바뀌었다.

"그런 것도 다 기억해요?"

나현은 자신의 얼굴이 붉어지는 걸 느끼며 고개를 끄덕였다.

"네, 기억해요."

"기쁘네요."

가벼운 어투였기 때문에, 진심인지 아닌지 알 수 없었다. 그는 나현의 메일로 자료를 보냈고, 나현은 그걸 확인했다. 틀린 것 없이, 꼼꼼하게 정리된 자료였다.

다시금 그에게 감탄하게 된다.

그림을 그리지 못하게 된 이유가 뭘까. 언제부터 그림을 그리지 못하게 된 걸까. 그리고 언제부터 이런 능력을 키워 왔을까.

지난 10년, 그가 무엇을 해 왔는지 궁금했다.

그의 옆모습을 훔쳐봤다. 어제는 당당하게 인터넷 쇼핑을 즐기던 그였지만, 오늘은 일에 집중하고 있었다. 살짝 미간을 모으고 마우스를 움직이는 그의 모습이 무척이나 아름다웠다. 그림을 그릴 때만큼이나.

오전에 아무것도 먹지 않았더니 11시밖에 안 됐는데 배가 고팠다. 나현은 커피라도 한잔 마실 생각으로 준비실로 향했다. 평소에는 잘 안 마시는 믹스 커피를 타고 있는데, 누군가 준비실 문을 열었다.

노아였다.

탁—

노아가 등 뒤로 문을 닫았다.

밀폐된 공간에 그와 둘만 있게 되자 심장이 반응했다. 나현은 아랫입술을 잘근 깨물고 동요를 드러내지 않기 위해 애썼다.

"왜 그렇게 긴장해요?"

"……긴장 안 했어요."

"저도 커피 마시려고요. 배고파서."

"그래요."

"제가 탈게요, 선배."

"아니요, 내가 타는 김에 탈게요."

찬장에서 믹스 커피 하나를 더 꺼내기 위해 발꿈치를 들었다. 어느새 뒤로 바짝 다가온 그가 힘들지 않게 나현보다 길게 팔을 뻗어 커피를 꺼냈다. 물씬 다가오는 그의 향기에 아찔해졌다.

그는 아무 짓도 하지 않고 나현에게 믹스 커피를 건넸다.

'그래, 여긴 회사잖아. 무슨 짓을 할 리가 없지.'

이런 상황에서 그의 손길을 기대하는 자신을 나무랐다. 머리가 어떻게 된 모양이다. 아무리 정노아라도 회사에서 그런 짓을 하면 안 된다는 생각 정도는 있을 것이다.

"아, 노아 씨. 오늘 저녁에 시간 있어요?"

그에게 커피를 건네며 말했다. 그가 예상치 못한 질문을 들은 듯 눈을 크게 떴다.

"시간이야 있죠, 당연히."

곧바로 대답이 돌아왔다.

"그럼 저녁 같이 먹을래요?"

"네, 좋아요."

"슬이 씨랑 셋이서."

슬이의 이름을 꺼내자마자 그의 표정이 차갑게 식었다. 놀라울 정도로 빠른 표정 변화에, 당황하기보다는 감탄했다.

표정 진짜 빨리도 바뀌네.

하지만 그렇게 여유를 부릴 수 있는 시간은 길지 않았다. 그가 성큼 다가와 나현의 손에 들린 컵을 빼앗아 테이블 위에 올려놓더니, 그녀의 허리를 감아 자기 쪽으로 바짝 끌어당긴 것이다.

"앗……!"

갑작스러운 행동이라 저도 모르게 낮은 비명을 질렀다.

"선배도 그런 소리를 낼 줄 아네요."

"노아 씨."

"슬이 씨가 나랑 저녁 먹게 해 달라고 부탁했어요?"

"그런 게 아니라."

"거짓말하지 마요. 나한테 솔직하면서, 왜 이럴 때만 거짓말해요?"

"……그래요. 슬이 씨가 노아 씨 마음에 든대요."

"아, 그래요?"

"그래요."

"그래서 선배는 잘됐구나, 하고 자리를 만들기로 한 거고요?"

"내가 왜 잘됐다고 생각하겠어요?"

"내가……."

그가 나현의 상의 안으로 손을 쑥 밀어 넣었다. 등에 닿은 그의 손바닥에 움찔 몸을 떨었다.

"이런 짓을 선배한테 하지 않고 윤슬이 씨한테 할 것 같으니까."

그런 게 아니다.

그의 손이 슬이의 몸을 더듬는다는 걸 떠올리는 것만으로도 가슴이 지끈거렸다. 지금 그가 슬이의 이름을 부르는 것만으로도 짜증이 났다.

하지만 그가 오해를 하게 내버려 두는 편이 나을 것 같았다. 그를 사랑하는 이 마음을 들키고 싶지 않았다. 들키면 그 순간부터 이 마음이 실체화 될 것 같아서. 그것이 밟히고 채여 더 비참해질 것 같아서.

"나, 곤란해요. 슬이 씨가 동료끼리 저녁 먹자고 하는데, 거절할 이유가 없잖아요."

"그럼 내가 거절할게요."

"슬이 씨는 계속 부탁해 올 거예요."

"그럼 오늘 저녁에 같이 식사해요. 내가 직접 말할게요. 선배 몸을 만지느라 정신이 없어서, 다른 여자 만날 시간 없다고."

"노아 씨."

얼굴에 난처함이 드러난 모양이다. 나현의 얼굴을 내려다보던 그가 쓴웃음을 지으며 나현에게서 떨어졌다.

"농담이에요. 저녁 먹어요, 맛있는 걸로."

그가 부드럽게 말하고는 돌아섰다. 저도 모르게 그의 손목을 잡은 이유는, 그가 무척이나 쓸쓸해 보였기 때문이었다.

그는 나현의 손을 뿌리치지 않았다.

"노아 씨."

"네?"

"화났어요?"

그의 눈썹 끝이 아래로 늘어졌다. 그는 옅은 미소를 지으며 나현의 볼에 살며시 손바닥을 올리고 말했다.

"난 선배한테 화 안 내요."

* * *

볼에 닿았던 그의 손바닥. 그 따스함이 달라붙어 떨어지질 않았다.

무슨 의미일까. 그 손길은, 그리고 그 말은.

그와 대화를 하면 할수록 더 모르겠다. 그가 무슨 생각을 하고 있는지, 어떤 감정을 품고 있는지.

그의 행동은 자꾸만 희망을 싹트게 만들었다. 언뜻언뜻 고개를 내미는 녹빛 희망을, 나현은 간신히 억눌렀다.

생각해 보면, 10년 전에도 그는 때때로 오해할 만한 행동을 하곤 했다. 그의 다정하고 부드러운 태도에, 나현은 '어쩌면'이라는 기대를 품었었다. 그리고 그 결과 처참히 짓밟혔다.

몸도, 마음도.

두 번 다시 그런 끔찍한 감정을 느끼고 싶지 않았다.

퇴근을 하고 슬이, 노아와 함께 들어온 스시집에서 나현은 그런 생각을 하고 있었다.

슬이와 노아는 외관상으로 볼 때는 잘 어울렸다. 슬이는 반짝반짝 빛나는 눈으로 노아를 응시했고, 노아는 부드러운 미소를 지으며 슬이의 질문에 답하고 있었다.

나현이 있다는 걸 잊은 것 같았는데, 그게 그렇게 실망스럽진 않았다. 어느 정도 예상했던 분위기이기 때문이다.

'그래, 노아가 싫다고 하긴 했지만 젊고 예쁜 여자애랑 있는 게 아주 싫진 않을 거야.'

자신이 한 생각에 자신이 상처를 받을 때가 있다. 지금이 바로 그런 경우였다. 자신이 만들어 낸 상황이지만 유쾌하지 않았다. 하지만 어쩔 수 없다고, 나현은 생각했다.

노아가 아직도 최여울을 사랑하는지, 사랑하지 않는지는 모르겠다. 하지만 만약 그 마음에 누군가 비집고 들어갈 틈이 있다면, 거기에 들어가는 것은 자신이 아닐 거라고 확신했다. 작은 틈을 비집고 들어가 그의 마음을 차지하기에, 나현은 너무나 초라했다.

노아에게는 좀 더 반짝반짝 빛나는 여자가 어울렸다. 지금 노아를 바라보는 슬이처럼.

"아, 맞다. 나는 오늘 선약이 있어서."

둘 사이의 대화가 잠시 멈춘 틈을 타서 말했다.

"먼저 일어나 봐야 할 것 같아요. 둘 다 즐거운 시간 보내요."

노아가 붙잡을 거라고 생각했다. 하지만 그는 그러지 않았다. 나현은 안도와 동시에 묘한 실망감을 느끼며 일어났다.

"언니, 내일 봐요. 조심해서 들어가세요."

슬이는 예의상으로라도 붙잡지 않았다. 슬이의 행동력은 정말 대단하다. 저렇게까지 마음을 드러내면서도 부끄러워하지 않다니.

'난 절대로 저렇게 될 수 없을 거야.' 라고 생각하며, 나현은 스시집에서 빠져나왔다.

4장

슬이는 나현이 싫지 않았다. 만약 회사에서 가장 좋아하는 사람을 뽑으라면 주저하지 않고 나현이라고 말할 것이다. 그녀는 자기가 선배라는 걸 내세우지도 않았고, 차분한데다가 눈치가 빨랐다.

이번에도 눈치껏 빠져 주지 않았는가.

'나현 언니가 노아 오빠한테 관심이 없어서 다행이야.'

나현에게는 묘한 매력이 있었다. 눈에 확 띌 만큼 예쁜 얼굴은 아니지만 조화로운 생김새였고, 붉은빛 도는 갈색 머리카락이라든가, 한쪽 눈에만 있는 쌍꺼풀이 그녀를 유니크하게 만들었다.

둔감한 나현은 모르겠지만, 회사에서 나현에게 관심이 있는 남자 사원들이 여럿 있었다. 나현이 작정하고 달려들면, 노아도 그녀에게 흥미를 갖게 될지도 몰랐다.

"오빠, 스포츠 뭐 좋아하세요?"

남자들은 스포츠에 관심이 있는 여자를 좋아하기 때문에, 여러 스포츠에 대해 기본적인 지식은 익혀 두고 있었다.

질문을 받은 노아가 젓가락을 내려놓더니 슬이를 지그시 응시했다. 그의 눈동자는 무척이나 새까매서, 강아지의 눈을 보고 있는 것 같았다.

"윤슬이 씨. 나는 좋아하는 사람이 있어요."

"네?"

"내가 오해를 했다면 미안해요. 하지만 만약 윤슬이 씨가 내게 마음이 있는 거라면, 그 마음 못 받아 줄 것 같아요. 나는 오래전부터 쭉 사랑해 온 사람이 있거든요."

생각지 못한 그의 고백에 화가 난다기보다는 당황했다.

"사귀는 사람이 있는 거였어요?"

그의 얼굴에 꿈결 같은 미소가 번졌다.

"사귀지 않아요. 짝사랑이에요."

"거짓말…… 오빠 같은 남자가 뭐가 부족해서 짝사랑이에요?"

"부족한 거 많아요. 그래서 나는 고백도 하지 못하고 쭉 짝사랑을 해 왔어요."

"어, 얼마나요?"

"10년."

"……."

"발버둥 쳐도 지울 수가 없어서 또 10년 안고 가기로 했어요. 10년이 지난 후에도 못 지우면, 다시 10년 안고 갈 거고요."

"그, 그런 게 어디 있어요? 짝사랑은 고백을 하고 차여야 제대로 접을 수 있는 거죠. 아니면 고백을 했을 때 의외로 잘될 수도 있고요."

"아뇨."

그가 괴로운 표정을 지었다.

"그 사람이 그러더라고요. 내가 싫다고."

"아……."

"10년 전에도, 지금도 같은 말을 하더라고요. 내가 싫다고."

"……."

"그래서 나는 또 10년, 이 마음을 안고만 가려고요."

그는 끔찍이도 슬퍼 보였다. 그래서 슬이는 더 이상 그를 추궁할 수 없었다. 검은 눈동자를 물들인 깊은 슬픔이, 슬이의 가슴조차도 아릿하게 만들었다.

누굴까? 이 잘생긴 남자가 사랑하는 여자는 대체 어떤 여자이기에, 한 남자가 이런 표정을 짓게 만들 수 있는 걸까?

그 여자가 무척이나 궁금해졌다.

* * *

주미는 엿 같은 상사에 대해 한참 욕을 해 댔다. 그녀의 시원스러운 욕을 듣는 동안, 노아에 대한 생각을 멈출 수 있어서 좋았다. 하지만 속이 뻥 뚫릴 만큼 욕을 끝낸 주미가 정노아의 이름을 수면 위로 이끌어 냈다.

"그래서 정노아랑은 어떻게 지내?"

두근—

그의 이름이 나왔을 뿐인데도 심장이 뛰었다. 이건 사랑에 빠진 사춘기 소녀도 아니고. 바보 같다.

"그냥 뭐……."

"흐음. 표정을 보니 좋지는 않은 것 같은데?"

"걔랑 내 사이에 좋을 것도, 나쁠 것도 없지, 뭐. 사귀는 것도 아닌데."

"네 멋대로 하기로 한 거 아니었어?"

"그렇긴 한데……."

상처 받은 마음이 제동을 걸었다. 멋대로 하는 순간, 이 평화가 산산조각 날 거라고 경고했다.

"내가 그날 너랑 헤어지고 나서, 그 일에 대해 생각을 좀 해 봤거든."

주미가 나현의 잔에 소주를 따라 주며 말했다.

"정노아 걔가 네 몸을 그렇게 만졌다고 했잖아. 그런데 걔는 너랑 안 했고."

"응."

"그거 이상하지 않아?"

"뭐가?"

"잔뜩 흥분한 여자의 알몸이 앞에 있는데 아무것도 안 한다는 거."

"……내 몸이 매력이 없나 보지."

"말이 되는 소리를 해. 매력이 없으면 만지겠어? 매력이 철철 넘치니까 걔가 그렇게 만지려고 하는 거지."

"걔는 그냥 그림을……."

"그 빌어먹을 그림 소리는 좀 집어치우시고요. 남자 대 여자로 두고 생각을 해 보자고. 걔는 네 몸에 매력을 느껴서 만지고 싶어 해. 그래서 갖은 애무를 다해서 널 흥분하게 만들었어. 그런데 너랑 끝까지 가진 않았지. 그렇다면 답은 두 개야."

"……두 개?"

"걔가 고자거나 아니면 널 사랑해서 지켜 주고 싶거나."

"……말도 안 돼."

나현이 고개를 절레절레 저었다.

"생각해 봐. 남자들은……."

"생각 안 할래. 괜한 기대 품고 싶지 않아."

주미의 말을 끊었다. 주미가 눈을 가늘게 뜨고 나현을 바라보다가, 갑자기 두 손을 쭉 뻗어 나현의 양 볼을 꼬집었다.

"너, 아직도 걔 사랑하지?"

"아니야, 그런 거."

"아니긴. 사랑하잖아, 맞지?"

"아니야. 정말로 아니야, 그런 거."

가만히 주미의 손을 밀어내며 간절하게 말했다. 하지만 주미는 나현의 기분을 헤아려 주지 않았다. 아니, 알면서도 모르는 척하는 것이리라.

"나는 네가 어떻게 살아왔는지 알아. 너는 행복하기 위해 모든 걸 쏟아부어 왔어. 그리고 멋지게 성공했지."

멋지게 성공한 걸까?

아직은 잘 모르겠다.

"그거 알아? 대부분 너 같은 상황에 처한 애들은 운명에 굴복하고, 깔려 있는 길을 걸어가다가 쓰러져 버려. 그리고 더는 일어나지 못하게 되지. 하지만 넌 안 그랬어. 너는 네 두 발로, 그 지옥을 걸어 나왔어. 그렇다면 지금 너는 굉장히 행복해야 하는데……."

주미가 다시 손을 뻗었다. 이번에는 꼬집지 않고 나현의 볼을 살며시 감쌌다.

"내 친구는 왜 이렇게 외로워 보일까?"

주미의 눈에 가득한 안쓰러움과 애정에 코끝이 찡해졌다. 주미는 나현의 가족보다 더 나현을 사랑해 주었다. 주미가 있어서 여기까지 올 수 있었다.

"네가 뭘 무서워하는지 알아. 내가 그걸 왜 모르겠니? 그런데 나현아. 세상은 한 번 사는 거더라. 누구보다도 그걸 잘 아는 게 너잖아."

"……."

"그리고 그런 명언이 있지. 사랑하라, 한 번도 상처받지 않은 것처럼."

"……."

"지금 너에게 딱 어울리는 말이라고 생각하지 않아?"

묻고 싶었다. 같은 남자를 두 번 사랑하게 됐는데도, 그 명언이 통하는 거냐고. 이런 상황에서도 그렇게 노력해야 하는 거냐고.

하지만 묻지 않아도 알고 있었다.

그래, 한 번 사는 인생, 있는 힘을 다해 노력해야 하더라. 원하는 것을 얻기 위해서는.

*　*　*

주미와 헤어져 집에 돌아왔을 때는 밤 11시가 다 되어 가는 시간이었다. 원래는 집에 오면 곧바로 씻는데, 이번에는 씻지 않고 휴대폰을 손에 쥐고 서 있었다.

노아와 슬이는 아직 같이 있을까? 문자를 보내도 괜찮을까?

고민을 하다가 크게 심호흡을 하고 그에게 문자를 보냈다.

[집에 들어갔어요?]

답이 오지 않을 거라고 생각했다. 아니면 늦게 올 거라고. 하지만 몇 초 지나지 않아 답장이 왔다.

[아니요. 지금 선배네 집 앞이에요.]

심장이 쿵 내려앉았다.

나현은 서둘러 집을 나왔다. 그를 찾을 필요도 없었다. 그는 오피스텔 앞에 가만히 서서 나현을 기다리고 있었다. 나현이 나올 줄 알았다는 듯이.

"언제부터 와 있었어요?"

"방금 전이요."

정말일까?

그의 얼굴을 빤히 응시했다. 그가 손을 뻗어 나현의 볼을 쓰다듬었다.

"선배는요?"

"나도 방금 들어왔어요. 친구랑 놀다가."

그의 손이 나현의 목덜미를 타고 서서히 아래로 내려왔다. 손가락의 움직임이 은밀해지며 셔츠의 목깃 안으로 들어왔다.

하여간 이 남자는 언제 어디서나 참 잘도 만져 댄다. 보는 눈이 걱정되지도 않는 걸까?

나현은 더 깊이 들어오려는 그의 손목을 잡았다.

"만질 거면 들어가서 만져요."

나현의 말에 그가 씩 웃었다.

"오늘은 좀 도발적인데요?"

"싫다고 해도 만질 거잖아요."

"네, 맞아요. 어디로 갈까요? 선배 집, 아니면 아틀리에?"

"아틀리에로 가요."

집에 그의 체취를 남기고 싶지 않았다. 그의 흔적, 그의 추억이 쌓이면 나중에 괴로워지리라.

아틀리에로 걸어가는 동안 그는 나현의 몸을 내버려 두지 않았다. 놀리듯 셔츠 안으로 들어오려는 그의 손등을 찰싹찰싹 때릴 때마다, 그가 작은 웃음소리를 냈다. 그는 나현의 반응을 즐기고 있었고, 그런 그의 웃음소리가 나현은 싫지 않았다.

아틀리에에 들어가자마자 그는 나현의 옷을 벗겼다. 가장 먼저 셔츠를, 그다음에는 바지를. 속옷만 남은 나현의 알몸을, 그를 예술품 감상하듯 지켜봤다. 그의 눈동자가 애무를 하듯 나현의 육체를 훑어 내리는 동안, 나현은 두 팔로 가슴을 가리고 싶은 충동을 견뎌 내야 했다.

"오늘은 정말."

그가 중얼거리며 나현의 브래지어를 풀었다.

"도발적인데요? 가리지도 않고."

"그래서 실망스러워요?"

"아뇨. 과연 언제까지 그렇게 당당한 척하실지 기대하고 있어요."

놀리는 듯한 그의 말에 아랫입술을 잘근 깨물었다.

언제까지라니. 네가 좋아하는 반응, 오늘은 안 보여 줄 거야.

하지만 그가 나현의 팬티를 내렸을 때, 나현은 움찔 몸을 떨 수밖에 없었다. 가슴까지는 어떻게든 견뎌 보겠지만, 다리 사이의 은밀한 부위를 드러내는 건 역시 부끄럽다.

그의 앞에서 알몸이 된 나현은 허벅지 옆에 붙인 주먹을 꽉 쥐었다. 그는 다시 한 걸음 물러서서 나현의 나체를 감상했다.

잘 차려입고 있는 그의 앞에서 홀딱 벗고 있는 상황은, 둘 다 벗고 있는 것보다 창피했다.

그의 열띤 눈동자는 아주 오랫동안 나현의 몸을 훑었다. 그의 눈길이 스치고 지나가는 곳마다 애무를 받은 것처럼 살결이 떨렸다. 몸이 젖어 드는 것이 느껴졌고, 그에게 들키고 싶지 않아 다리를 움츠렸다.

이윽고 다가온 그가 나현의 한쪽 가슴을 꽉 움켜쥐었다.

"읏……."

그의 시선 때문에 몸은 이미 예민해진 후였다. 그의 손이 닿은 것만으로도 나현은 작은 신음을 내뱉었다. 노아는 그런 반응을 즐기는 듯 가만히 나현을 내려다봤다.

그의 시선 밖으로 빠져나가고 싶으면서도, 그가 계속 봐 주었으면 좋겠다는 상반된 감정이 들었다.

그는 엄지로 나현의 젖꼭지를 쓰다듬었다. 단단히 일어선 유두 끝에 느껴지는 까실한 느낌. 아랫배 부근에 달콤한 전율이 찾아왔다. 그는 유륜과 유두를 공들여 애무했고, 그의 손길이 계속될수록 나현의 숨이 조금씩 거칠어졌다.

나현은 자신이 너무 느끼는 모습을 그에게 보이고 싶지 않았다. 나현을 애무하는 그는 조금도 흐트러지지 않았기 때문이었다. 그런 그의 앞에서 혼자 헐떡이고 싶지 않아 아랫입술을 지그시 깨물었더니, 그가 입맞춤을 해 왔다.

"입술, 깨물지 마요."

그가 속삭이며 나현의 아랫입술을 혀로 핥았다.

그는 나현의 가슴을 끊임없이 자극하며 입으로는 나현의 귓불과 목덜미를 애무했다. 그의 입술은 뜨겁고 촉촉해서 닿을 때마다 움찔움찔 몸이 떨렸다. 덮쳐 오는 그의 향기가 점점 짙어지는 것 같다는 착각이 들었다.

그는 낙인을 찍듯 나현의 가슴골과 그 주위에 입술을 내리찍었고, 희고 풍만한 가슴 끝에 달린 자그마한 분홍빛 돌기를 단숨에 머금고 빨아들였다.

"으음……."

그의 혀가 잔뜩 예민해진 유두를 건드리고 지나갈 때마다, 나현은 작게 신음했다. 젖꼭지를 빨아들이는 느낌이 저릿해, 반사적으로 그의 머리를 부둥켜안았다. 그의 연갈색 머리카락은 부드러웠지만, 그걸 느낄 여력이 없었다. 온 신경이 유두 끝에 존재하는 듯, 그곳에 느껴지는 자극에 전율하고 있었다.

그의 손은 이제 나현의 양쪽 엉덩이를 붙잡고 있었다. 그의 손가락이 엉덩이 골을 쓰다듬다가 안쪽으로 들어왔다. 그는 나현의 몸이 흠뻑 젖었다는 것을 확인하고는, 나현의 가슴에 입술을 댄 채 속삭였다.

"엄청 젖었네요. 선배 몸은 역시 야해."

"입술 대고…… 말하지, 흣…… 말아요……."

다시 유두를 빨기 시작한 그에게 말했다. 그는 들리지 않는다는 듯 나현의 다리 사이를 손가락으로 문질렀다. 이대로 절정을 느낄 것만 같아, 나현은 고개를 숙였다. 그의 머리카락에서 나는 샴푸 냄새가 좋았다. 턱을 살짝살짝 간질이는 머리카락의 느낌도 좋았다.

그래서 용기가 난 모양이다.

"나만 느끼는 거…… 싫어……."

그가 멈칫하는 게 느껴졌다.

"나만 혼자 이러는 거…… 싫어요……."

그가 가슴에서 입술을 떼고 나현을 올려다봤다. 그의 머리를 안은 채 고개를 숙이고 있던 나현은, 그의 눈을 아주 가까운 곳에서 마주 보는 수밖에 없었다.

놀란 듯한 그의 눈동자를 보며 '사귀지도 않는데 하고 싶어 하는 음탕한 여자라고 생각하는 걸까?' 라는 걱정이 들었지만, 말을 바꾸진 않았다.

"정말요?"

그가 믿을 수 없다는 듯 물었다.

"정말 괜찮아요? 내가 선배 안에 들어가도 괜찮은 거예요?"

그의 질문이, 오히려 나현을 당황하게 만들었다.

아니, 할 만큼 다 해 놓고 이제 와서 무슨 이런 질문을 한단 말인가?

—그거 이상하지 않아? 잔뜩 흥분한 여자의 알몸이 앞에 있는데 아무것도 안 한다는 거.

—걔가 고자거나 아니면 널 사랑해서 지켜 주고 싶거나.

몇 시간 전 주미에게 들었던 말이 떠올랐다.

'설마…… 아니겠지. 하지만…….'

이 상황이 이상하기는 했다.

의아해하면서도 살짝 고개를 끄덕이자 그의 눈동자가 커졌다. 그는 작게 한숨을 내쉬며 나현의 가슴골에 얼굴을 파묻었다. 온몸이 애무당한 것은 자신인데, 어째서인지 연하의 그를 가지고 노는 쪽이 된 것 같은 기분이 들었다.

그는 나현의 가슴 사이에 입을 맞추다가 배로, 아랫배로 입술을 옮겨 갔다. 그리고 나현의 다리를 벌리게 해, 숨겨져 있던 자그마한 진주를 혀로 핥았다.

"흣!"

강렬한 쾌감에 전율하며 그의 머리카락을 움켜쥐었다. 그는 한참 동안 나현의 다리 안쪽을 애무하며 상의를 벗었다.

그의 몸을 보는 건 처음이었다.

그의 넓은 어깨, 단단해 보이는 근육질의 등이 눈에 들어왔다. 그의 피부는 하얀 편이었지만, 그럼에도 움직거리는 근육이 섹시했다. 나현은 저도 모르게 그의 등을 향해 손을 뻗었다. 손가락으로 그의 등을 살짝 매만지자, 그가 움찔 몸을 떨었다.

그는 나현의 다리 사이에 파묻고 있던 얼굴을 들어 나현을 올려다봤다.

"정말로 할 거예요. 중간에 그만두라고 해도 소용없어요. 거부하고 싶으면 지금 해요."

그의 음성은 어딘지 간절한 느낌이 들었다. 왠지 여유가 없어 보이는 그가 사랑스러웠다.

"거부, 안 해요."

이번에도 그는 자기 귀를 의심하는 듯 눈을 크게 떴다. 그의 눈동자가 옆으로 움직였다가 다시 나현에게로 향했다.

그는 나현에게 시선을 고정시키고 천천히 일어나, 아래에 깔아 둔 그의 상의 위에 나현을 눕혔다. 그 모든 행위가 어찌나 조심스러운지, 나현은 태어나 처음으로 사랑받고 있다는 느낌을 받았다.

버클을 푸는 그의 손가락 끝이 가늘게 떨리고 있었다. 나현은 자신이 잘못 본 것일 거라고 생각했다. 그가 여자와 섹스를 하게 되었다는 이유로 덜덜 떨 리가 없지 않은가.

'내가 미쳤나.'

이런 착각을 하게 되는 건, 주미에게 들은 말 때문일지도 모르겠다.

바지와 브리프를 내려가자 그의 물건이 모습을 드러냈다. 단단하게 힘이 들어간 그의 페니스는 무척이나 커서, 나현은 당황했다. 남자의 페니스를 처음 보는 건 아니지만, 이렇게 큰 건 처음이다.

"아, 그거……."

"늦었어요. 이제 못 멈춰요."

나현이 거부한다고 오해한 그가 단호하게 말하며, 나현의 허벅지를 잡아 옆으로 벌렸다.

그의 성기에 이렇게 힘이 들어가 있을 줄은 몰랐다. 지금껏 그가 끝까지 간 적이 없어서, 흥분하지 않는다고만 생각하고 있었다.

잘못 생각하고 있었다는 걸 이제야 깨달았다. 그는 참고 있었던 것이다.

—걔가 고자거나 아니면 널 사랑해서 지켜 주고 싶거나.

다시 주미의 말이 떠올랐다.

그는 상체를 기울여 나현의 몸을 덮듯이 눌러 왔다. 그의 무게감이 기분 좋았다. 그의 물건이 나현의 질 입구에 문질러지는 게 느껴졌다. 충분히 젖은 은밀한 동굴은 그의 페니스 끝이 닿을 때마다 움찔움찔 반응했다.

그는 나현의 볼을 쓰다듬고 입을 맞췄다. 그리고 동시에 그의 물건이 나현의 몸 안으로 쑥 밀려들어 왔다.

"읏!"

남자를 받아들이는 것은 오랜만이었다. 새된 신음이 그의 입

안에 삼켜졌다.

크고 단단한 페니스는 나현의 안을 가득 채웠다. 그는 그대로 움직이지 않고 나현과 충분히 키스를 했다. 입 안에 들어온 그의 혀가, 몸 안에 들어온 그의 물건이 무척이나 뜨겁고 달콤하게 느껴졌다.

이윽고 그가 느릿하게 움직이기 시작했다. 빠져나갔던 물건이 다시 깊이 찌르고 들어올 때마다, 나현은 신음을 뱉어 냈다. 여린 속살을 자극하는 뜨거운 감각이 나현을 전율하게 만들었다.

그의 물건은 누구도 침범하지 못했던 나현의 깊은 곳까지 자극했다.

그의 움직임이 점점 빨라지기 시작했다. 나현은 헐떡거리며 그의 목을 끌어안았다. 그의 움직임을 따라 나현의 허리도 움직이기 시작했다.

강하게 찔러 들어오는 그의 페니스가 주는 달콤한 통증, 그 강렬한 전율이 나현의 머릿속을 헝클어뜨렸다.

'보고 싶어.'

나현은 그의 얼굴을 보고 싶었다. 그가 나현의 몸을 느끼며 어떤 표정을 짓는지 궁금했다.

그래서 간신히 눈꺼풀을 들어 올리고, 그의 얼굴에 눈동자를 고정시켰다.

두근—

그의 얼굴을 보는 순간, 안 그래도 빨리 뛰던 심장에 알큰한 충격이 일어났다.

살짝 미간을 모으고 집중한 그는, 숨이 막힐 정도로 아름다웠다. 흐트러진 머리카락, 검게 물든 눈동자, 젖은 입술. 그 어느 것 하나 빼놓을 수 없을 만큼 아름다웠다.

그리고 그 순간, 나현은 아랫배에서 수십 가지의 폭죽이 터지는 듯한 느낌을 받았다.

"아핫…… 흣!"

절정을 느끼고 터뜨리는 신음에, 그의 움직임이 더 빨라졌고 그의 페니스가 더 커졌다. 나현의 질이 움찔거리며 그의 것을 죄었다가 풀어 주기를 반복했다.

절정의 순간이 한차례 지나가자 예민해진 속살이 그의 페니스가 만들어 내는 자극을 견디지 못했다. 아까보다 더 저릿저릿해져서 무의식적으로 다리를 움츠리려 했지만, 그가 한 손으로 나현의 가느다란 허벅지를 꽉 눌러 못 움직이도록 만들었다.

"읏…… 제발…… 이제 그만……."

그에게 애원했다.

"제발…… 흣…… 아흣……!"

그는 대답하지 않았다. 그의 몸이 깊게 자극해 와서 나현은 정신을 잃을 것만 같았다. 아플 정도의 쾌락이 온몸을 뒤흔들었다. 오래 지나지 않아 두 번째 절정을 느꼈을 때, 그의 물건이 확 빠져나가는 것을 느꼈다.

그의 것이 나현의 허벅지에 흰 액체를 뱉어 냈다.

오르가즘을 느껴 움찔거리는 와중에도, 허벅지를 타고 흘러 내리는 따뜻한 액체를 느낄 수 있었다.

그가 거친 숨을 몰아쉬며 나현에게 입을 맞췄다. 그리고 옆으로 내려와 누워 나현을 품에 끌어안았다. 땀에 젖은 그의 가슴에 얼굴이 닿았지만 불쾌하지 않았다. 그 여느 때보다도 강하게 느껴지는 그의 체취가 좋았다.

"미안해요, 선배."

그가 나현의 머리를 쓰다듬으며 말했다.

"내가 처음이라 오래 하질 못했어요."

그 말에 나현은 비명을 지르고 싶어졌다.

'오래 하지를 못하다니. 더 오래 했으면 난 기절했을 거야!'

속으로 외치다가 문득 이상한 말을 들었다는 생각에 고개를 들었다. 그는 나현의 머리카락을 음미하는 듯 눈을 감고 있었다.

"저기……."

"네?"

"이상한 말을 들은 것 같은데요."

"이상한 말?"

그가 의아하다는 듯 나현을 내려다봤다.

"저, 음…… 그러니까, 내가 잘못 들은 게 아니라면…… 처음이라고……."

"아, 잘못 들은 거 아니에요."
그가 빙긋 웃었다.
"나, 선배가 처음이에요."
"거짓말!"
"정말이에요."
"거짓말!"
"정말이라니까요. 난 선배한테 거짓말 안 해요."
"하지만…… 처음이라니……."
"처음이면 안 돼요? 날 책임져야 할까 봐 걱정돼요?"
"아니, 그게 아니라…… 노아 씨는 잘생겼잖아요."
너무 놀란 바람에 처음으로 본심을 내뱉었다. 노아의 얼굴이 붉어졌지만, 나현은 그걸 보지 못했다.
"잘생기면 다 해 봤어야 하는 거예요?"
"그런 건 아니지만……."
"응, 그런 거 아니잖아요."
그가 다시 나현의 머리를 보듬어 안았다.
"조금만 더 이러고 있어요."
그의 팔을 베고 품에 안겨, 머리를 쓰다듬는 그의 손길을 느꼈다. 그 와중에도 나현은 생각했다.
'거짓말!'
그럴 수밖에 없었다.
노아는 가만히 있어도 여자들이 달려드는 남자였다. 그런데

27살이라는 나이가 될 때까지 해 본 적이 없다니. 게다가 하필이면 나현과 첫경험을 하다니.

머릿속이 혼란스러웠다.

얼마나 시간이 흘렀을까.

"씻겨 줄게요."

그의 말에 퍼뜩 정신을 차렸다.

"아니, 괜찮아요!"

필요 이상으로 큰 목소리로 대답했다. 그가 장난스럽게 웃었다.

"왜요? 가만히 있으면 씻겨 줄게요."

"아니요, 정말 괜찮아요. 혼자 씻을 수 있어요."

"내가 씻겨 주고 싶어서 그래요."

"아니에요, 정말 괜찮아요. 집이 근처니까 집에 가서 샤워하면 돼요."

그는 나현이 곤란해하는 모습을 즐기는 게 분명했다. 하지만 나현은 그가 정말로 씻겨 주겠다고 달려들 것 같아서, 황급히 몸을 일으켰다.

그는 묘한 표정으로 나현을 응시하고 있었다. 때때로 그는 이렇게 묘한 표정을 지을 때가 있다. 그 표정의 의미가 궁금했다.

노아가 일어나더니 티슈를 가지고 왔다. 그는 자신의 몸에서 나온 흰 액체를 꼼꼼히 닦아 주었다. 허벅지에 사락사락 스치는 느낌이 좋았다.

"데려다줄게요."

노아가 나현을 따라나섰다.

새벽 3시가 되어 가는 시간. 이 시간의 홍대는 젊은이들로 북적거리지만, 노아의 아틀리에에서 나현의 집으로 가는 길은 인적이 드물어 고요했다.

가로등 불빛이 은은하게 펼쳐진 고즈넉한 거리를 걸어가며, 나현은 그동안 궁금했던 것을 물었다.

"지난 10년 동안 뭐하고 살았어요?"

"고등학교를 졸업하고 대학에 들어갔어요."

"미대?"

"네, 미대. 그런데 그림을 그릴 수 없게 돼서 경영학과로 편입을 했어요. 졸업을 했고, 조금 쉬다가 집에서 떠미는 바람에 입사를 했어요."

평범한 삶이었다.

"사고는…… 교통사고였어요?"

그의 손등에 있는 흉터. 그가 입사한 첫날, 왜 그림을 그리지 않느냐는 질문에 사고가 있었다고 대답했던 것을 떠올리며 물었다.

그가 망설이는 기색이 느껴져서, 이번에도 제대로 된 대답을 들을 수 없을 거라고 생각했다. 하지만 그는 손등에 난 흉터를 물끄러미 내려다보다가 입을 열었다.

"오토바이를 타고 가다가 신호위반을 한 트럭이랑 부딪쳤어요. 저는 살아남았는데 같이 타고 있던 사람은…… 죽었어요."

"아……."

"여울이가 그 사고로 죽었어요, 선배."

* * *

본가에 들어가는 건 무척이나 오랜만이었다.

축구도 할 수 있을 만큼 넓은 그 집이, 노아에게는 감옥이었다. 발을 디디는 순간 숨이 턱 막혀 왔다.

다행히 깨어 있는 사람은 없었다.

대충 씻고 방에 들어가 문을 잠갔다. 자신만의 공간이지만 편하다는 생각이 들지 않았다. 이 집보다 좁기는 해도, 아틀리에에 있는 편이 훨씬 편안했다.

침대에 누워 눈을 감았다.

—아, 그거…… 음…… 고인의 명복을 빕니다.

여울이 죽었다는 것을 알리자, 나현은 난처한 듯 미간을 좁혔다가 더듬더듬 말했다.

그녀에게 여울에 대한 이야기를 할 생각은 없었다. 하지만 계속 감출 수도 없는 일이기에, 말할 수밖에 없었다.

—여울이랑 참 잘 어울려요.

그렇게 말하던 그녀의 모습을, 노아는 똑똑히 기억하고 있었다. 그 말뿐이 아니라, 그녀의 모습 무엇 하나 잊은 것이 없었다. 눈을 감으면, 바로 어제의 일처럼 10년 전의 일이 떠올랐다.

귀 바로 아래에서 자른 단정한 단발머리, 우유처럼 하얀 피부와 오뚝한 코, 살짝 깨물면 달콤한 즙이 흘러나올 것 같은 붉고 도톰한 입술.

그녀를 처음 본 날도 생생하게 기억한다.

서늘한 복도, 창문으로 들어오는 오후의 햇살, 학생들이 만들어 내는 소음. 생동감이 넘치지만 노아에게는 잿빛으로만 느껴졌던 그 세상에, 나현은 유일하게 선명한 색채를 지니고 존재했다.

또래의 여학생들과 달리 무릎까지 내려오는 교복치마를 입은 그녀는, 두 손을 앞으로 가지런히 모으고 그림을 감상하고 있었다. 한참 동안 움직이지 않고 서 있는 그녀가 신기해서 다가가 옆에 섰다. 하지만 그녀는 노아가 와서 선 것도 몰랐다.

그녀가 눈을 깜빡일 때마다 움직이는 긴 속눈썹이 굉장히 예쁘다는 생각을 했었다.

—그림, 마음에 들어?

가슴에 단 명찰의 색으로 그녀가 한 학년 선배라는 것을 알 수 있었다. 하지만 굳이 존댓말을 써야 한다고 생각하진 않았다.

그녀는 돌아보지도 않고 대답했다.

—네, 정말 좋아요. 누가 그린 걸까요?

—내가.

그제야 그녀가 고개를 돌려 노아의 얼굴을 올려다봤다. 상대가 노아라는 것을 안 그녀의 눈이 놀람으로 동그랗게 떠지는 것이 무척이나 유쾌했다.

한쪽 눈에만 짙은 쌍꺼풀이 사랑스러워서, 그 눈을 만져 보고 싶다는 충동을 억눌러야만 했다.

—그림, 정말 잘 그리네요.

노아가 후배라는 걸 알고 있을 텐데도, 그녀는 존댓말을 사용했다. 차분한 말투가 마음에 들었다.

긴 속눈썹도, 단정한 단발도, 다갈색 눈동자도. 무엇 하나 마음에 들지 않는 구석이 없었다. 그래서 순식간에 빠져 버렸다. 임나현이라는 여자에게.

—난 네가 싫어, 정노아.

그녀를 마지막으로 보았을 때, 날카롭게 폐부를 찌르던 그 말 역시 기억하고 있다.

—네가 정말 싫어.

온기로 가득 찬 눈동자라고 생각했다. 하지만 아니었다. 그날 노아를 향한 그녀의 눈동자는 차갑게 얼어붙어 있었다. 그 눈빛과 목소리가 얼음으로 만든 송곳처럼 노아의 심장에 박혔다.

피가 철철 넘쳐흘러 익사할 것 같았지만, 애써 아무렇지도 않은 척 대답할 수 있었다.

—그래요? 그럼 어쩔 수 없죠.

그때에 내뱉은 대답을 10년 내내 후회했다.

다르게 대답했더라면 다른 결과가 나왔을까? 텅 빈 10년, 그녀가 채워 줬을까?

대답은 고민할 것도 없었다.

달라진 것은 없었을 것이다. 지금 그런 것처럼.

회사에서 그녀를 다시 만나게 될 줄은 몰랐다. 가만히 노아를 올려다보는 그녀는 10년 전과 달라진 것이 하나도 없어서, 그때로 돌아간 듯한 기분이 들었다.

그녀는 알까? 그녀의 차분한 눈동자를 마주하는 순간만이, 노아가 숨을 쉴 수 있는 시간이라는 것을.

그녀는 알고나 있을까? 10년이라는 시간, 오롯이 그녀만을 떠올리며 살아왔다는 것을.

지옥 같은 삶을 살아왔다. 무엇 하나 잘되는 일이 없었다. 그래서 그녀를 다시 만나게 되는 행운 역시 찾아오지 않으리라 생각했다.

꿈처럼 그녀를 다시 만나게 되었을 때에, 가장 먼저 한 생각은 이거였다.

'이제는 놓치고 싶지 않아.'

그러나 그녀는 노아의 생각을 읽기라도 한 것처럼 단호하게 말했다.

—네가 싫어, 정노아.

두 번째 듣는 말인데도, 처음 들었을 때만큼이나 강렬한 통증을 안겨 주었다. 하지만 노아는 그때처럼 쉽게 그녀를 보내 줄 생각이 없었다.

이번이 마지막 기회다. 해 보는 데까지 해 보고 안 된다면, 그때는…….

노아는 두 손을 들어 올려 가만히 응시했다.

'그때는 죽을까? 무엇 하나 좋을 게 없는 인생이니까.'

*　　*　　*

어떻게 집에 돌아왔는지 모르겠다.

—여울이가 그 사고로 죽었어요, 선배.

그 말을 듣는 순간, 머릿속이 새하얗게 비었다. 멍하니 그의 얼굴을 바라보고 있었던 것 같기도 하고, 무슨 말인가를 중얼중얼 내뱉었던 것 같기도 한데 기억이 나질 않는다.

정신을 차리고 보니 거실 소파에 멍하니 앉아 있었다.

'죽었다고?'

믿기 힘들었다.

여울은 죽어도 안 죽을 것 같은 여자였다. 폭탄이 떨어져도 살아남을 것 같은 강한 생명력을 지니고 있었다.

하지만 노아가 그런 걸로 거짓말을 할 이유가 없다.

'최여울이 죽었다니…….'

노아가 그림을 그릴 수 없게 된 것은, 손에 난 상처 때문이 아니었던 것이다. 마음의 문제였다.

예술가들이 저마다 마음에 품고 있는 뮤즈. 노아의 뮤즈는 최여울이었다. 그녀가 세상에 없으니, 그림을 그릴 수 없게 된 것이리라.

나현은 최여울이라는 여자를 좋아해 본 적이 단 한 순간도 없었다. 때문에 그녀의 죽음을 들었을 때에, 충격은 받았지만 슬프지는 않았다.

지금 이 순간 가슴이 따끔따끔 아픈 이유도, 그녀가 죽었기 때문이 아니다. 그녀를 이길 수 없다는 사실을 알게 되었기 때문이다.

여울은 노아가 운전하던 오토바이를 함께 타고 가다가 죽었다. 그녀는 세상을 떠난 것이 아니라, 노아의 가슴속에 묻힌 것이다. 죄책감, 혹은 그리움이라는 이름으로.

가슴에 묻은 여자를, 이제는 세상에 없는 여자를 이길 수 있을리 없다. 노아의 마음은, 그의 심장은 최여울의 것이다.

승리에 찬 그녀의 미소가 보이는 듯했다.

"나, 최악이다."

나현은 욕지거리가 치밀었다.

무엇이 어찌 되었든, 앞날이 창창한 여자가 죽었는데 이런 생각이나 하고 있다니. 경멸 받아도 할 말이 없다.

"아, 정말…… 나 최악이네."

나현은 두 손으로 얼굴을 덮었다.

이런 와중에도 노아의 마음에 대해서만 생각하는 자신이, 끔찍하게 싫었다.

회사 앞에서 슬이와 마주쳤다. 나현을 발견한 슬이가 반색을 하고 다가왔다.

"언니, 우리 커피 사서 들어가요! 제가 살게요."

아예 손목을 잡아끄는 통에 거절할 수가 없었다. 커피숍은 이른 시간인데도 커피를 사서 가려는 직장인들로 붐볐다. 줄을 서서 기다리며 슬이가 물었다.

"언니, 저요. 어제 까였어요."

"아, 그래요?"

어제 그렇게까지 이야기가 진행되었을 줄은 몰랐기 때문에, 나현은 어색하게 대꾸했다. 다행히 슬이는 나현의 어색함을 눈치채지 못한 것 같았다.

"네, 대차게 까였어요. 고백도 안 했는데 먼저 선수를 치더라고요."

"아……."

"노아 오빠, 사랑하는 사람이 있대요."

"아아."

"근데 있죠. 이건 진짜 말도 안 되는데 짝사랑이래요, 글쎄. 그것도 10년 동안이나! 그 말이 믿어져요? 노아 오빠 같은 남자가 짝사랑이라니."

믿어진다고 생각했다.

알고 있으니까. 노아의 짝사랑 상대를, 그 예쁜 여자를, 그의 마음을 다 가지고 간 사람을 알고 있으니까.

"근데 그 사람이 자기를 안 받아 줘서 앞으로 또 10년 동안 짝사랑할 거래요. 생긴 것 답지 않게 순정파더라니까요."

'고백은 해 봤나 보구나. 다행이네.'

다행이라고 생각한 건 진심이었다.

여울은 싫지만, 노아는 좋았다. 그저 친구일 뿐이라며 씁쓸하게 웃던 그의 모습을 기억하기에, 고백이라도 해 보아서 다행이라고 생각했다.

'걔는 왜 노아를 안 받아 준 걸까?'

여울은 일부러 나현을 찾아와서 노아와 만나지 말라고 할 정도로 그를 아끼고 있었다. 그래서 나현은 그녀 역시 그를 사랑하고 있을 거라고 생각했다.

"아무튼 그렇게 확실하게 차이고 나니까, 뭘 어떻게 해 봐야겠다는 생각도 안 들더라고요. 그나저나 그 여자 되게 궁금하다. 대체 어떤 여자이기에 노아 오빠 같은 사람을 마다하는 거지? 언제 볼 기회가 있을까요?"

'없을 거예요.' 라고 생각하며, 나현은 그냥 옅은 미소만 지었다. 무어라 대답해 줄 말이 없었기 때문이다.

곧 주문할 차례가 되었고, 나현은 아이스 아메리카노를, 슬이는 아이스 라떼를 시켰다. 나현이 계산하려고 했지만 슬이가 말렸다.

"언니가 어제 저 때문에 애써 주셨잖아요. 제가 쏠게요."

"잘 안 됐다면서요."

"그래도요. 일단 시도라도 해 봤으니까 후회는 없어요."

어제도 그랬지만 오늘의 슬이도 반짝반짝 빛이 났다. 아마도 그녀의 삶의 방식이 빛나기 때문일 것이다. 그녀는 일을 시도하는 데 있어서 거침이 없었다.

"슬이 씨는 정말 대단해요."

커피를 들고 나오면서 말했더니 슬이가 눈을 동그랗게 떴다.

"제가요? 왜요?"

"그냥…… 어제 그렇게 노아 씨랑 자리 만들어 달라고 한 것도 그렇고, 잘 안 됐는데도 이렇게 당당한 것도 그렇고."

"우리 엄마가요. 대학 다닐 때 동경하던 선배가 있었대요. 그런데 그 선배가 워낙 인기가 많아서, 도저히 용기가 안 나서 고백을 못 했대요. 뭐, 나중에 우리 아빠를 만나서 연애를 하고 결혼까지 하긴 했지만, 가끔 아빠랑 싸우고 나면 그 선배가 생각이 난다는 거예요. 그때 고백이라도 해 볼걸 그랬다고. 그러면서 하시는 말씀이, 엄마 나이쯤 되니까 어릴 때 느꼈던 창피함 같은 건 별거 아니게 느껴진다고 하시더라고요. 그러니까 너는 인생에 후회할 일 남기지 마라, 하고 싶은 건 꼭 다 해 봐라, 그 순간의 부끄러움이나 아픔 같은 건 지나고 보면 아무것도 아니더라. 가장 무서운 건 후회가 남는 거더라. 그러시더라고요."

슬이의 어머니가 했다는 말이, 마치 지금의 나현을 향해 하는 말처럼 느껴졌다.

*　　*　　*

"좋은 아침이에요, 선배."

어제 그런 식으로 헤어져서 그의 얼굴을 어떻게 보나 걱정했는데, 노아는 의외로 평범하게 인사를 건네 왔다. 나현은 그에게 고마움을 느끼며 살짝 고개를 숙였다.

"잠은 잘 잤어요?"

그가 자리에 앉으며 물었다.

"네, 잘 잤어요. 노아 씨는요?"

"저는 그냥 뭐…… 아, 이 커피 좀 마셔도 돼요?"

대답도 하지 않았는데, 노아가 커피를 가져가 빨대에 입을 댔다. 두어 모금 마신 노아가 다시 커피를 나현의 책상 위에 올려뒀다.

일을 하다가 화장실에 가려고 나왔는데 호진이 반대쪽에서 걸어오고 있었다. 경영기획부인 호진은 나현의 대학 선배이자 회사 동기였다.

"여어, 나현."

서글서글한 인상의 호진은, 나현이 친하게 지내는 몇 안 되는 남자 중 하나였다.

"같은 회사에서 일하는데도 간만에 만나네. 잘 지냈지?"

"네, 오빠는요?"

"나는 아주 죽겠다, 야. 결혼자금 모으는 거, 보통 일이 아냐.

서울에서 집 구하기 너무 힘들어."

"요새 전세가 매매만큼 비싸더라고요. 성희 언니는 어떻게 지내세요?"

성희는 호진의 애인으로 서른 살인 호진보다 한 살 연상이었다.

"누나는 바쁘지. 출판 쪽 일도 장난 아닌 것 같더라고. 아, 화장실 가는 길이었지? 급한 사람 붙잡아 둘 수는 없고…… 이따 점심 같이 먹을까?"

"네, 그래요."

화장실에 갔다가 오니 노아는 책상에 몸을 기울이고 뭔가를 열심히 끼적이고 있었다. 잠시 후, 나현의 책상으로 노아의 팔이 쑥 들어왔다. 노아는 책상 위에 작은 쪽지를 놔두고 얼른 팔을 거둬들였다.

'뭐지?'

쪽지를 펼치자 노아의 손글씨가 있었다.

그의 글씨를 보는 건 처음이었다. 단정하고 깨끗한 글씨체였다.

[퇴근하고 영화 보러 갈래요?]

이게 무슨 짓일까?

나현은 눈을 가늘게 뜨고 노아를 돌아봤다. 그는 열심히 일을 하는 척하고 있었다.

[안 만지면.] 이라고 써서 노아의 책상 위에 올려 뒀다.

바스락—

그가 쪽지를 펼쳐 보는 소리가 들려왔다. 나현도 열심히 일하는 척했다. 곧 그의 답이 돌아왔다.

[안 만지면 평범한 데이트인데 괜찮겠어요?]

그러고 보니, 그저께 데이트하고 싶지 않다고 했었지.

나현은 망설이다가 답을 썼다.

[괜찮아요.]

또 바스락—

한동안 답이 돌아오지 않았다. 그래서 흘끗 고개를 돌려 그를 봤더니, 그는 옅은 미소를 띤 얼굴로 쪽지를 응시하고 있었다. 눈의 착각인지 모르겠지만, 그는 즐거워 보였다. 하지만 곧 그 생각을 지웠다. 데이트 좀 하겠다는 걸로, 그가 즐거워할 이유는 없으니까.

점심시간이 되어 다들 식당에 가려고 일어나는데, 호진이 사무실로 나현을 데리러 왔다.

"오, 호진 씨. 오랜만이야."

"오랜만이에요, 오빠."

싹싹한 성격의 호진은 다른 부서의 직원들과도 친분이 있어서 다들 그를 반겨 주었다. 호진은 유쾌한 목소리로 그들과 인사를 하고는 나현에게 다가왔다.

"가자."

"뭐 먹을 거예요?"

"네가 먹고 싶은 거. 고기 쪽이었으면 좋겠는데."

"그냥 오빠가 먹고 싶은 거 먹어요."

그런 이야기를 하며 일어서는데, 아직 자리에 앉아 있던 노아가 나현을 빤히 응시하고 있었다.

"노아 씨는 점심 안 먹어요?"

"먹을 건데, 선배는…… 같이 안 드세요?"

"네, 오늘은 이분이랑 같이 먹으려고요."

"아아."

노아의 시선이 호진에게로 옮겨졌다. 기분 탓일까? 그의 눈동자에 적개심이 담겨 있었다.

"그럼 점심 맛있게 드세요."

노아가 곧 싱긋 웃으며 말하고는 먼저 자리를 떠났다. 호진은 의아하다는 듯 노아의 뒷모습을 지켜봤다.

"점심부터 고기를 구워 먹는 사람은 오빠밖에 없을 거예요."

나현의 말에 호진이 웃었다.

"고기는 항상 옳다는 말이 있잖아."

호진이 먹고 싶은 걸 먹자고 했더니 회사 근처의 갈빗집으로 데리고 왔다. 갈비야 맛있게 먹겠지만, 옷에 냄새가 밸 것 같아 걱정이었다.

"그런데 아까 그 잘생긴 친구가 이번에 마케팅부로 들어왔다는 왕자님이야?"

"왕자님이요?"

"우리 부서 여직원들이 난리더라고. 마케팅부에 왕자님 하나 들어왔다고."

"아아."

고등학교 때와 별반 다를 바 없는 상황이었다. 노아는 역시 어딜 가나 여자들의 시선을 끈다. 그런 노아가 27살이 되도록 한 번도 해 본 적 없다니. 세계 7대 미스터리 중 하나가 되어도 손색이 없을 만한 일이었다.

"그 친구가 날 마음에 안 들어 하는 것 같던데, 내 뒷담화라도 한 거야?"

역시 그 눈빛은 착각이 아니었던 모양이다.

"제가 오빠 뒷담화를 할 리가 있겠어요?"

"그렇지? 그럼 왜 그렇게 째려본 거지? 내가 그 친구의 왕자님 자리를 노리는 것 같아서 불안했나?"

"그럴 리가요."

호진은 호감 가는 생김새이기는 했지만 잘생긴 얼굴은 아니었다. 나현의 단호한 반응에 호진이 화난 척 고기를 마구 뒤집었다.

"오빠, 그렇게 해서 제가 못 먹게 하려는 거죠?"

"티나?"

"……됐어요. 1인분 더 주문하면 되니까."

"알았어, 알았어. 안 그럴게. 아, 다른 이유도 있겠구나."

"뭐가요?"

"그 친구가 날 째려본 거."

"아아. 어떤 이유요?"

"내가 널 데리고 나가서."

"그렇다고 왜 째려보겠어요?"

"질투."

"……설마요."

"왜 설마야? 너한테만 말 걸고, 나한테는 말도 안 거는 걸 보면 딱 답이 나오네. 그러네, 질투한 거네."

"에이, 그런 거 아니에요. 걔는 짝사랑하는 여자도 있고."

"걔? 혹시 그 친구랑 아는 사이였어?"

"네? 아, 음…… 같은 고등학교 나왔어요. 이건 다른 사원들한테는 비밀이에요."

"오오, 나랑 너 사이에 비밀이 생긴 건가? 우리 은밀한 관계 된 거야?"

"아뇨, 그런 관계는 싫은데요."

나현이 딱 잘라 말했다. 호진에게 이렇게 말할 수 있는 이유는, 그가 이런 이유로 화낼 사람이 아니라는 걸 알기 때문이었다.

"뭐, 어차피 짝사랑이면 상관없잖아. 골키퍼가 있어도 골이 들어가는 판에, 사귀는 여자도 아니고 짝사랑인데. 뺏어 버려."

"제가 왜요?"

"잘생긴 남자를 옆에 끼고 다니는 게, 여자들의 로망 아냐?"

"전 저한테 다정한 남자가 더 좋아요. 한결같은 마음을 가진 남자."

나현의 말에 호진이 쓰게 웃었다.

"안 그래도 그 얘기 좀 하려고 했는데."

"그 얘기요?"

"양민우, 그 자식 얘기."

생각지 못한 이름이 튀어나오는 바람에 당황했다. 그러다가 문득 '다정한 남자' , '한결같은 마음을 가진 남자'가 양민우와 완전히 반대되는 남자를 가리키는 말이라는 걸 깨달았다.

이제 다 잊고 괜찮아진 줄 알았는데, 트라우마처럼 남아 있었던 모양이다.

"그 사람 얘기, 별로 안 하고 싶은데."

"그래도 들어 둬. 그 자식이 요새 네 얘기를 하고 다녀."

"……그렇다고 하더라고요. 우리가 헤어진 거, 다 저 때문이라고."

나현의 첫 남자였던 양민우는 대학 선배였기 때문에, 대학 동기들과도 아는 사이였다.

"처음엔 그런 얘기긴 했는데…… 뭐, 네 성격 아는 애들은 그 자식 말을 믿는 것도 아니었고. 문제는 요새 하고 다니는 소리가 영 마음에 걸리네."

"어떤 얘기를 하는데요?"

"너랑 다시 만나고 싶다고."

"아……."

"생각해 보니까 나쁘지 않았다고 하면서, 네가 다시 돌아오면 받아 줄 용의가 있다고 하고 다니는데. 내가 봤을 땐 그 자식이 조만간 너한테 연락을 할 것 같다."

"설마요."

"그 자식 우습게 보면 안 돼. 아주 또라이잖아."

호진이 대학 선배인 민우에 대해 악담을 하는 데는 이유가 있었다. 민우가 나현과 사귀는 동안 종종 폭력을 사용했던 것이다.

"그 자식이 너네 집 알지?"

호진의 질문에 등골이 서늘해졌다.

"네, 알아요."

"지금 이사는 힘들고?"

"아직 계약 기간이 남아 있어서요. 그런데 정말로 찾아올까요?"

"네가 연락을 안 받아 주면 찾아올지도 모르지. 회사로 찾아오면 차라리 다행인데, 나도 여기에 다니는 걸 아니까 여기로 올 것 같진 않고…… 하여간 조심해, 나현아. 무슨 일 생기면 꼭 연락하고."

입맛이 뚝 떨어졌다.

민우의 우악스러운 손길이, 잔인한 폭언이 떠올랐다.

민우에 대해 생각하느라 업무에 집중을 할 수가 없었다. 간신히 일을 끝내고 노아와 함께 영화를 보는 동안에도, 머릿속에는 민우 생각뿐이었다.

정말로 찾아오면 어떡하지? 연락을 하면 어떻게 해야 하지? 한동안 모텔이라도 가 있을까?

"무슨 생각을 그렇게 해요?"

노아의 목소리에 퍼뜩 고개를 들었다. 노아가 조금 불쾌한 듯 이쪽을 보고 있었다.

"아, 미안해요. 마음에 걸리는 게 있어서."

"누구요? 아까 그 남자요?"

"네, 오빠가 했던 말이 자꾸 생각나서요."

"그분이 고백이라도 했어요?"

"고백? 그런 거라면 차라리 낫죠."

나현은 쓴웃음을 지으며 찻잔을 손가락으로 문질렀다.

"그럼 뭐라고 했는데요?"

"내 전 남자 친구 이야기를 했어요."

"전 남자 친구?"

"응. 그 오빠랑 나랑 내 전 남자 친구, 대학 동기거든요."

"아아."

"전 남자 친구가 뒤에서 내 이야기를 하고 다닌대요."

불안한 마음을 누구에게라도 털어놓고 싶었다. 노아는 진지하게 나현의 이야기를 듣고 있었고, 그래서 저절로 말이 흘러나왔다.

"그 사람이 나랑 다시 만나고 싶다는 이야기를 한대요. 그래서 호진 오빠가, 아, 호진 오빠는 아까 그 오빠예요. 호진 오빠가 그러는데, 그 사람이 우리 집에 찾아올지도 모르니까 조심하라고 하더라고요."

"조심해야 할 사람이었어요?"

"네."

나현은 인상을 찌푸리고 잠시 망설이다가 말했다.

"날 때렸었거든요."

"……!"

"사귀는 동안 날 때렸어요, 심하게. 아마 나는…… 호진 오빠가 내 상처를 발견하지 못했더라면, 아직도 그 남자랑 사귀고 있었을 거예요. 나는 맞고 살 운명인 모양이라고 생각하면서."

"맞고 살 운명이라니."

어째서인지 노아가 나현보다 더 고통스러운 표정을 지으며 물었다.

"누가 또 선배를 때렸던 거예요?"

"네, 내 아버지가요."

어릴 적의 기억은, 맞고 있는 엄마의 신음 소리로 시작했다.

아버지는 매일 엄마를 때렸다. 특별한 이유는 없었다. 국이 짜거나 싱겁거나 맛있거나, 반찬이 마음에 들거나 말거나, 아버지는 이유 없이 손을 올렸다. 아버지가 집에 들어오는 날에는, 늘 엄마의 신음 소리가 집 안을 가득 채웠다.

아버지의 폭력이 나현에게까지 향한 것은, 나현이 초등학교 1학년 때였다. 아버지는 나현의 눈빛이 마음에 안 들어서, 공부를 제대로 하지 못해서, 옷차림이 별로라서 나현을 때렸다.

나현에게 무자비한 발길질이 쏟아지는 동안, 엄마는 한 번도 아버지를 말리지 않았다. 오히려 구석에서 조용히 안도의 한숨을 내쉬고 있었다.

사람들의 눈치를 보게 된 이유는 아버지의 폭력 때문이었다. 상대의 기분을 거스르면 반드시 폭력이 뒤따른다고 생각할 수밖에 없는 삶이었던 것이다. 나중엔 꼭 그렇지만도 않다는 걸 알게 되었지만, 어릴 적부터 쌓여 온 트라우마가 단숨에 사라질 리가 없었다.

"공부를 열심히 한 이유는 집에서 벗어나고 싶었기 때문이에요. 나는 그 집이 정말 지옥 같았거든요."

노아는 묵묵히 나현의 이야기를 듣고 있었다. 그의 눈동자에 어린 걱정스러움, 혹은 안쓰러움이 진심이라고 믿고 싶었다.

"좋은 대학에 전액 장학금을 받고 입학을 하니, 조금은 자신감이 생겼어요. 과외를 해서 생활비를 벌었고, 그 집을 벗어났어요. 대학에서 좋은 친구들을 만난 덕에 조금씩 상처가 치유되는 기분이었어요."

그럴 때였다. 양민우가 나현에게 접근해 온 것은.

"그 남자는 내가 대학교 2학년 때 복학을 했어요. 처음부터 나에게 지극정성이었죠."

민우는 나현에게 적극적으로 다가왔다. 학과 사람들 전부가 민우의 마음을 알고 있을 정도였다. 그는 나현에게 다정했고, 부모의 사랑을 받아 본 적이 없는 나현은 그의 애정이 싫지 않았다. 아니, 오히려 기쁘고 행복했다.

"좋은 사람이라고 생각했어요. 우리는 사귀기 시작했고…… 1년 정도는 큰 다툼 없이 지냈어요. 그래서 내가 좀 우쭐해졌나 봐요."

1년쯤 지나고 나자 그의 태도가 변하기 시작했다. 처음처럼 다정하지 않았지만, 있을 수 있는 일이라고 생각했다. 하지만 번번이 약속 시간에 늦는 것은 참기 힘들어서, 앞으로 조금만 서둘러 준비해 달라고 말했다.

"화낼 일은 아닌 것 같았는데, 그 사람이 날 때렸어요. 기어오르지 말라면서."

민우도 처음에는 때리고 조금 지나 사과를 했다. 앞으로 이런 일 없을 거라면서. 하지만 그 후로도 폭력은 계속되었다.

"그 사람이 그러더라고요. 너네 아빠는 때릴 만해서 때린 거라고. 그래서 난 생각했죠. 그래, 난 맞을 만해서 맞았구나."

"……."

"그렇게 맞으면서 몇 년을 더 사귀었고, 결혼 이야기가 나왔어요. 그 사람과 그 사람의 부모님은 내게 여러 가지를 요구했어요. 집은 반반, 예단은 꼭 해야 하고, 일주일에 한 번씩 시댁에 찾아가야 하고, 매일 시댁에 안부전화를 해야 한다고. 그 외에도 이런저런 것들을 요구했죠. 나는 그 일에 대해 친한 친구한테 상담을 했고, 그 친구는 화를 내면서 그 사람을 만나 쏘아붙였죠. 내 남자 친구라서 셋이 어울린 적도 몇 번 있었거든요."

민우는 주미의 앞에서 좋은 남자인 척 연기를 했다. 부모님의 요구가 과하기는 한 것 같다고, 아들이 자기 하나라서 그러는 것 같다고, 부모님에게 잘 이야기해 보겠다고.

그날 주미와 헤어진 후, 민우는 그 어느 때보다도 심하게 폭력을 행사했다.

"얼굴은 안 때렸는데, 손목이랑 목덜미에서 등으로 이어지는 부분에 멍이 심하게 들었어요. 여름인데도 긴팔 셔츠를 입고 회사에 갔죠."

그날 마주친 호진이 이 더운 데 무슨 긴팔이냐, 멋을 아는 여자가 됐구나, 라며 농담을 건네다가 손목에 있는 멍 자국을 발견했다. 보통 멍 자국이 아니라는 걸 눈치챈 호진이 무서운 표정으로 닦달했고, 그날 나현은 모든 것을 털어놓았다.

"내가 잘못해서라고 생각했어요. 날 때리던 사람들은 늘 그렇게 말했거든요. 널 때리는 이유는, 네가 잘못되었기 때문이다. 그날, 호진 오빠가 그러더라고요. 때리는 놈이 미친놈이라고."

지난 일일 뿐이다. 이제는 나현을 때리는 사람이 없다. 그런데도 왜 이렇게 가슴이 꽉 옥죄고 괴로운지 모르겠다. 다 지난 일인데.

"헤어졌어요. 그 자리에 호진 오빠가 같이 있지 않았더라면,

그 남자는 또 날 때렸을 거예요. 그 남자가 며칠 동안 매달렸지만 거절했죠. 그러고 나서 그 남자는 사람들한테 내 욕을 하고 다니기 시작했어요. 하지만 그것도 잠잠해져서 이제는 마주칠 일 없을 거라고 생각했는데……."

깊고 무거운 한숨이 저절로 흘러나왔다.

"신경 쓰이네요, 정말로."

이야기를 끝내고 나자 문득 그의 생각이 신경 쓰였다. 얼마나 바보 같은 여자라고 생각할까?

그는 한동안 말이 없었다. 나현은 도망치고 싶어졌다.

말하지 말걸 그랬다. 이런 비참한 이야기 따위 재미없을 텐데.

고개를 숙이고 애꿎은 찻잔만 열심히 노려봤다. 이윽고 그의 손이 뻗어 와 나현의 작은 손을 감싸 쥐었다. 어째서인지 그의 손은 무척이나 차가웠다.

그는 나현의 손을 꽉 쥔 채로 아무 말도 하지 않았다. 의아한 마음에 고개를 들자 잔뜩 일그러진 그의 얼굴이 보였다. 그가 맞았나 싶을 정도로 고통스러운 표정이었다.

"내가 미리 알았더라면 죽였을 텐데……."

그의 입술이 달싹거리며 만들어 낸 말을, 나현은 제대로 듣지 못했다.

"그 사람이 선배네 집에 찾아갈 것 같아요?"

두 번째로 던진 말은, 나현도 들었다. 나현은 고개를 끄덕이면서도, 그에게 잡힌 손에 신경을 썼다. 그에게 온몸이 만져지기까지 했는데, 지금 잡힌 손이 무척이나 신경 쓰이는 이유가 뭘까?

"어디 다른 데 가 있을 곳은 있어요? 지금 당장 이사할 수는 없고요?"

늘 느긋했던 그가 여유 없는 어조로 물었다.

"계약 문제 때문에 당장 이사하기는 힘들어서…… 한동안 모텔이라도 잡아 볼까 생각 중이에요."

"모텔은 안 돼요. 여자 혼자 가 있는 건 위험해."

"친한 친구들은 대부분 결혼을 해서……."

"아틀리에에 와 있어요."

"네?"

"아틀리에, 비어 있으니까 거기서 지내요."

"아니, 하지만…… 그렇게까지 신세를 질 수는 없어요."

"이게 왜 신세지는 거예요? 어차피 빈집인데. 괜찮아요."

노아는 마치 자신의 일이라도 되는 것처럼 행동했다. 주미나 호진이 이렇게 나서 주는 건 이해하겠지만, 노아가 이러는 건 이해할 수가 없었다.

나현에게 있어서 노아는 짝사랑했던 상대지만, 그에게 있어서 나현은 10년 전 잠깐 알았던 학교 선배에 불과했다.

"선배 집이라고 생각하고 지내도 돼요. 물건들 다 가져다 놓고 편하게 지내요. 방범 잘되어 있으니까 도둑이 드는 일도 없을 거예요."

"하지만……."

"나도 거길 선배 집이라고 생각할게요."

"……."

"선배가 싫다고 하면 들어가지 않을 테니까 제발……."

그의 음성이 간절해졌다.

"거기서 지내요."

애원하는 듯한 그의 눈빛에 심장이 쿵 내려앉았다.

어째서? 왜 이렇게까지?

회사 동료로서, 혹은 몸을 섞은 상대로서 어느 정도 걱정을 해 주는 건 이해할 수 있었다. 하지만 이런 눈빛은, 이런 말투는 너무나 달콤하지 않은가.

"말 나온 김에, 오늘 짐 옮겨요."

노아가 나현의 손목을 붙들고 일어섰다. 그의 성급한 행동에 기분이 나쁘기는커녕, 행복하다는 생각마저 들었다.

'왜?'라는 생각은 더 이상 하지 않기로 했다. 어찌 되었든, 지금 그가 나현을 걱정해 주는 건 진심이고 그게 참 기쁘니까. 그러니까 이 상황을 즐거이 받아들이자.

* * *

노아는 이삿짐센터에 웃돈을 얹어 줄 테니 바로 와 달라고 요청했다. 통화를 하면서도 커피숍 입구에 가만히 서 있는 나현에게서 눈을 떼지 않았다.

부글부글 끓어오르는 화를 가라앉히기 힘들었다.

나현을 때리다니. 저 비쩍 마른 여자의 어디에 때릴 곳이 있다고.

아니, 설령 때릴 곳이 있다고 해도 폭력을 사용해서는 안 되는 일이다.

—그래, 난 맞을 만해서 맞았구나.

자조적으로 중얼거리는 그녀의 표정이 마음에 들지 않았다. 맞을 만하다니. 그녀는 결코 그런 취급을 받아서는 안 됐다.

'가정폭력이 있었다니…….'

그녀에게 그러한 사정이 있을 줄은 꿈에도 몰랐다. 고등학교 때의 그녀는 늘 미소를 짓고 있어서, 아픔 따위는 전혀 없을 것만 같았다. 전교 1등을 놓치는 법이 없고, 눈에 띄지는 않았지만 교우관계도 나쁘지 않았던 걸로 기억한다.

부족한 것 하나도 없는데도 남의 시선을 신경 쓰던 그녀를 이해할 수 없었는데, 이제야 그 이유를 알겠다. 그녀는 '맞을 만한 사람'이고 싶지 않았던 것이다.

고통스러운 기억들을 꾹꾹 밀어 넣고 참아 왔을 그녀를 생각하니 가슴이 죄여 왔다. 그녀의 상처를 치유하기 위해 무엇이든 해 주고 싶었다. 그녀가 결코 '맞을 만한 사람'이 아니며, 오히려 칭찬 받아 마땅하다는 것을 알려 주고 싶었다.

통화를 끝내고 그녀에게 다가갔다. 그녀는 고개를 들어 노아를 응시했다.

나현이 고개를 들어 바라보는 모습을 보는 게 좋았다. 노아는 분노를 얼굴에 드러내지 않기 위해 노력하며, 애써 미소를 지었다.

"가요, 선배."

다시 그녀의 손을 잡았다. 그녀의 손은 작아서 잡고 있으면 기분이 좋았다. 아무 힘도 없지만, 이 작은 손만큼은 지켜 줄 수 있지 않을까, 라는 망상이 피어날 정도로.

'내가 조금만 더 힘이 있었더라면…….'

한 여자를 보호해 줄 만한 능력이, 노아에게는 없었다. 나현을 위해 큰 집을 마련해 줄 수도, 경호원을 붙여 줄 수도 없었다. 처음으로 능력 없는 자신이, 그림 그리는 재능마저 사라진 자신이 비참하게 느껴졌다.

그녀의 짐을 아틀리에로 옮긴 후 대충 정리를 했다. 다시 돌아갈 걸 생각해서 필요한 것들만 챙겨 왔기 때문에 정리하는 시간은 오래 걸리지 않았다.

"노아 씨가 왜 이렇게까지 해 주는지 모르겠어요." 라고 말하는 그녀에게, 솔직하게 고백하고 싶었다.

'사랑해서요.'

하지만 말할 수 없었다.

이 마음을 내뱉는 순간, 그녀가 다시 한 번 심장에 칼날을 박아 넣을 것 같아 무서웠다.

—네가 싫어, 정노아.

두 번 들었으면 됐다. 더는 듣고 싶지 않다.
그래서 노아는 대답했다.
"고등학교 때 선배잖아요. 이 정도 의리는 있어요."

* * *

예상했던 대답이기에 큰 실망도 없었다. 그가 진심으로 걱정해 주고 도와준 것은 사실이니까.
"고마워요. 이런 식으로 도움을 받게 될 줄은 몰랐는데, 정말로 고마워요."
"아니에요. 어차피 빈집이니까. 편하게 사용해도 돼요."
"응, 그럴게요."
잠시 대화가 끊겼다. 침묵이 부담스러운 이유는 묘한 긴장감 때문이었다. 나현은 시선을 어디로 둬야 할지 몰라 살짝 내리깔고 있었다. 그의 긴 손가락이 눈에 들어왔다.
희고 고운 손등에 가로질러 자리 잡은 흉터.
저것은 여울이 찍어 놓은 낙인이리라. 이 남자는 내 남자라는 낙인.

'내가 무슨 생각을 하는 거지? 최여울은 이미 죽었는데…… 아무리 개가 싫어도 이런 생각을 하면 안 되는데.'

누군가를 사랑하고 그 사랑을 보답 받지 못하면 옹졸해지는 모양이다.

"선배."

그의 음성에 정신을 차렸다.

"그 남자가 선배에게 연락을 하거나 해코지를 하려고 들면 저한테 연락하세요. 몇 시든 상관없으니까. 아셨죠?"

"네, 그럴게요."

아마 그에게 연락할 일은 없을 것이다. 무슨 일이 생기면 주미나 호진에게 연락하게 되겠지. 그에게 더 이상 폐를 끼치고 싶지 않았다. 귀찮은 여자로 보이기는 싫었다.

"전 이제 갈 건데."

그가 벽시계를 보며 말했다. 나현도 그를 따라 벽시계로 시간을 확인했다. 새벽 2시가 조금 넘은 시간이었다.

"혼자 잘 수 있겠어요?"

그가 다시 나현을 보며 물었다.

"혼자 못 자겠다고 하면 같이 있어 주게요?"

반쯤은 농담으로 던진 질문에, 그가 빙그레 웃었다.

"얼마든지."

순간 심장이 덧없이 빨리 뛰기 시작해, 나현은 당황했다. 지금껏 노아의 미소를 보며 두근거린 적은 많이 있었다. 하지만 이 정도는 아니었다.

심장이 몸 밖으로 튀어 나가지 않을까 걱정될 정도였다.

저도 모르게 한 손으로 입을 가렸다.

왜 이 남자는 이렇게 달콤하게 행동하는 걸까? 지금보다 더 많이 사랑하게 되면 어쩌려고.

“혼자 자기 무서우면 같이 있어요.”

나현이 대답하지 않자 그가 다시 말했다.

“아, 아니요. 그러지 않아도 돼요.”

“안 만질게요.”

“아니, 만지는 게 걱정되는 게 아니라…….”

“그럼 만져도 돼요?”

“……그런 뜻은 아니고요.”

“걱정 마요. 선배가 싫어하는 짓은 안 할 테니까.”

“그건 알아요.”

“안다고요?”

“응, 알아요.”

“하지만…… 나는 지금까지 선배가 싫다는데도 만졌잖아요. 선배는 이런 식으로 사람을 잘 믿어요?”

자길 믿는다고 하는데도 되묻는 그가 재미있었다. 나현은 조금 웃었고, 그걸 지켜보던 그의 표정이 묘하게 변했다.

“내가 진심으로 싫다고 하면 안 만질 거라는 거 알아요. 내가 진심으로 싫어하는 게 아니니까 만진 거라는 것도 알고요.”

"……."

"나는 노아 씨가 생각하는 것보다, 노아 씨에 대해 더 잘 알아요."

"아, 그거 참……."

노아의 얼굴이 붉어졌다.

그저 잘 안다고 한 것뿐인데, 그가 얼굴을 붉히는 이유를 알 수 없었다.

"기쁘네요."

그는 정말로 나현을 만지지 않았다.

이불이 하나뿐이니까 자신은 바닥에서 자겠다고 하는 노아에게, 괜찮으니 이불에서 자라고 말했다. 어쩐지 적극적인 여자가 된 듯한 느낌이 들어 기분이 묘했다.

그가 옆에 있다는 이유로 잠을 잘 수가 없었다. 천장을 향해 누워 눈을 가만히 감고 있다가, 슬쩍 눈을 뜨고 곁눈질로 그의 얼굴을 살펴봤다. 그는 이미 잠이 들었는지, 눈을 꼭 감고 새근새근 고른 숨소리를 내고 있었다.

짙은 눈썹 아래에 자리 잡은 긴 속눈썹이 또렷하게 보였다. 오뚝한 코와 굳게 다문 입술을 가만히 보고 있노라니, 만지고 싶다는 기분이 들었다. 반듯한 이마와 부드러운 볼을 마음껏 쓰다듬고 싶었다.

'기분 참 이상하네.'

노아에게 온몸이 만져지는 것보다, 이렇게 나란히 누워서 자는 것이 더 두근거린다. 마치 첫날밤을 맞이한 신부처럼.

'내가 뭔 생각을 하는 거야? 잠이나 자야지.'

나현은 다시 눈을 감았다. 몸이 닿은 것도 아닌데 그의 체온이 전해지는 듯했다.

누군가와 함께 자는 건 아주 오랜만의 일이지만, 불편하다는 생각은 들지 않았다. 기분 좋은 긴장감과 아늑함에 감싸여, 나현은 옅은 미소를 지었다.

나현이 눈을 감은 후, 노아는 눈을 슬며시 뜨고 옆을 돌아봤다. 그녀는 새근새근 잘도 자고 있었다.

'으아, 진짜 못 자겠네.'

사랑하는 여자가 옆에 있는데 편하게 잘 수 있는 남자가 몇이나 될까.

둥근 이마에서 이어지는 콧날이 굉장히 매력적이어서, 그걸 따라 쭉 만져 보고 싶다는 생각이 들었다.

그러면 이 손이 다시 그림을 그릴 수 있게 될까? 원하는 것을 마음껏 그릴 수 있게 될까?

—이 손은 나만 그려야 돼.

죽기 직전, 여울은 노아의 손을 꽉 쥐고 말했다.

—나를 잊지 마, 정노아.

여울은 죽어 가는 사람답지 않은 형형한 눈빛을 노아에게 보냈다.

—네가 나를 죽인 거야. 그러니까 이 손은…… 나만 그려야 돼.

그녀의 말이 저주가 되어 노아의 손을 옭아맸다. 노아가 무언가를 그리려 하면, 그녀의 목소리가 손을 멈추게 만들었다. 이제 흉터만 남은 상처에 무서울 정도의 고통이 일어나, 아무것도 그릴 수가 없었다.

여울의 말은 사실이었다.

그녀를 죽인 것은 자신이다.

그날 그녀를 오토바이 뒤에 태우지만 않았더라면, 앞을 더 잘 살폈더라면, 조금만 더 느리게 달렸더라면, 그녀는 아직 살아 있을 것이다.

"최여울, 넌 정말……"

노아는 한 팔로 눈을 덮으며 생각했다.

'끔찍한 여자야.'

*　*　*

눈을 감고 있었지만 한숨도 자지 못한 이유는, 그가 중얼거린 말 때문이었다.

—최여울, 넌 정말……

그 뒤에 이어질 말은 무엇이었을까?

넌 정말 사랑스러운 여자야. 넌 정말 내가 사랑하는 여자야. 넌 정말 너무해, 날 두고 가다니.

그런 식의 말이리라.

그의 고통스러운 음색에 가슴이 지끈지끈 아파 왔다. 그녀를 그리워하는 그의 마음을 이해하지 못하는 것은 아니지만, 바로 옆에서 그런 말을 듣고 싶지는 않았다. 그녀를 사랑했던, 그녀의 이름만 꺼내면 씁쓸하게 변했던 노아의 얼굴이 떠올라 가슴이 저몄다.

햇살이 얇은 눈꺼풀을 자극해, 나현은 눈을 떴다. 그는 여전히 눈을 감고 있었다. 그의 아름다운 얼굴을 가만히 지켜보다가 저도 모르게 그의 얼굴을 향해 손을 뻗었다. 하지만 그의 볼에 닿기 전, 얼른 손을 거둬들였다.

그가 일어나기 전에 준비를 마치기 위해 서둘러 욕실로 향했다. 원래 아틀리에에는 그가 사용하던 욕실용품이 있었는데, 이제는 그 옆에 나현이 가지고 온 것들도 함께 놓여 있는 걸 보니 기분이 묘했다.

씻고 나왔더니 그는 일어나 있었다. 부스스하게 흐트러진 머리의 그가 귀여웠다.

"잘 잤어요?"

"네, 선배는요?"

"나도요."

사실은 한숨도 자지 못했지만 거짓말을 했다. 그가 빤히 올려다보는 통에 거짓말을 들켰나 싶었다. 다행히 그는 별말 없이 일어났다.

"저도 씻고 올게요. 출근 같이할 거죠?"

"아뇨, 나 먼저 갈게요."

"사람들이 오해할 것 같아서요?"

"네."

"알겠어요, 그럼. 이따 회사에서 봐요."

그는 고집을 부리지 않았다. 다행이라고 생각하며, 나현은 서둘러 출근 준비를 끝마쳤다.

막 나가려던 참에 달칵, 욕실 문이 열렸다.

욕실에서 나온 그를 보고, 나현은 움직임을 멈췄다. 아니, 굳어 버렸다고 하는 게 옳으리라.

그는 알몸이었다!

수건으로 머리카락의 물기를 닦으며 나오던 그가, 뻣뻣하게 굳은 나현을 보고 장난스럽게 웃었다.

"왜 그렇게 놀라요? 처음 본 것도 아니면서."

"아, 아뇨. 그러니까…… 갑자기 봐서…… 깜짝 놀라서……."

얼굴이 붉어지는 걸 느끼며 더듬더듬 변명하듯 말했다.

깜짝 놀란 것도 있지만, 그의 몸이 멋지다고 생각하는 자신에게 당황하기도 했다. 이런 마음을 들키고 싶지 않아 황급히 시선을 돌렸는데, 그가 바짝 다가왔다. 그에게서 옅은 비누향이 났다.

"어떡하지?"

그가 나현의 뺨을 어루만졌다.

"만지고 싶어졌어요."

"이미 만지고 있잖아요."

입 안이 바싹바싹 타는 걸 느끼며 대꾸했다.

"이것보다 더요."

그가 손가락으로 나현의 쇄골을 쓰다듬다가 더 안쪽으로 손가락을 밀어 넣었다. 손끝이 닿는 부위마다 뜨거운 전율이 일었다.

나현이 가만히 있자, 그가 나현의 블라우스 단추를 풀기 시작했다. 하나, 둘, 블라우스의 앞섶이 벌어지며 뽀얀 피부가 드러났다.

그가 가슴골을 따라 길게 핥고는 말했다.

"선배, 가슴이 진짜 예뻐요."

칭찬을 하는 그의 음성에 색기가 넘쳐, 나현은 부끄러워졌다. 그는 다시 가슴 사이의 깊은 계곡을 핥으며 능숙하게 나현의 브래지어를 풀었다. 풍만한 가슴을 간신히 죄고 있던 브래지어가 풀리자, 가슴이 탄력 있게 솟아올랐다.

"회사…… 가야 하는데……."

뒤늦게 정신을 차리고 말해 봤지만 소용없었다. 그는 안 들린다는 듯 풀어 헤쳐진 브라 아래로 손을 넣어 가슴을 움켜쥐었다.

그는 탄력 있는 가슴을 주무르며, 다른 쪽 가슴으로 입술을 가져갔다. 그의 입술이 유두 주위에 붉은 낙인을 찍었다. 연한 살결에 붉은 꽃잎 같은 자국이 생겼다는 것을, 나현은 알 수 없었다. 그의 숨결과 손길 때문에 정신을 차릴 수 없었기 때문이다.

봉긋 일어선 유두를 입에 머금은 그가 어린아이처럼 빨기 시작했다. 나현은 작게 신음하며 그의 머리를 끌어안았다. 등을 쓰다듬는 그의 손길이 기분 좋았다.

몸이 젖어 그를 받아들일 준비가 되었을 때, 그가 돌연 입술을 떼어 내고 몸을 일으켰다. 나현을 내려다보며, 그가 나현의 볼을 살며시 쓰다듬었다.

"그럼 이제 회사에 가요, 선배."

"네?"

"회사에 가야 한다면서요."

"아……."

"아니면 나랑 더 하고 싶은 거예요? 회사에 가기 전에?"

"아, 아니에요!"

놀림을 받는 것 같아서 바락 외쳤더니 그의 미소가 더 짙어졌다. 그는 귀여운 강아지를 보는 듯한 시선을 보내고 있었고, 놀림을 받는 와중에도 그의 눈빛이 참으로 따뜻하다고 느꼈다.

"그래요, 그럼 얼른 가요. 늦기 전에."

"……."

나현은 아랫입술을 잘근 깨물고 서둘러 옷매무새를 정돈했다. 그동안 그는 가만히 나현을 지켜보고 있었다.

"갈 거예요."

"응, 이따 봐요."

나현은 그를 돌아보지 않고 현관문을 탁 닫았다.

왜일까?

그에게 놀림을 당했는데도, 어쩐지 자꾸 웃음이 나왔다.

* * *

노아는 정말로 아틀리에를 나현의 집으로 생각하기로 한 듯했다. 그 이후로 멋대로 아틀리에에 찾아오는 일이 없었다.

토요일이 되어, 나현은 일찍 일어나 나갈 준비를 했다. 진후와 뮤지컬을 보기로 약속한 날이었기 때문이다.

어젯밤엔 처음으로 진후에게서 문자가 왔다.

[내일 약속 기억하고 계십니까?]

그의 말투만큼이나 정중한 문자였다.

[네, 기억해요.]

아무리 다사다난한 한 주였어도 상사와의 약속을 잊을 정도는 아니었다.

[그럼 내일 오후 6시에 대학로에서 뵙겠습니다.]

[네, 내일 봬요.]

진후가 함께 뮤지컬을 보자고 한 이유를 도통 짐작할 수가 없었다. 다른 남자가 그랬더라면 '나한테 관심 있나 보다.'하고 생각하겠지만, 상대는 게이라고까지 오해를 받는 연진후였다.

그가 갑자기 이러는 데는 무언가 다른 이유가 있을 거라고, 나현은 생각했다.

저녁 약속인데도 일찍 준비를 하는 이유는 긴장이 되기 때문이었다. 주말에 밖에서 만나자고 하는 걸 보면 보통 일은 아닐 것 같았다.

나현은 대학로에 가서 혼자 커피숍에도 앉아 있고, 구경도 하며 마음을 가라앉힐 생각으로 일찍 집에서 나섰다.

* * *

나현이 한참 대학로로 향하고 있을 때, 노아는 본가의 아침 식탁에 앉아 있었다. 끔찍하게 싫은 인간들과 함께 아침을 먹을 마음은 없지만 억지로 불려 나온 터였다. 거절을 하면 어떤 꼴을 당할지 알기에, 어쩔 수 없이 식탁에 앉아 숟가락을 들었다.

"할아버님 수저 안 드셨다."

낮은 음성으로 나무란 사람은 정 여사였다. 정 여사는 나이가 77살이지만 꼬장꼬장하고 기운이 넘쳤다.

노아가 다시 숟가락을 내려놓는 걸 보며, 정 여사가 쯧쯧 혀를 찼다.

"하여간 근본이 없는 어미를 둔 것들은 아무리 가르쳐도 한계가 있다니까."

큰 목소리는 아니었지만 노아의 폐부를 찌르기에는 충분했다. 노아는 감정을 드러내지 않으려고 노력하며, 밥그릇을 가만히 응시했다.

이윽고 할아버지인 연성호 회장이 숟가락을 들어 국을 떴고, 다른 사람들도 식사를 시작했다. 노아는 가장 늦게 숟가락을 들었다. 숨이 막혀서 뭐든 먹으면 체할 것 같았지만, 남기면 또 아무 죄 없는 어머니에게 화살이 돌아갈 게 분명했다. 토할 것 같아도, 질식할 것 같아도, 이 밥을 다 먹어야만 한다.

그들은 한동안 회사 일에 대해 대화를 나눴고, 노아는 반찬도 없이 밥만 입에 밀어 넣었다. 어느새 밥 한 공기를 다 비웠지만 일어날 수는 없었다. 일어나는 것도 누군가 먼저 일어난 후에야 가능했다.

"요새 집에 잘 안 들어오는 것 같더구나."

시선을 밥그릇에 두고 있어서 자신을 향한 말이라는 걸 몰랐다.

"연노아."

그렇게 불린 후에야 고개를 들었다.

"정노아입니다."

어머니를 생각해서, 어지간하면 반항을 하지 않고 그들의 뜻에 따랐다. 하지만 성을 바꾸는 것만큼은 견디기 힘들었다. 저주하고 싶을 만큼 싫은, 그들의 성을 따르고 싶지 않았다. 엄마의 성인 '정' 씨만큼은 지켜야만 했다.

아니나 다를까. 노아를 부른 연후석의 표정이 구겨졌다. 연후석은 연성호 회장의 장남이었는데, 노아의 눈에는 그저 연 회장의 눈에서 벗어나지 않기 위해 애쓰는 개로만 보였다.

"이 새끼가 부르면 부르는 대로 납짝 엎드려서 대답이나 할 것이지. 어디서 반항이야? 네 애미년한테 들어가는 돈이 얼마인 줄이나 알아? 갚지도 못할 만큼 신세를 지고 있으면, 구르라면 구르고 핥으라면 핥아야지, 어디서 건방지게!"

연후석은 심각한 다혈질이기도 해서, 노아는 그에게 정신적인 문제가 있을 거라고 생각했다.

"아버지, 할아버지 앞이잖아요."

진후가 부드러운 목소리로 그를 말렸다.

진후는 이 집안에서 유일하게 노아의 편인 것 같지만, 노아는 그가 가장 싫었다. 진후와 함께 있으면 자신이 얼마나 초라한지 깨닫게 되기 때문이다.

이 집안사람들 모두에게 사랑을 받으며, 하고 싶은 걸 뭐든지 할 수 있는 진후와 달리, 노아는 집안일을 하는 고용인들에게조차 괄시를 당했다. 숨을 쉬는 것도, 화장실을 가는 것도, 노아 마음대로 할 수 없었다.

지금이야 화장실 정도는 마음대로 가지만, 어릴 때는 멋대로 방에서 나오는 것도 허락되지 않았다.

그래서 노아는, 진후가 싫었다. 이 집 안을 마음껏 뛰어다니며 놀 수 있었던 진후가.

"노아야."

지금껏 묵묵히 식사를 하던 연 회장이 노아를 불렀다. 노아는 주먹을 꽉 쥐고 그에게로 시선을 돌렸다.

진후가 싫은 사람이라면 연 회장은 가장 불편한 사람이었다. 특별히 노아에게 쓴소리하는 것도 아니지만, 그렇다고 아껴 주는 것도 아니었다.

그가 무슨 생각을 하는지 도통 알 수가 없었다. 왜 이 집으로 불러들인 건지도 모르겠다. 그들 말대로 '근본 없는 애미'를 둔 인간이라면, 모르는 척하는 게 나을 텐데.

"방으로 들어가거라."

그의 말에 노아는 대답 없이 일어섰다.

"회장님 말씀하시잖아! 대답 안 해?"

연후석의 외침에 노아는 "네."하고는 식당을 떠났다.

"아버지, 저런 새끼를 대체 왜 불러들인 겁니까? 문제만 일으키는 놈인데, 분명 회사 이름에 먹칠할 겁니다."

노아가 식당에서 나오자마자 연후석이 투덜거리는 소리가 들려왔지만, 노아는 무시했다. 식당에서 그들과 함께 있느니, 방에 혼자 있는 것이 노아에게는 편했다.

침대에 누워 노아는 눈을 감았다.

이런 게 의미가 있을까?

어머니의 병을 낫게 하기 위해, 어머니와 떨어져서 사는 이 생활이 정말 의미가 있는 걸까?

하지만 어머니의 치료비를 감당할 수가 없었다. 연 회장의 지원이 끊기면, 어머니는 오래지 않아 목숨을 잃을지도 모른다. 어머니를 잃을 수는 없었다.

똑똑—

노크 소리에 노아는 벌떡 상체를 일으켰다.

"노아야, 들어간다."

진후였다.

노아는 머리를 쓸어 넘기고 침대에서 내려왔다.

"응."

방에 들어온 진후가 걱정스러운 눈으로 노아를 응시했다. 저 눈빛이 싫다. 진후에게 동정 받는 건 질색이다.

"미안하다, 노아야."

"뭐가?"

"아버지가……."

"형."

그의 말을 끊었다.

"그건 형이 사과할 일 아냐. 그리고 익숙해. 매번 이렇게 사과할 필요 없어."

"그래. 오늘은 집에 있는 게 좋겠다. 네가 요새 외박이 잦아서 다들 걱정하고 계셔."

노아가 차갑게 웃었다.

"걱정? 그래, 내가 사고라도 칠까 봐 불안해하는 것도 걱정이라면 걱정이겠지. 걱정 마, 안 그래도 오늘은 집에 붙어서 충성스러운 개 역할을 할 생각이었으니까. 자유로운 형님은 오늘 뭘 하시나?"

"난 오늘 뮤지컬을 보러 가기로 했어."

진후는 바보스러울 정도로 올곧았다. 비아냥거리는 말에도 솔직하게 대답하다니. 이래서야 이쪽이 괴롭히는 것처럼 보일 것이다.

"뮤지컬? 웬일이야, 형이 뮤지컬을 다 보고?"

"나현 씨랑."

느닷없이 튀어나온 이름에 심장이 뚝 떨어졌다.

노아는 눈을 부릅뜨고 진후를 노려봤다. 진후의 얼굴에 퍼진 옅은 미소, 그런 미소를 짓는 남자를 알고 있다.

"같이 보기로 했어."

사랑에 빠진 남자의 미소였다.

5장

커피숍에 앉아 있다가 약속 장소로 향했다. 10분 이른 시간이었다.

저 멀리에서부터 진후를 알아볼 수 있었다. 키가 크고 단정하게 차려입은 진후는 눈에 띄었다.

회사에 있을 때는 몰랐는데 밖에서 보니 꽤나 잘생긴 얼굴이라는 생각이 든다. 조각같이 잘생겼거나 화려한 미모를 가진 건 아니지만, 보고 있으면 마음이 편안해지는 외모였다.

"부장님."

그를 부르자 그가 천천히 나현 쪽으로 시선을 돌렸다.

'오, 이런 모습은 좀 멋있는데?' 라고 생각하며 그에게 다가갔다.

"안녕하세요, 부장님. 일찍 오셨네요."

"네, 나현 씨도요."

"저는 미리 와서 대학로 좀 돌아보고 있었어요."

"아, 그렇습니까? 그럴 줄 알았으면 저도 좀 일찍 올 걸 그랬군요."

말 안 하기를 잘했다.

불편한 직장 상사와 대학로를 돌다니. 연후는 좋은 사람이지만 그것만큼은 사양이다.

"뮤지컬은 7시에 시작입니다. 끝나면 9시쯤 될 텐데, 저녁을 지금 먹을까요, 아니면 끝나고 먹을까요?"

'저녁까지 먹을 생각인가?'

나현은 당황했지만 차분하게 말했다.

"끝나고 먹는 게 좋을 것 같아요. 지금 먹으면 1시간 내에 후다닥 먹어야 하니까."

"그럽시다. 그럼 기다리는 동안 커피숍에 가 있을까요?"

커피숍에서의 시간이 어색할 것 같아 걱정했지만 기우였다. 그는 자연스럽게 대화를 이끌어 갔다. 어제 뉴스에 나왔던 이야기, 이번에 출간된 소설 이야기. 그런 이야기를 나누다 보니 어느새 뮤지컬이 시작하는 시간이 되었다.

뮤지컬을 보는 건 오랜만이었다.

그에게는 때때로 보러 간다고 했지만 가만히 생각해 보니, 민우와 사귀고 1년쯤 되었을 때에 본 것이 마지막이었다.

민우가 제 성격을 드러내기 시작하면서, 데이트다운 데이트를 해 본 적이 없었다. 그러면서도 나현이 다른 친구와 놀러가겠다고 하면 성질을 내는 바람에, 그의 눈치를 보느라 문화생활을 마음껏 즐길 수가 없었다.

불이 꺼지고 뮤지컬이 시작되었다. 코믹스러운 창작뮤지컬이었다.

처음에는 이런저런 생각을 하고 있었지만 어느 순간 뮤지컬에 집중했다. 2시간이 훌쩍 지나갔다.

뮤지컬이 끝난 후 좁은 입구로 나오다가 급히 나가는 사람들에게 떠밀렸다. 비틀거리는 나현의 어깨를, 진후가 자연스럽게 잡아 주었다. 진후와의 접촉은 처음인지라 깜짝 놀랐다.

"감사합니다."

황급히 자세를 바로 하며 말했다.

"아닙니다."

그가 낮은 음성으로 대답했다. 흘끗 올려다본 그는 무심한 표정을 짓고 있었지만, 어째서인지 심장이 콩콩 뛰었다.

그가 데리고 간 곳은 멕시칸 요리 전문점이었다. 흘러나오는 노래도, 은은한 조명도, 음식의 맛도 좋은 곳이었다. 늦은 시간인데도 저녁을 먹는 사람들이 꽤 많았다. 아마 연극이나 뮤지컬을 관람하고 나온 사람들이리라.

식사를 하며, 나현은 진후의 눈치를 살폈다. 오늘 만나자고 한 이유를 언제 말해 줄까? 설마 회사를 그만둬 달라는 말을 하는 건 아니겠지?

"음식이 입에 안 맞나요?"

그의 질문에 나현은 황급히 접시 앞의 요리에 포크를 찔렀다.

"아니요, 맛있어요. 그런데…… 오늘 왜 보자고 하신 건지 궁금해서요."

"아아. 그렇군요. 사실 식사를 끝내고 나서 말씀드리려고 했는데……."

"그런 거라면 식사 끝나고 말씀해 주세요."

"아닙니다. 나현 씨 마음도 불편할 테니 지금 말씀드리지요."

그가 식기를 내려놓고 나현을 응시했다. 그의 표정으로 보아 상당히 심각한 일임이 분명했다. 나현도 포크를 내려놓고 그를 마주 봤다.

이제야 알게 된 건데 진후는 옅은 갈색 눈동자를 가지고 있었다. 눈동자가 조금 큰 편이고 피부가 좋아서 그런지, 확실히 젊어 보였다. 정장이 아닌 캐주얼한 옷을 입는다면 20대 중반으로도 보이리라.

'내가 뭔 생각을 하고 있는 거야, 이럴 때.'

나현은 하염없이 흘러가는 생각을 꽉 붙들었다.

그때, 그의 입술이 움직였다.

"나현 씨. 결혼을 전제로 저와 사귀어 주시겠습니까?"

이건 또 무슨 말일까.

멍하니 그의 얼굴을 바라봤다.

'사귀자.'라는 말의 의미를 다시 생각하게 된 이유는, 아무리 생각해도 진후가 나현에게 교제를 신청할 이유가 없었기 때문이었다.

"나현 씨에게는 갑작스럽겠지만, 쭉 나현 씨를 마음에 담고 있었습니다."

"왜, 왜요?"

"왜라니……."

처음으로 그가 얼굴을 붉혔다.

"사람이 사람을 사랑하는 데 이유가 있을까요?"

'사랑한다고? 말도 안 돼.'

다른 사람도 아니고, '그' 연진후의 사랑이라니.

진후는 로봇이 아닐까 싶을 정도로 감정을 드러내지 않는 사람이었다. 하지만 지금 얼굴을 붉힌 그의 모습을 보니, 새삼 그도 사람이었구나, 라는 생각이 들었다.

"아, 저기…… 저는……."

고백을 받아 본 적은 몇 번 있었다. 하지만 이렇게 당당하게 '결혼을 전제로' 교제 요청을 받은 건 처음이었다. 게다가 상대는 직장 상사였다. 섣불리 거절하면 회사에서의 위치가 불안해지리라.

"나현 씨."

나현의 마음을 짐작한 듯, 그가 부드럽게 불렀다.

"회사에서의 일은 생각하지 않아도 됩니다. 연진후 부장이 아니라 연진후라는 남자라고 생각하세요."

"아……."

"그리고……."

그가 한 손으로 입가를 가렸다. 그는 조금 난처한 표정을 짓고 있었다.

"자기 어필을 좀 해야 한다면…… 대출 없이 집과 차가 있습니다. 내 여자만큼은 확실하게 지켜 줄 능력이 있고, 건강상의 문제도 없습니다. 그리고……."

열심히 말하는 그가 귀엽다고 생각되면 실례되는 행동이겠지?

회사 상사에게 고백을 받았다는 당혹감은 이제 사라졌다. 진후의 말대로, 지금 앞에 앉아 있는 사람은 부장님이 아닌 연진후라는 남자였다.

어느 누가 상상이나 하겠는가. 더듬더듬 자신의 매력을 어필하는 연 부장을. 그러니까 이 남자는 그냥 연진후에 불과하다.

연 부장이 아닌 연진후는 굉장히 서투르고 귀여운 사람이었다.

마음이 조금 편해졌다.

"부장님, 이제 괜찮아요."

자신의 장점을 생각해 내려 애쓰는 그에게 말했다.

"부장님에게 얼마나 많은 장점이 있는지는, 오랫동안 같이 일한 저도 알고 있어요."

"아, 그러십니까?"

그의 표정이 밝아졌다.

"네, 다만…… 너무 갑작스러운데다가…… 저는……."

노아가 이 가슴 안에 있었다.

이루어지지 않을 사랑이라든가, 짝사랑이라든가 그런 문제는 차치하더라도, 현재 이 마음은 노아의 것이었다. 그런 마음으로 다른 남자를 만날 수는 없었다.

"저는 사랑하는 사람이 있어요."

진후의 눈동자가 흔들렸다.

그는 드러내지 않으려 했지만 거절당했다는 당혹감, 그 이상의 아픔이 그의 얼굴에 드러났다. 그래서 나현은 그가 자신을 사랑하고 있다는 걸 실감했다.

"애인이 있는 줄은 몰랐습니다. 그분께 실례되는 행동을 했군요."

진후가 뭔가 오해한 듯했기에, 나현은 얼른 말했다.

"아니요, 그런 사이는 아니에요. 저 혼자, 그냥……."

"아, 짝사랑인가요?"

"네. 짝사랑이에요."

"그렇다면 저에게도 기회가 있는 거군요."

"모르겠어요. 과연 이 마음이 정리될지……."

"될 겁니다. 사랑이라는 것이 이루어지지 않으면 지치고 힘들어, 어느 순간 색이 바래게 되는 거니까요."

"그런가요?"

나현의 말에 진후는 잠시 고민하다가 살짝 고개를 저었다.

"하긴. 나현 씨를 향한 제 마음을 보면, 꼭 그렇지도 않겠군요."

"대체 언제부터……?"

"나현 씨가 입사하고 1년쯤 지나서였을 겁니다."

"아…… 그렇게…… 오래전부터요?"

"네."

"전혀 몰랐어요."

"회사에서는 드러내지 않았으니까요. 나현 씨 입장도 있고, 나현 씨에게는 애인도 있었죠."

"아아."

그가 살짝 미소를 지었다.

"사실 나현 씨가 이별했을 때, 기회라고 생각했습니다. 곧바로 다가가면 이별의 상처를 빌미 삼아 접근하는 남자처럼 가벼워 보일까 봐 조금 시간을 둔 건데."

"곧바로 접근했어도 부장님은 그렇게 안 보였을 거예요. 부장님이 무슨 짓을 해도 가벼워 보이는 일은 없을 것 같아요."

"그런가요? 제 이미지가 어떻기에……."

"로봇."

"로봇?"

"네, 좀 그런 분위기세요."

그가 웃었다. 차인 사람답지 않게 유쾌한 미소였다.

사석에서 보는 그는 회사와 달리 사람을 편안하게 만들어 주었다. 회사였다면 절대 하지 못할 이야기에도 그는 기분 상한 기색이 없었다. 의외로 농담이 통하는 남자였다.

"제가 회사에서 그런 이미지였군요. 다른 사원들도 그렇게 생각합니까?"

"네. 아무래도…… 지금껏 여자 문제도 없었고 일만 딱딱 하시고 농담도 잘 안 하시니까."

"그렇군요. 상당히 매력 없는 상사였겠습니다."

"아니에요. 매력이야 넘치시죠. 그저 다들 조심스러워하는 거죠. 조금 잘못했다가 불호령이 떨어질까 봐."

"하하하. 불호령이라니. 고작해야 회사 부장인데, 제가 뭐라고……."

다행히 분위기는 어색해지지 않았다. 아마도 그가 나현의 기분을 편하게 해 주기 위해 이런저런 이야기를 꺼냈기 때문이리라.

그들은 다시 식사를 했고, 이번에는 조금 편한 마음으로 음식을 즐길 수가 있었다. 언뜻언뜻 느껴지는 그의 시선이 조금 신경 쓰이긴 했지만 불쾌하진 않았다.

오히려 설레었다.

누군가의 사랑을 받고 있었다니.

누구도 사랑해 주지 않을 줄 알았는데.

식사를 마치고 나오며 그가 말했다.

"데려다드리겠습니다."

"괜찮아요, 부장님. 아직 전철 안 끊겼을 텐데."

"아니요, 이런 시간에 혼자 보내면 제가 마음이 불편해요."

계속 거절하는 것도 예의가 아닐 것 같아서 가볍게 고개를 끄덕이고 그와 함께 주차장으로 향했다. 어마어마한 고급 차를 끌고 다니게 생긴 이미지였는데, 의외로 평범한 국산 중형차였다. 의외의 일면이 오히려 매력 있었다.

"어디로 가면 될까요?"

내비를 조작하며, 그가 물었다.

"음…… 저, 친구네 집에 잠깐 들러야 할 것 같아요."

나현은 주미의 주소를 불렀다.

"친구에게 고백 받은 거 자랑하시게요?"

"아……."

"괜찮습니다. 마음껏 자랑하세요. 나현 씨는 그래도 됩니다."

차가 출발했다.

차를 운전할 때 성격이 드러난다는데, 그는 운전할 때도 평소와 다를 바가 없었다. 급한 끼어들기도 안 하고, 급제동도 하지 않았다. 몇 번인가 무례한 운전자들이 갑작스럽게 끼어들었는데도 화를 내지 않았다. 차분하게 운전하는 모습이 어쩐지 멋있었다.

"나현 씨도 짝사랑이고 저도 짝사랑이라면, 가끔 데이트나 합시다."

주미의 집이 가까워질 때쯤, 그가 말했다.

"제가 이름 모를 그 남자에게서 나현 씨의 마음을 빼앗을 기회를 주세요."

"하지만…… 어장관리 하는 여자가 되고 싶진 않은데."

"어장관리라니요. 짝사랑하는 여성분과 같이 시간을 보낼 수 있다는 건 상당히 즐거운 일이지요. 그리고 다음에는 사석에서 만날 때 말씀 편하게 하세요."

"네, 그럴게요. 부장님도요. 다음엔 말씀 편하게 하세요."

* * *

상당히 늦은 시간이었는데도 주미와 그녀의 남편인 윤호는 반갑게 나현을 맞아 주었다. 그들은 안 그래도 치킨을 먹으며 영화를 보는 중이었다고, 같이 보자며 나현을 끌어들였다.

"와, 우리 이렇게 밤에 뭉치는 거 간만이네."

윤호가 나현에게 캔맥주를 건네며 말했다.

윤호는 주미와 초등학교 때부터 친구였다. 그래서 주미와 나현이 같은 고등학교를 다니고 친구가 되었을 때부터 종종 만나서 어울려 왔다.

"그래서 뭐 재미있는 일이라도 있는 거야?"

주미가 물었다.

"응?"

"이 시간에 갑자기 찾아올 정도면, 뭔가 대단한 일이 벌어진 거 아냐? 개랑."

"아아, 그건 아니고."

"왜, 뭔데? 무슨 일인데? 나현이 남자 생겼어?"

아직 노아에 대해 듣지 못한 모양이다. 윤호가 호기심을 드러냈다.

"아니, 남자가 생긴 건 아닌데…… 나 오늘 고백 받았어."

"고백? 누구한테? 정노아한테?"

주미가 경악을 하며 외쳤고, "정노아? 어디서 들어 본 이름인데." 라며 윤호가 고개를 갸우뚱했다.

나현은 얼굴을 붉히며 두 손을 휘저었다.

"아니, 아니. 노아 말고…… 그러니까…… 우리 회사 부장님한테."

"부장님? 부장님이면 그…… 게이일지도 모른다던 사람?"

"응, 게이가 아니었더라."

나현은 며칠 전부터 그가 했던 행동과 오늘의 일에 대해 이야기를 했다. 주미는 즐거운 표정으로 나현의 이야기를 듣고 있었다.

"와아, 너무 멋지다. 대출 없이 집과 차가 있는 남자라니."

나현의 이야기가 끝나자, 주미가 꿈꾸는 표정으로 중얼거렸다.

"뭐야, 자기. 내 앞에서 딴 남자한테 그러기야?"

윤호가 투덜거렸다.

"자기는 됐고요. 아무튼 그래서? 넌 어쩌게? 정말로 그대로 끝내게?"

"모르겠어. 난 지금은…… 노아가 좋아서."

사실 주미에게도 이 마음을 얘기할 생각이 없었다. 하지만 솔직하게 말하는 편이 나을 것 같다고 생각을 고쳤다.

"노아, 정노아…… 아, 정노아!"

이번에도 윤호가 고개를 갸우뚱하다가 기억한 듯 손바닥을 마주쳤다.

"혹시 그놈? 너네 고등학교 때 그 미친 미모 가졌던?"

"응, 그놈."

주미가 고개를 끄덕거렸다.

"왜 여기서 갑자기 걔 얘기가 튀어나와? 어떻게 된 건데?"

주미가 어쩌냐는 듯 나현을 쳐다봤다. 나현은 망설이다가 노아와의 일에 대해서도 털어놓았다. 그 일 중에는 아직 주미에게 말하지 못한 것들도 있었다. 어쩐지 고해성사를 하는 시간이 된 것 같은 기분이 들었다.

오늘 하루 종일 밖의 기척에만 신경 쓰고 있었다. 4시 경에 집을 나선 진후는 밤 12시가 다 되어 가는 시간에도 집에 돌아오지 않고 있었다.

대체 무슨 일이 벌어지고 있는 걸까?

진후가 나현에게 마음이 있을 줄은 꿈에도 몰랐다. 아니, 몰랐던 것은 자신의 실책이다. 나현은 사랑스러운 여자였다. 한 공간에서 오랜 시간 함께 일을 해 온 진후가 그녀에게 끌릴 수도 있다는 것을 미리 염두에 뒀어야 했다.

달칵—

현관문이 닫히는 소리가 들리자마자 노아는 벌떡 일어났다.

"다녀왔습니다."

진후의 목소리가 들려왔다.

노아는 황급히 문을 열고 거실로 나갔다. 노아를 숨 막히게 하는 그들이 거실에 있었지만, 그런 건 아무래도 좋았다. 숨쯤이야 참으면 그만이지만, 진후와 나현의 관계는 그렇지 않았다.

집에 있을 때는 밖에 나오는 법이 없는 노아가 모습을 드러내자, 진후는 놀란 듯했다.

"형, 잘 다녀왔어?"

노아의 질문에 그가 빙그레 웃었다.

"응."

근사한 미소였다. 더러움이라고는 한 조각도 묻지 않은.

이런 집안에서 태어나 살았으면서도, 그는 순수함을 유지하고 있었다. 타인을 대할 때에 계산적이지도 않고, 건성으로 대하지도 않는다. 그래서 싫었다.

"왜 이렇게 늦게 왔어?"

"뮤지컬 끝나고 저녁을 먹었거든. 아, 네 방으로 들어갈까? 아니면 내 방?"

가족들을 불편해하는 노아의 사정을 생각해서인지, 그가 부드럽게 물었다. 정말로 싫다, 저 배려심.

"형 방."

"그래. 네가 이렇게 반겨 주니까 고맙기까지 하네."

대답하지 않고 그의 뒤를 따라 방으로 들어갔다. 그의 방은 그의 성격만큼이나 깨끗하게 정리되어 있었다.

"뮤지컬 끝나고 밥만 먹었어?"

"응. 밥만 먹지, 그럼."

"그러고 돌아오기엔 너무 늦은 시간인데."

"밥 먹고 나현 씨 데려다줬어."

"……어디로?"

"나현 씨 친구네 집으로."

"아아."

"그런데 왜 그렇게 관심을 보여? 혹시 나현 씨한테 관심 있어?"

"있다고 하면? 양보할 거야?"

도발적으로 물었다. 그는 곤란한 듯 미간을 좁히더니 고개를 저었다.

"아니, 나현 씨는 양보 못 할 것 같다."

"……나현 씨는, 이라니. 뭐 하나 양보한 것도 없으면서."

"노아야……."

"안심해, 형이 걱정하는 그런 거 아니니까."

나현에 대한 마음을 털어놓을 수는 없었다. 창피했다. 진후와 자신의 상황이 비교되어서. 아무것도 없는 주제에 한 여자를 사랑하는 자신을, 진후가 비웃을 것만 같았다.

진후의 조롱만큼은 죽어도 싫었다.

"바른생활 사나이인 형이 어쩐 일로 회사 여직원을 건드리나 싶어서 호기심이 생겼을 뿐이야."

"섣불리 건드리는 거 아냐."

"아아, 그러셔?"

"나현 씨를 오랫동안 좋아했어. 행복하게 해 줄 자신도 있고."

"못 할걸."

"왜 그렇게 생각하는데?"

"이 집에 시집을 오는 게, 과연 나현 선배한테 행복한 일일까?"

"……."

"형네 할아버지랑 아버지가 점찍어 둔 여자들 몇 명 있잖아. 그 여자들 말고 다른 여자를 데리고 오면, 그것도 나현 선배처럼 평범한 집안의 사람을 데리고 오면, 과연 저 사람들이 가만히 있을까?"

절대로 가만히 있지 않을 것이다.

어마어마한 반대에 부딪칠 거고, 진후가 밀어붙여서 결혼을 한다고 해도 결혼생활이 순탄치는 않을 것이다.

나현의 과거를 알게 되었다. 나현이 그 누구보다도 행복해졌으면 좋겠다. 그녀를 행복하게 해 줄 수 있는 남자가 진후라면, 노아는 이 마음을 접을 수 있었다. 오래전에 그랬던 것처럼, 어떻게든 꾹꾹 눌러 감출 수 있었다.

하지만 이 집안은 결코 나현을 행복하게 해 줄 수 없으리라는 것을, 노아는 알고 있었다. 이 사람들은, 나현이 아버지에게서 받은 폭력보다 더한 것들로 그녀를 괴롭힐 게 분명했다.

노아에게 쏟아지는 언어적 폭력과 경멸을, 그녀도 받게 만들 수는 없었다.

"나는 나현 씨를 보호해 줄 수 있어."

진후가 말했다. 노아는 피식 웃으며 대꾸했다.

"아니, 보호 못 해. 형도 결국은 저 사람들의 개에 불과하니까. 잡종인 나보다 조금 더 사랑받는, 순혈통의 개."

* * *

"노아는 접어 둬, 임나현."

나현의 긴 이야기가 끝난 후, 주미가 매몰차게 말했다.

"걔는 너 마음고생만 시킬 놈이야. 어릴 적에 좋아했던 애라서 다시 만나니까 그 기분을 느끼는 건 알겠는데, 그것도 다 한때야. 너도 이제 28살인데, 제대로 된 연애를 해야지. 얼마나 근사해? 그동안 쭉 지켜봐 온데다가 집도, 차도 준비되었다니. 그것도 대출도 없이!"

"자기, 대출 알레르기 있어?"

윤호가 찔리는지 볼멘소리로 중얼거렸다. 주미는 그의 투덜거림을 깨끗이 무시했다.

"하여간 연애 상대로든, 결혼 상대로든 부장님이 훨씬 나아. 네가 지금껏 노아랑 얽혀서 좋아 본 적이 없잖아. 10년 전에도 그랬는데 이제 와서 달라질 것 같아?"

"그거야 그렇지만…… 내가 뭐, 노아랑 사귀기를 기대하는 것도 아니고."

"그래, 그럼 잘됐네. 부장이랑 사귀어."

"하지만 노아를 좋아하는 상태에선 좀……."

"뭐가 문제야. 사람 마음이라는 게 같이 지내다 보면 정도 들고, 사랑도 생기고 그러는 거야. 그 부장이라는 사람, 상당히 신중한 성격인 것 같은데. 그런 사람이랑 사귀어야 몸도, 마음도 편해."

"그래도 다른 남자를 좋아하면서 부장님이랑 사귈 수는 없어. 노아에 대한 마음이 정리가 되면 그때 생각해 볼래."

"그 부장 나이가 서른이 넘었다며? 슬슬 결혼 생각할 나이인데 마냥 널 기다려 줄 것 같아? 얼굴도 괜찮고 능력도 있는 남자가 얼마나 귀한데. 분명 다른 여자가 훅 채 갈걸."

"그래서 부장님이 행복하시다면야……."

"지랄을 한다, 지랄을. 네가 뭐 성모마리아니? 남의 행복 바라기 전에 네 행복이나 챙겨!"

주미가 답답한 듯 강한 어조로 말했다.

"근데 자기야, 난 좀 다르게 생각해. 돈도 돈이지만 서로 사랑하는 사이인 게 최고 아냐?"

윤호가 끼어들었다.

"물론 서로 사랑하면 그보다 좋은 게 없지. 하지만 노아 개보단……."

"아니, 아무리 생각해도 노아라는 애가 나현이를 많이 좋아하는 것 같은데."

"물론 나도 그렇게 생각하긴 했었는데, 지금까지 나현이한테 고백을 안 했잖아. 몇 번이나 고백할 기회가 있었는데도."

"남자는 고백하기 전에 여러 가지를 생각하게 된다고."

"대체 뭘 그렇게 생각해야 하는데?"

"이 여자를 행복하게 해 줄 만한 능력이 있을까, 평생 이 여자를 책임질 수 있을까, 그런 생각."

"논다. 남자가 왜 여자를 책임져야 하는데? 서로 사랑하고 서로 살아가야 하는 거 아냐?"

"물론 그렇지만, 그런 생각이 아닌 여자들도 있으니까. 내 남자 친구에게 보호 받고 싶어 하는 여자들도 있잖아. 사실 그런 여자가 대다수 아냐?"

"그렇다고 해도 노아 개가 나현이한테 고백을 안 하는 이유가 되진 않아. 고백도 안 한 상태로 몸이나 탐내고. 객관적으로 보면 너무 별로 아냐? 자기 같으면, 나현이가 자기 딸이어도 그런 남자를 권하겠어?"

"내 딸 몸에 손대는 놈은 죽일 거야."

저게 부부의 대화구나.

나현은 멍하니 그들의 이야기를 듣고 있었다.

"게다가 노아가 짝사랑했던 여자가 걔 잘못으로 죽었다잖아. 그거 정말 안 된 일이기는 한데, 사랑하는 여자를 가슴에 묻은 남자는 어려워. 난 나현이가 상처 있는 남자를 만나서 힘들어 하는 꼴 보고 싶지 않아."

"나도 나현이가 그러는 거 싫지. 그런데 애초에 정노아가 그 여자를 짝사랑했던 게 확실하긴 해? 내가 보기엔 그런 것 같지 않은데."

"그런 것 같지 않다니. 걔들 둘은 정말 유명했어."

"정말 유명했다고 해서 정노아가 그 여자를 사랑했으리란 법은 없잖아. 난 오히려 정노아가 나현이를 쭉 좋아했던 것 같은데."

"어떻게 그런 식으로 생각할 수가 있어?"

"아무리 소꿉친구여도 고백할 땐 고백할 수 있어. 그런데 나현이가 물어볼 때마다 그런 사이 아니라고 했다면서. 그게 '사귀는 사이가 아니다.'가 아니라, '난 그 여자애를 사랑하지 않는다.'라는 의미인 것 같지 않아?"

"응?"

"그리고 정노아가 자기 마음에 안 드는데도 꾹꾹 눌러 참으면서 나현이랑 대화를 해 줄 그런 성격이었어? 내가 듣기론 아니었거든. 그런 와중에 그 여자가 나현이 따로 찾아와서 우리 노아 건드리지 말라고 한 거잖아. 그거, 정노아가 아는 일일까?"

"아……."

"오히려 그 여자 쪽에서 정노아를 짝사랑하고, 정노아 쪽에서는 정말로 친구로만 생각했던 거 아냐? 그런데 정노아가 나현이를 좋아하는 것 같으니까 중간에서 수작질을 부린 거지."

멍청한 표정으로 윤호의 이야기를 듣던 주미가 고개를 끄덕이며 나현을 돌아봤다.

"듣고 보니 그러네."

"그, 그렇긴 뭐가 그래?"

대화의 결론이 이상한 방향으로 흘러가는 바람에 당황했다.

"아니야, 정말 듣고 보니 그래. 그래, 맞아. 그래, 그렇게 생각하면 다 설명이 돼. 상대가 정노아라서 평범하게 생각을 못 했네."

"서, 설명이 되다니……."

"생각해 봐. 고등학교 때 걔는 한 마리 늑대 같았잖아. 일진들이랑 어울리기는 해도 친한 건 아니었고, 최여울이랑 사귄다는 소문은 있어도 그다지 자주 붙어 있는 것도 아니었고. 그런데 복도에서 너랑 마주치면 꼬박꼬박 인사를 했었잖아. 가끔 학교 끝나고 만나기도 했다면서."

"그거야 내가 걔 그림을 좋아하니까 팬 관리 차원에서……."

"걔가 그럴 애니? 게다가 10년 만에 만났는데도 너에 대해 기억하고 있고, 네 몸을 만져야 그림을 다시 그릴 수 있을 것 같다고 하고……."

"그건 정말로……."

"그래, 걔 말이 진짜라고 치자. 그런데 왜 하필이면 네 몸이야?"

"내가 쉽게 보여서?"

"말도 안 돼. 걔가 만지겠다고 하면 기를 쓰고 벗을 여자들이 널렸을걸? 너네 회사에만 해도 벌써부터 걔한테 관심 보이는 애들 있지 않아?"

"그거야…… 그렇지?"

"거봐. 그런데도 너야. 네 몸을 만지겠대. 그만큼 네 존재가 크다는 거야."

"하지만 노아는…… 내가 최여울 이름을 입에 담는 것도 싫어해."

"당연하지. 자기가 짝사랑하는 여자가 자꾸만 자기를 딴 여자랑 엮어 주려고 하는데 누가 좋아하겠어?"

"아……."

"걔 딴에는 네가 자기한테 관심 없으니까 너랑 최여울을 엮는다고 생각했을 거 아냐. 돌려서 까인 거라고 생각했겠지."

"설마…… 다른 사람도 아니고 정노아가 그런 자신감 없는 생각을 했다고?"

“사랑에 빠진 남자는 사랑하는 여자 앞에서 약해지거든.” 이라고 말한 것은 가만히 듣고 있던 윤호였다.

“아무리 당당한 남자라도 사랑하는 여자 앞에서는 자신감이 사라지고 바보처럼 굴게 되지. 그 여자한테 잘 보여야 한다는 생각 때문에 긴장해서, 오히려 더 바보가 되는 거야.”

주미는 모르겠지만 노아와 같은 남자인 윤호까지 이렇게 주장을 하니 점점 그들의 말이 옳은 것처럼 느껴졌다. 이러다가 정말로 희망을 품게 될 것 같아 걱정이다. 괜한 기대를 했다가 허물어지는 순간의 공허한 고통을, 더는 경험하고 싶지 않았다.

“그래도!”

짝—

주미가 강하게 손뼉을 쳐서 주의를 환기시켰다.

“나는 부장 편이야. 정노아라는 남자는 글쎄. 얼굴은 잘생겼을지도 모르겠지만 지금까지의 행동으로 봐선 별로야. 행동력도 없고…… 어쨌든 나현이한테 상처를 줬던 건 사실이고. 그에 비해 부장이라는 사람은 그 나이에 자일 그룹 부장이 될 만큼 능력도 있지, 행동력도 있지, 신중하지…… 만나려면 그런 남자를 만나야 행복해.”

“그럼 난 정노아한테 한 표.”

윤호가 말했다.

“만약 우리 짐작대로 고등학교 때부터 나현이를 좋아한 거라면, 10년 동안 짝사랑을 했다는 건데…… 요새 같은 세상에 이런 순백의 청년이 어디 있냐? 내가 사귀고 싶을 정도다."

"그럼 자기가 사귀지 그래?"

"난 이미 임자가 있잖아."

"어머, 왜? 남자 애인 만드는 건 이해해 줄게."

"뭐야, 자기는 내가 애인 만들겠다는데 질투도 안 해?"

투닥투닥 다투는 두 사람을 보며, 나현은 생각에 잠겼다.

'정노아가 날 사랑한다고? 그것도 10년 전부터?'

말도 안 돼.

*　　*　　*

친구들에게 그런 이야기를 듣고 났더니 노아의 얼굴을 보기가 민망했다. 노아는 광고 페이지를 열심히 만들고 있었는데, 집중하는 그의 옆모습이 섹시하게 느껴졌다. 일하는 남자가 멋있다는 말은 옳다.

"왜 그렇게 봐요?"

그가 모니터에서 시선을 떼지 않은 채 물었다. 훔쳐보고 있었던 걸 들켰단 생각에 얼굴이 화끈거렸다.

"아뇨, 그냥…… 일 잘하고 있나 궁금해서요."

"절 감시하는 거예요?"

그가 나현을 돌아보며 장난스럽게 물었다.

"그런 거라면 어쩔래요?"

조금 도발적으로 물었더니 그가 싱긋 웃었다.

"좋아해야죠."

두근—

나현을 좋아하겠다는 말도 아닌데 심장이 제멋대로 뛰기 시작했다. 나현의 심장에 무리를 준 그는 아무 일도 없었다는 듯 다시 업무로 돌아갔다.

계속 그의 얼굴을 흘끗거릴 수는 없는 노릇이라, 나현도 일을 하기 시작했다. 지난주에 처리할 보고서는 넘겼지만 신제품 마케팅 때문에 통계를 내야 할 것이 산더미였다.

이제는 익숙해진 업무. 기계적으로 통계를 내는데 이윤정 대리가 나현의 자리로 찾아왔다.

"나현 씨. 점심 먹고 백화점에 고객조사 하러 가는데 같이 갈래?"

"네, 좋아요."

말이 고객조사지, 가면 판매직원들과 노닥거리며 메이크업을 받기도 한다는 것을, 지난 경험을 통해 알고 있었다.

"노아 씨도 같이 가자, 한 번도 가 본 적 없으니까 겸사겸사."

윤정이 노아에게도 권했다.

"네, 알겠습니다."

"저도요, 저도 가고 싶어요."

어떻게 들은 건지, 자기 자리에 앉아 있던 슬이가 손을 번쩍 들고 말했다.

"안 돼, 너무 많아. 슬이 씨는 나중에."

"너무해요, 나현 언니만 예뻐하고."

"나현 씨는 일 잘하고 예쁘니까."

"저도 일 잘하고 예쁘지 않아요?"

"슬이 씨도 예쁘긴 한데, 내 취향은 아니라서."

"에이, 너무해."

사무실에 한차례 웃음이 휩쓸고 지나간 후, 다들 업무로 돌아갔다. 노아가 작은 목소리로 말했다.

"선배, 사랑 받네요."

결혼을 하고 나서 남의 연애에 관심이 많아지는 건, 필시 부럽기 때문일 것이다. 나도 연애할 때는 저랬지, 결혼 전에 저런 걸 더 해 볼걸, 결혼을 조금 늦게 할걸 그랬나 봐. 그런 생각들을 하며 연애 소설을 읽고, 드라마를 보게 된다.

회사에서도 사원들을 가지고 제멋대로 상상의 나래를 펼친다.

저 애는 저 애랑 어울리겠어, 저 애랑 저 애는 몰래 사귀는 사이인 거 아냐?

하지만 노아가 나현에게 마음을 품고 있으리라고 상상해 본 적은 한 번도 없었다.

나현이 못났다는 이유는 아니었다. 오히려 나현은 상당히 예쁜 축에 속했다. 그저 인형처럼 예쁘기만 한 것이 아니라 묘한 매력이 느껴지는 외모. 회사에 나현에게 눈독을 들인 남자 직원이 몇 명 있다는 것도, 윤정은 알고 있었다.

다만 노아는 노는 물이 다를 것 같은 분위기였다. 판타지 소설로 따지자면 화려하게 자란 왕자님 정도 되려나?

'나는 평범한 여성을 거부한다.'라는 분위기가 철철 넘치는 남자였다. 그래서 노아가 평범하게 회사를 다니는 여자를 좋아한다는 건, 상상도 잘되지 않았다. 오히려 오는 여자 안 막고, 가는 여자 안 잡을 타입.

노아의 마음을 눈치챈 건 백화점에서였다.

윤정과 나현이 백화점 직원들과 대화를 나누는 동안, 노아는 옆에서 가만히 경청하고 있었다. 여러 사람이 대화를 나누는 것을 지켜보는 입장에선, 말을 하는 사람을 보게 되는 것이 보통이다. 하지만 노아의 시선은 나현에게 고정되어 움직일 생각을 하지 않았다.

게다가 매장 안을 거닐다가 노아와 나현이 조금 가까운 위치에 서게 됐는데, 그때 윤정은 똑똑히 목격했다. 노아가 나현의 머리를 쓰다듬으려던 손을 황급히 거두는 것을.

직원이 나현과 윤정에게 메이크업 시술을 해 줄 때도 마찬가지였다. 윤정이 먼저 메이크업 시술을 받았는데, 가끔 노아 쪽을 볼 때마다 노아는 늘 나현을 보고 있었다. 그리고 나현이 메이크업 시술을 받을 때는, 아예 대놓고 나현의 얼굴을 멍하니 응시했다.

윤정은 확신할 수 있었다.

노아가 나현에게 빠져도 아주 단단히 빠졌다는 것을.

'이게 웬일이래. 나현 씨, 보통이 아닌데?'

노아 같은 외모와 체구라면 주위에 여자가 수없이 많을 것이다. 그런데 나현은 한 달도 안 되는 기간에 노아를 사로잡았다.

'대단해, 나현 씨. 정말 다시 봤어.'

윤정은 나현의 전 남자 친구가 어떤 놈인지 대충 알고 있었다. 나현과 헤어진 후, 그 남자가 회사 앞에 찾아와 진상을 부릴 때 그 자리에 있었던 것이다.

윤정은 나현을 상당히 좋아하는 편이었기 때문에, 나현이 좋은 사람을 만났으면 좋겠다는 생각을 하고 있었다. 소개팅을 해주고 싶기는 한데, 나현과 어울릴 만한 사람이 없어서 발만 동동 구르던 터였다.

'내가 괜한 걱정했네. 나현 씨가 알아서 잘할 것을. 노아 씨 주위에 여자가 많을 것 같아서 걱정이긴 하지만…….'

원래 바람둥이였던 남자들이 마음잡으면 제대로 잡는다고 들었다. 윤정의 존재도 잊고 나현만 바라보는 노아의 상태로 봐선 여자 문제를 일으키지 않을 게 분명했다.

'그러고 보니 슬이 씨도 노아 씨한테 상당히 관심이 있는 것 같았는데. 일단 나는 모르는 척해야겠다.'

* * *

백화점에서의 일을 끝내고 나니 6시가 다 되어 가고 있었다. 당연히 회사로 돌아갈 준비를 하는데 윤정이 말했다.

"나현 씨, 노아 씨랑 같이 백화점 업무 좀 더 보고 와."

"백화점 업무, 또 해야 할 게 있나요?"

"응, 저쪽에 서서 한 시간 정도…… 음. 드나드는 사람들을 조사해."

"……조사요?"

"응, 그래. 조사. 어떤 고객이 드나드는지, 그 고객이 어떤 물건을 사는지 조사해 봐."

꿍꿍이가 있다, 라고밖에 생각할 수가 없었다.

물품을 구매하는 고객 연령과 성별에 대해서는 백화점 판매부 쪽에서 관리해 자료를 넘겨주었다. 따로 조사할 필요가 없는 것이다.

나현의 얼굴에 떠오른 의아함을 읽었는지, 윤정이 나현의 어깨를 툭툭 두드렸다.

"하여간 저기 커피숍에서 커피라도 마시면서 천천히 일하고 바로 퇴근해. 회사에는 업무 남아서 일하다가 바로 퇴근할 거라고 말해 둘게."

"아니, 저기……."

"그럼 좋은 시간들 보내."

무어라 반박할 시간도 주지 않고, 윤정은 나이트 웨이터가 할 만한 말을 남기곤 자리를 떴다. 좋은 시간을 보내라니. 업무 중에 좋은 시간은 무슨 좋은 시간이란 말인가.

황당해서 벌어진 입을 다물지 못하고, 멀어지는 윤정의 뒷모습을 지켜봤다.

그녀의 모습이 사라진 후, 노아가 나현의 어깨에 슬그머니 손을 올렸다. 그는 윤정의 행동이 이상하다는 것을 눈치채지 못한 건지, 허리를 굽히고 나현의 귓가에 속삭였다.

"그럼 선배. 좋은 시간을 보내 볼까요?"

'눈치챘구나.' 라고 노아는 생각했다.

'회사 밖이라 마음을 너무 놨군.'

사실은 회사에 있을 때 계속 신경을 곤두세우고 있었다. 진후를 향한 나현의 마음이 궁금했기 때문이다. 혹시라도 그녀가 부장실 쪽을 흘끗거리지는 않을지, 애달픈 마음을 담아 한숨을 내쉬지는 않을지. 그런 것들이 걱정되어 몇 번이나 그녀의 눈치를 살폈다.

하지만 그녀는 부장실 쪽으로는 관심도 주지 않았고, 오히려 노아가 일하는 모습을 흘끗거렸다. 그래서 조금 우쭐한 기분까지 들었다.

회사 밖으로 나오니 어쩐지 나현과 데이트를 하는 기분이 들었다. 그래서 윤정의 존재를 잠깐 잊고 말았다.

자신의 눈동자가 나현을 찾아 헤맨다는 것은 인지하고 있었다. 그래서 회사에 있을 때는 그녀를 훔쳐보지 않도록 노력했다.

이 마음을 들키는 것은 아무래도 좋았다. 다만 그녀의 입장이 난처해지는 것을 원하지 않았을 뿐이다.

'큰 문제는 안 생기겠지?'

윤정은 나현을 향한 노아의 마음을 눈치챈 게 확실했다. 그게 아니라면 어쭙잖은 이유를 대며 두 사람을 남겨 두지 않았을 것이다. 둔한 나현은 눈치채지 못했겠지만, 윤정은 둘의 사이를 밀어주려는 것이 확실했다.

'일단 이윤정 대리님은 내 편인가? 아니, 만약 진후 형이 선배를 좋아한다는 걸 알게 되면 진후 형 편으로 돌아설지도 모르지.'

객관적으로 봤을 때, 연인으로든 결혼 상대로든 더 나은 쪽은 진후였다. 안정적인 직장과 능력, 멀끔한 외모와 사람 됨됨이까지.

누구라도 나현을 생각한다면, 이제 갓 회사에 입사한 노아보다는 진후의 손을 들어 주리라. 노아 자신조차, 집안상황이 아니라면 나현의 행복을 위해 진후의 손을 들어 주고 싶을 정도니까.

"고객 조사 해야죠."

커피숍에 가자는 노아에게, 그녀가 단호하게 답했다.

'이런 고지식한 여자 같으니. 대리님은 우리한테 데이트를 하라고 말한 거예요!' 라는 말은, 물론 하지 못했다.

빠릿빠릿하게 서서 드나드는 고객들을 지켜보는 그녀의 모습이 사랑스러웠다. 아아, 이 여자는 대체 왜 이렇게 올곧고 귀여운 걸까? 조금만 더 약은 여자였다면 지금보다는 덜 사랑할 수 있었을 텐데.

"불황이라고는 해도 손님이 아주 없는 건 아니네요. 이 정도면 상당히 많은 것 같은데."

나현의 목소리가 좋았다. 그녀는 조금 낮은 음색을 지니고 있었고, 항상 차분한 말투였다. 어떤 사람들에게는 그녀의 차분함이 평범함으로 느껴졌을지도 모르겠지만, 노아에게는 신비로움으로 다가왔다.

한 살 어린 후배에게도 꼬박꼬박 존댓말을 썼던 그녀의 모습이 떠올랐다. 성인이 되면 모를까, 고등학교 때는 그러기 쉽지 않은데.

"선배는 백화점에 잘 안 와요?"

"네, 쇼핑하는 걸 별로 안 좋아해요."

"그럼 뭘 좋아해요?"

"……그러고 보니, 글쎄요. 그런 걸 생각해 본 적이 없어요."

"보통 쉬는 날엔 뭐해요?"

"음. 친구를 만나거나 집에 있을 땐 책을 읽거나."

"지난 주말엔 뭐했어요?"

"……뮤지컬을 봤어요."

노아가 이런 질문을 할 줄은 몰랐다.

"뮤지컬이요? 누구랑요?"

당황스러웠다. 진후와 봤다고 이야기해도 되는 걸까? 아니면 거짓말을 하는 게 나을까?

그와 사귀는 사이도 아니니, 다른 남자와 뮤지컬을 봤다고 해서 문제가 될 것은 없었다. 다만 진후는 회사 상사이기도 했고, 나현에게 교제 신청을 하기까지 했다. 그런 것들을 같은 회사 사람이기도 한 노아에게 얘기해도 되는 건지 모르겠다.

'그러고 보니…… 부장님은 우리 얘기를 아무한테도 하지 말라는 말씀은 하지 않으셨지. 내가 입이 무거울 거라고 생각해서 그러신 건지, 들켜도 상관없다고 생각하신 건지 모르겠네.'

머뭇거리는 나현을, 노아는 빤히 지켜보고 있었다. 대답을 꼭 들을 생각인 것 같기에, 나현은 조심스럽게 말했다.

"남자랑요."

"남자요."

"네, 남자요."

"내가 아는 남자?"

그의 집요함이 이상하게 생각되었다. 나현은 매장을 향하고 있던 시선을 노아에게로 돌렸다. 그는 무슨 생각을 하는지 알 수 없는 표정으로 나현을 내려다보고 있었다.

"왜 그렇게 꼬치꼬치 캐묻는지 모르겠어요."

"내가 아는 사람인가 보네요."

그가 빙그레 웃으며 말했다.

"……그런 식으로 짐작하지 마세요. 그냥 말하기 싫어서 안 하는 것뿐이니까."

"그래요?"

"그래요."

"그럼 뭐, 말하지 마세요. 강요할 수는 없는 거니까."

"네, 노아 씨가 강요할 일이 아니죠."

"그런데요, 선배."

그의 음성이 은밀해지는 바람에 긴장했다. 섣부른 긴장은 아니었다. 그가 허리를 굽혀 나현의 귓가에 입술을 가져다 댄 것이다. 마치 귓속말을 하는 듯한 자세였다. 하지만 그는 귀를 가린 나현의 머리카락을 슬쩍 치우고 혀로 귓바퀴를 핥았다.

오싹—

사람들이 많은 곳인데도 달콤한 전율이 전신으로 퍼졌다. 당황했지만 소란을 피울 수 없어서 아랫입술을 잘근 깨물었다. 그는 그 상태로 조금 더 나현의 귓불을 깨물고 핥았다.

"선배 몸은 내 거예요."

"여기 사람들 많아요."

"난 들켜도 상관없는데요."

"너무…… 변태 같아요, 노아 씨는."

나현의 말에 그가 허리를 세웠다. 변태 같다고 했는데도 그는 싱글싱글 웃고 있었다. 뭐가 재미있는 건지 모르겠다.

"그래요, 맞아요."

그가 다시 매장 쪽을 응시하며 말했다.

"전 변태인가 봐요. 익숙해지세요, 선배. 내가 그림을 다시 그릴 수 있게 될 때까지는.”

*　　*　　*

윤정의 보고를 들으며 이상하다고, 진후는 생각했다.

윤정은 자기 일을 남에게 떠넘기는 타입이 아니었다. 백화점 판매 쪽에 사소한 문제가 생겨서 확인해야 했다면, 그녀가 남아서 끝까지 확인을 하고 해결한 후 돌아왔을 것이다. 그런데 윤정은 이제 막 입사한 신입사원과 아무 직함도 없는 나현을 남겨 두고 혼자 돌아왔다.

물론 나현이 일을 못하는 건 아니었다. 하지만 문제가 생겼을 때, 상대는 늘 ‘직함’이 있는 책임자를 원한다. 일 잘하는 사원보다 직함이 붙어 있는 명함이 필요한 것이다. 그게 비록 대리일지라도.

하지만 윤정이 이런 거짓말을 할 이유도 없기에, 진후는 고개를 끄덕이고 윤정을 돌려보냈다. 다시 업무로 돌아가려 했지만, 한 번 이상하다고 생각했더니 업무에 집중하기가 힘들었다.

책상 위에 놓인 휴대폰이 눈에 들어왔다.

‘나현 씨에게 연락을 해 볼까?’

잔소리를 하는 상사는 되고 싶지 않았다.

‘아니, 이 경우엔 집착하는 남자겠지.’

진후는 쓴웃음을 흘렸다. 윤정이 백화점에 두고 온 사원이 나현이 아닌 다른 사원이었다면, 그리고 노아가 아닌 다른 남자였다면 이렇게 신경이 쓰이지는 않았을 것이다.

노아는 어느 여자라도 끌릴 만큼 매력적인 남자였다.

얼마나 많은 여자들이 노아에게 목을 맸는지, 진후는 알고 있었다. 그리고 그 마음 때문에 노아를 따라다니다가 목숨을 잃게 된 한 여자도.

'최여울.'

당찬 여자였다.

—오빠네 집안이 얼마나 대단한지는 알겠지만, 나의 노아를 함부로 다룰 수는 없을 거예요. 얘를 그 집에 눌러 앉힌다고 해도, 얘의 진정한 자유까지 빼앗지는 못할 거예요.

노아의 자유를 빼앗은 쪽이 과연 집안일까, 아니면 최여울이라는 여자일까. 어쩌면 둘 다일지도 모르겠다.

최여울은 죽음으로써 노아의 자유를 앗아 갔다. 그림을 그리는 재능은, 미약하나마 노아의 무기가 되어 줄 수 있었다. 만약 노아의 그림을 빛을 발한다면, 그래서 고가에 팔리게 된다면, 노아는 굳이 집안에 묶여 있을 필요가 없었다. 노아도 그걸 기대하는 것 같았다.

그러나 최여울의 죽음은 노아의 재능을 앗아 갔다.

남몰래 노아를 응원하고 있었던 진후는, 그 사건이 무척이나 안타까웠고 노아가 안쓰러웠다. 유일한 희망을 빼앗긴 노아는 죽은 사람처럼 생기 없는 눈빛을 내보이곤 했다.

—빠른 시일 내에 이 집을 나갈 거야, 형.

자신에게 주문을 걸 듯했던 말도, 이제는 더 이상 하지 않는다. 꿈꾼 적도 없다는 듯이.

어느새 휴대폰을 손에 쥐고 있었다. 진후는 조금 더 망설인 끝에 나현에게 문자를 보냈다.

*　　*　　*

주머니 속의 휴대폰이 진동했다. 주미나 다른 친구일 거라고 생각하며 휴대폰을 꺼냈다. 문자함을 열자마자 보인 '부장님'이라는 이름을 보고는 황급히 휴대폰 화면을 껐다. 노아를 의식해서였다.

흘끔 올려다보니 노아는 정면을 응시하고 있었다. 못 봤나 보다. 안심하며 그가 볼 수 없는 위치에서 문자를 확인했다.

[매장 쪽에 문제가 있다고 들었는데, 괜찮습니까?]

문제라니.

문자 내용 때문에 당황했다.

문제 같은 건 아무것도 없었다. 정 문제를 찾자면, 한창 일하는 중에 메이크업 시술을 받았다는 것뿐. 하지만 그리 오랜 시간이 걸린 일도 아니었고, 그 정도는 회사에서도 눈감아 주고 있었다.

'무슨 문제를 말하는 거지? 대리님, 대체 뭐라고 말씀하신 거야?'

윤정이 무슨 생각을 하고 있는지, 도저히 알 수가 없었다. 그렇다고 '무슨 문제요?'라고 눈치 없는 답장을 보낼 수도 없는 노릇이었다. 그랬다가는 윤정의 입장이 난처해지리라.

[네, 괜찮습니다.]

이 정도의 대답이면 되려나?

전송 버튼을 눌렀다. 오래 지나지 않아 또 문자가 왔다.

[직퇴하시나요?]

[아, 시키실 일이 있다면 회사로 돌아가 보겠습니다.]

[아닙니다. 번거롭게 그러실 것 없습니다. 끝나고 특별한 약속이 없다면 함께 저녁 식사를 하고 싶은데, 시간 되십니까?]

뭐라고 답해야 할까?

특별한 약속은 없었다. 하지만 노아가 있었다.

'아니, 얘랑 나랑은 아무 사이도 아닌데, 얘 때문에 망설일 필요는 없잖아.' 라고 생각하면서도 마음 한구석에 미묘한 찝찝함이 생겼다.

"누구랑 그렇게 문자를 해요?"

느닷없이 들려온 질문에 툭, 휴대폰을 떨어뜨리고 말았다.

노아가 휴대폰을 줍기 위해 허리를 굽혔지만, 나현이 더 빠르게 낚아챘다.

'내용을 봤을까?'

문자가 화면에 떠 있는 상태였기 때문에 불안했다. 노아의 눈치를 살폈지만 그의 얼굴에는 아무 표정도 드러나지 않았다.

"그냥요."

"토요일에 데이트한 남자분?"

"……노아 씨한테는 말 안 해 줄 거예요."

"회사 끝나고 보재요?"

이번에도 노아는 집요하게 물어봤다.

이런 성격이었던가?

새삼스럽게 그의 얼굴을 살펴봤더니 그가 민망한 듯 웃었다.

"왜 그렇게 봐요?"

"왜 자꾸 이렇게 캐묻는 건지 궁금해서요."

"궁금하니까요."

"원래 남의 사생활에 이렇게 관심이 많아요?"

"선배 사생활에만요."

"……왜 그런 말을 해요?"

"왜 이런 말을 하는 것 같아요?"

"날 좋아해서?"

용기내서 말했다. 그가 싱긋 웃었는데, 그 미소의 의미를 알 수가 없었다. 아마 긴장한 탓이리라.

"그렇다면 받아 줄 거예요?"

그는 이도저도 아닌 질문을 던졌다.

그러면 그렇지.

친구들의 말은 틀렸다. 만약 노아가 10년이나 사랑을 해 왔다면, 회심의 질문에 이런 식으로 답을 떠넘기지는 않았을 것이다. 당황하거나 얼굴을 붉혔겠지.

"이런 걸로 장난치고 싶지 않아요."

"아아, 선배한테는 이게 장난처럼 보이는구나."

그가 한 손으로 얼굴을 쓸었다. 이제 그가 하는 말마다 일일이 의미를 부여하는 것도 지친다.

"일이나 해요, 우리."

"이따 저녁 같이 먹어요."

노아가 말했다.

"아니요. 선약이 있어요."

"그 남자분이랑?"

"네, 그 남자분이랑요."

사실은 진후와 저녁을 먹을 생각 없었다. 솔직히 말하자면 노아와 조금 더 시간을 보내고 싶었다. 하지만 이렇게 휘둘리는 마음이 처량해서, 더는 그와 함께이고 싶지 않았다.

주미와 윤호가 그런 말을 하는 바람에 마음이 더 휘청거린다. 마음의 끄트머리는 무척이나 날카로워서, 휘청거릴 때마다 그 끝이 몸 안쪽을 쿡쿡 찔렀다. 좋은 기분은 아니었다.

나현이 몰래 문자를 보내는 걸 보며, 노아는 속으로 한숨을 삼켰다.

깜짝 놀랐다.

—날 좋아해서?

생각지도 못한 도발적인 질문에, 하마터면 '네.'라고 대답할 뻔했다. 이런 상황에서 그렇다고 해 봐야, 그녀는 믿지 않았을 것이다. 믿는다 해도 거절했겠지. 임나현은 정노아를 싫어하니까.

게다가 아직은 이 마음을 고백할 때가 아니다. 노아에게는 아무것도 없었다. 그녀에게 고백해 봐야, 그녀를 위해 해 줄 수 있는 것이 아무것도 없었다.

'진후 형이겠지.'

진후는 행동력이 있는 사람이었다.

32살의 나이에 부장이 된 것은 집안의 힘이 아니었다. 그는 자일 그룹의 핏줄이라는 것을 알리지 않고, 혼자의 힘으로 그 자리까지 올라갔다.

'언제쯤 돼야…… 뭔가 손에 넣을 힘이 생길까?'

손등의 흉터가 찌르듯 아파 왔다. 상처가 터진 걸까 싶어 손을 내려다봤지만 아무렇지도 않았다. 아마도 환통이리라. 답답한 마음이 만들어 낸 환통.

한때는 꿈을 꾸기도 했다.

그림을 그리고, 그 그림으로 돈을 벌고 그 돈으로 어머니의 병원비를 지불하고, 자일 그룹이라는 그물에서 벗어나 자유롭게 헤엄치는 꿈.

사고가 났던 그날 밤, 그 바보 같은 꿈은 흔적도 없이 부서졌다.

최여울의 부모는 그 당시 오토바이를 운전했던 노아를 고소하겠다고 난리 쳤다. 그걸 돈으로 무마시킨 사람은 연 회장이었다. 그 때문에 노아를 옭아맨 그물이 더 단단해졌다.

'힘은 생기지 않겠지.'

노아는 쓰게 웃었다.

'내가 할 수 있는 건 아무것도 없으니까.'

그 남자를 보고 가겠다고 고집부리면 어쩌나 걱정했는데, 의외로 노아는 시간이 되자 "데이트 잘해요, 선배." 라고 말하고는 백화점을 떠났다. 나현은 뒤도 돌아보지 않는 그의 뒷모습을 가만히 응시했다.

이 서운함의 이유는 뭘까. 그리고 이 죄책감의 이유는.

서운함은 아마도 그가 더 이상 궁금해하지 않는 것에 대한 것이리라. 그의 집요함이 당혹스러우면서도, 사실은 조금 기뻤으니까. 하지만 죄책감의 이유는 알 수 없었다. 그에게 미안해할 이유 따윈 조금도 없었다.

진후는 백화점으로 데리러 오겠다고 했다. 백화점 정문 앞에 서서 진후에게 연락이 오기를 기다렸다. 7시를 조금 넘긴 시간에 진후가 도착했다.

나현을 발견한 진후의 표정이 눈에 띄게 밝아졌다. 괜히 쑥스러운 기분이 들어서 그를 똑바로 마주 볼 수가 없었다.

"지난주에 헤어질 때."

나현의 앞에 도착한 그가 인사도 없이 말을 꺼냈다.

"다음에 사석에서 만나면 말을 편하게 하기로 했었는데 지금 사석인가요?"

그의 순수한 질문에 나현은 마음이 가벼워졌다.

"네, 맞아요."

"그럼 편하다는 게, 어느 정도 선인가요? 이름, 불러도 되나요?"

"아…… 네, 제가 나이도 더 어리니까. 이름 불러도 되고, 반말하셔도 돼요."

"그럼 나현 씨도, 아니, 너도 그렇게 해 줘."

조금 어색한 반말이 오히려 설레였다. 나현은 볼을 붉히고 중얼거렸다.

"아무리 그래도 이름을 부르는 건 좀……."

"아니, 이름 말고 반말. 그리고…… 호칭은 너만 괜찮다면…… 오빠?"

"오빠……."

"중년 늙은이의 무리한 부탁인가?"

"아, 아니요. 부장님이 무슨 중년 늙은이세요? 아직 서른두 살밖에 안 됐는데. 오빠죠, 오빠."

"그래."

"하지만 전…… 존댓말이 편해서…… 존댓말은 계속 써도 될까요?"

"응, 그래."

그가 싱글싱글 웃으며 말했다.

신기하다. 그 연진후 부장이 이런 식으로도 웃다니.

어린아이처럼 즐거운 미소를 짓는 그는 굉장히 어려 보였다.

"저기, 오빠."

"응?"

"이거 되게…… 어색하네요."

"응, 나도 굉장히 어색해하는 중이야."

그가 쑥스러운 듯 얼굴을 붉혔다.

"계속 이러다 보면 익숙해지겠지."

"네, 그러겠죠?"

"응, 그랬으면 좋겠다. 아, 저녁…… 먹고 싶은 거 있어?"

"너무 무겁지 않은 거요."

"그럼 일식 먹을까?"

"네, 그런데 부…… 아니, 오빠. 저, 이 백화점에서 이렇게 둘이 만나도 괜찮은 거예요? 누가 오빠를 알아보면…… 곤란하지 않으시겠어요?"

"난 괜찮은데, 네가 곤란해지겠지? 주차장에 차 세워 뒀으니까 다른 데로 옮기자."

그가 부드럽게 말하며 엘리베이터로 향했다.

"차 타고 오신 거였어요? 저쪽에서 오셔서 대중교통 이용하신 줄 알았는데."

"네가 기다리고 있는 모습 보고 싶어서, 후문으로 나가서 빙 돌아서 걸어왔어."

"아아."

이 남자, 정말로 날 좋아하고 있구나.

애정을 여과 없이 드러내는 진후의 모습에 욱신 가슴이 아파왔다. 짝사랑의 기분이 어떤 것인지, 나현 역시 똑똑히 알고 있기 때문이었다.

겉으로는 이렇게 웃지만 속은 타들어 갈 것이다. 초조하고 불안하고 긴장되겠지. 어떻게 해야 이 사람의 마음을 얻을 수 있을까, 지금 내 모습 바보 같지 않을까, 이런 모습에 정 떨어지지 않을까, 평생 이 사람의 마음을 얻지 못하면 어쩔까, 그런 생각들로 가득하겠지.

'애초에 부장님을 짝사랑했더라면 좋았을 텐데.'

한 여자를 가슴에 묻은 남자보다 순수하게 다가와 주는 남자를 좋아했더라면, 이리도 괴롭지 않았을 것이다. 속을 알 수 없는 남자보다 애정을 고스란히 드러내는 남자를 사랑했더라면,

이렇게 답답하지 않았을 것이다.

식사를 하며 백화점에 생긴 문제가 뭔지 물어보면 어쩌나 걱정했지만, 진후는 일 이야기를 일절 하지 않았다. 그러고 보니 토요일 데이트 때도 그랬던 것 같다. 그래서 회사 부장이 아닌 다른 친구를 만난 것처럼 편했다.

절대 익숙해지지 않을 것 같았던 '오빠'라는 호칭도, 진후의 반말도, 커피를 마시고 나올 때쯤에는 익숙해졌다. 그는 저번처럼 나현을 데려다주겠다고 했다.

"홍대역이요. 거기로 가 주시면 돼요."

지금 살고 있는 집은 노아의 아틀리에였기 때문에 주소를 알려 줄 수는 없었다. 진후는 깊이 캐묻지 않고 홍대입구역까지 나현을 데려다주었다. 나현이 차에서 내리기 전.

"나현아."

그가 나현을 불렀다.

그가 이름을 부른 건 처음이었다. 부드러운 음색이 심장을 두드렸다. 나현은 두근거림을 느끼며 그를 돌아봤다.

"다음에 또 만나자. 밖에서."

조심스러운 그의 제안을 거절할 수가 없었다.

"네, 다음에 또 봬요. 밖에서."

노아의 아틀리에 앞엔 가로등이 있었다. 오늘 그 가로등 아래에 누군가 서 있었다. 형체만 보고도 노아라는 것을 알 수 있었다.

심장이 뚝 떨어지는 것 같았다.

설마 아까부터 계속 여기에 있었던 건 아니겠지?

나현은 걸음걸이가 흐트러지는 것을 느꼈다. 동요한 것을 티 내지 않기 위해 신경 써서 걸었다. 벽에 기대어 서 있던 그가 천천히 나현 쪽으로 고개를 돌렸다.

나현이 그의 앞에 설 때까지, 그는 계속 나현을 지켜보고 있었다. 가로등의 노란 불빛 때문인지 그의 얼굴이 유난히 창백해 보였다.

"여기서 뭐해요?"

"선배 기다리고 있었어요. 난 변태 스토커잖아요."

"그렇게 생각 안 해요."

"변태라면서요?"

"변태이긴 해도, 스토커라고 생각하진 않아요."

"확실하네요."

"네. 확실하죠."

가볍게 대꾸하며 아틀리에의 대문을 열고 안으로 들어갔다. 그가 자연스럽게 나현의 뒤를 따라 들어왔다.

"들어가도 돼요?"

"이미 들어왔잖아요."

"아, 맞다. 난 못 말리는 변태라서요."

"……네, 그런 것 같네요."

"그래서……."

그의 팔이 나현의 허리를 휘감았다.

"어디서나."

나현을 뒤에서 끌어안은 그가 나현의 목덜미에 입을 맞췄다.

"선배를 만지고 싶어져요."

"여기 바깥이에요."

"응, 난 변태니까요."

변태라는 말, 괜히 했다. 그걸 무기로 삼을 줄이야.

뒷목에 느껴지는 그의 뜨거운 입술과 숨결이 기분 좋았다. 그의 혀가 목덜미를 핥는 바람에 간지러워서 작게 웃었다.

"선배 웃음소리 듣기 좋아요."

그가 속삭였다. 말해 주고 싶었다. 네 목소리가 더 듣기 좋다고. 하지만 그의 손이 상의 안으로 쑥 들어오는 바람에 목소리가 쏙 들어갔다.

그의 따뜻한 손이 매끈한 배를 쓰다듬다가 위로 올라갔다. 그는 거침없이 브래지어를 위로 올리고, 손가락 끝으로 유두를 살짝 스쳤다. 이미 단단하게 일어서 있던 유두는, 그 작은 스침에도 바르르 떨렸다.

그는 반항할 틈도 주지 않고 나현의 상의를 벗겼다. 그리고 그것으로 나현의 양쪽 손목을 묶었다.

"노아 씨……."

"쉿."

그가 브래지어를 풀고 바지와 팬티를 벗겼다. 순식간에 알몸이 된 나현은 잔뜩 긴장한 채 주위를 둘러봤다.

아틀리에의 마당은 어두운 편이었지만 거리의 가로등 불빛 때문에 아주 캄캄하진 않았다. 담벼락이 낮진 않지만, 옆집이 2층 집이었다. 2층에 사는 사람이 창문을 열면 마당이 고스란히 보일 것이다.

"노아 씨, 안 돼요."

"돼요."

그가 허리를 굽혀 나현의 가슴에 입술을 댔다. 그는 처음부터 자극적으로 나현의 유두를 빨아들였다. 강렬한 느낌이 전신을 내달렸다. 비성을 내지를 뻔했다. 다행히 터져 나오기 직전에 멈췄다. 높은 비성은 입 안에서 낮은 신음으로 변했다.

"흣…… 노아 씨, 제발…… 안에 들어가서…… 응?"

그에게 애원하듯 말했지만 그는 들리지 않는다는 듯 나현의 유두를 빨고, 다른 쪽 유두를 손가락으로 문질렀다. 다른 때보다 조금은 거친 애무였는데도, 나현의 몸은 즐거운 비명을 내지르듯 바들바들 떨리고 있었다.

"선배 몸은 정말 매력적이에요."

그가 가슴골을 핥았다.

"피부가 정말 부드러운 거 알아요?"

배도.

"핥으면 단맛이 나는 것 같아."

배꼽도.

"맛있어요."

그리고 다리 사이의 은밀한 부위에서, 그의 입술이 멈췄다. 그는 혀로 클리토리스를 자극하다가 주변을 핥고, 더 깊은 곳으로 혀를 밀어 넣었다. 강약을 적절히 조절하며 움직이는 그의 입술이, 나현을 아찔하게 만들었다.

나현은 즐거운 비명을 지르게 될 것만 같아서, 두 손으로 입을 틀어막았다.

이곳은 바깥이다. 게다가 이 근처는 차도 지나다니지 않아 조용하다. 거친 숨소리조차 천둥처럼 크게 울리는 것 같아 두려웠다.

누군가 들으면 어떡하지? 이 안에서 벌어지는 일을 눈치채면 어떡하지? 옆집 2층 창문이 열리면 어떡하지?

긴장이 되는데도 몸은 젖고 있었다. 애액과 그의 입술이 부딪쳐 질척이는 야한 소리를 만들어 냈다. 나현은 창피했다. 이런 상황에서도 느끼는 자신 역시 변태였다.

다리에서 힘이 빠져 몇 번이나 주저앉을 뻔했다. 그의 혀가 만들어 내는 은밀한 자극이 너무나 강해, 다른 때보다 빨리 절정에 이를 것만 같았다.

'하지만 이런 곳에서?'

나현은 그의 머리카락을 꽉 움켜쥐었다. 자유롭지 못한 두 팔 역시 일반적이지 않은 쾌락을 안겨 주었다.

"음. 두 팔이 고정되어 있지 않으니."

그가 문득 고개를 들어 나현을 올려다봤다. 다리 사이에 보이는 그의 얼굴에 색기가 가득했다. 가늘게 뜬 눈이 얼마나 섹시한지, 나현은 저도 모르게 마른침을 삼켰다.

"재미가 없네요."

"재미라니……."

"어디에 고정시킬까."

그가 마당을 훑어봤다.

"이리 와요."

그가 일어섰다. 나현은 꼼짝도 하지 않았다. 그러자 그가 나현을 번쩍 안아 들었다.

"앗!"

생각지도 못한 행동이었다. 작게 흘러나온 비명에 나현 자신이 더 놀랐다. 곧바로 아랫입술을 잘근 깨무는 그녀의 얼굴을 보며, 그가 웃었다.

"귀엽네요, 선배."

"안에 들어가서…… 해요, 응?"

"싫어요."

"정말로 여기서 하게요?"

"네."

"안 돼요."

"안 된다는 것치고는 엄청 젖었던데요."

"……."

"평소보다 더 느끼는 것 같던데."

"그거야 노아 씨가……."

"내 탓 하지 말아요. 아무리 감추려고 해도 선배 몸은 정직하게 반응하고 있으니까."

그때였다.

옷을 벗기는 바람에 바닥에 떨어져 있던 나현의 휴대폰에 깜빡깜빡 빛이 나기 시작한 것은.

전화가 걸려 온 휴대폰 액정에는 이름 세 글자가 정확하게 떠 있었다.

[부장님]

동시에 휴대폰 쪽을 돌아봤던 두 사람은, 동시에 서로를 쳐다봤다. 노아의 눈이 흥미롭다는 듯 빛났고, 곧 그 자리에 장난기가 채워졌다.

노아가 무슨 짓을 하려는지 알 것 같아, 나현은 울고 싶어졌다.

그는 나현을 내려놓고 휴대폰을 집어 들었다.

"전화."

"……."

"받으세요."

그가 나현에게 휴대폰을 내밀었다. 나현은 받아 들지 않고 그를 노려봤다.

"그럼 제가 받을까요?"

그가 정말로 통화버튼을 누르려고 하기에, 황급히 휴대폰을 향해 손을 뻗었다.

"내, 내가 받을게요."

"네."

"조용히 해야 돼요."

"네."

그가 검지를 자기 입술에 살짝 댔다가 떼어 냈다.

나현은 떨리는 손으로 통화 버튼을 눌렀다.

"네, 여보세요."

[잘 들어갔나 걱정해서 전화해 봤어.]

"네, 잘 들어……."

그가 갑자기 나현의 가슴에 입술을 대는 바람에, 나현은 말을 멈출 수밖에 없었다. 그가 어떤 표정을 짓고 있는지는 보이지 않았다. 그는 평소처럼 나현을 애무했다.

"들어왔어요……."

대답을 제대로 하지 않으면 진후가 이상하게 생각할 것이 분명했다. 간신히 대답을 마무리 짓고, 수화기 부분을 손으로 가렸다. 거친 숨을 감추기 위해서였다.

노아는 입으로 나현의 가슴을 애무하며, 손가락으로 클리토리스를 문질렀다.

[오늘 덕분에 즐거운 저녁 보냈어. 많이 피곤하지?]

"……네, 아니, 아니요…… 저도…… 즐거웠어요……."

[어디 아파?]

"네?"

[목소리가 힘든 것 같아서……]

"아, 아뇨!"

새된 음성을 내고 말았다. 마침 그의 손가락이 몸 안으로 들어왔기 때문이다. 그의 긴 손가락 두 개가 나현의 몸 안에서 움직이기 시작했다. 손가락 끝이 여린 속살을 자극했고 숨이 더 거칠어졌다.

[정말 괜찮은 거야?]

"……으…… 네, 괜…… 괜찮아요…… 샤워하다가……."

그의 손가락이 더 깊이 들어왔다가 빠져나갔다.

"나와서 받은 거라……."

[아아, 샤워하는 데 방해했나 보네. 그래, 그럼 얼른 마저 씻고 푹 쉬어.]

"……네, 오빠도…… 읏……."

노아가 갑자기 나현의 젖꼭지를 깨무는 바람에 신음을 흘리고 말았다. 진후도 들었을 게 분명하다. 나현은 숨도 쉬지 못할 만큼 놀라 휴대폰을 꽉 움켜쥐었다.

"푹 쉬세요. 내일 봐요."

진후의 대답도 듣기 전에 황급히 전화를 끊었다. 그러지 않으면 진후가 이 상황을 눈치챌 것 같았다. 아니, 어쩌면 벌써 눈치챘을지도.

나현은 휴대폰을 바닥에 떨어뜨리고 두 손으로 노아의 머리를 힘껏 밀어냈다. 노아가 왜 그러냐는 듯 나현을 올려다봤다.

화가 치밀었다.

노아가 나현의 몸을 만지겠다며 야한 짓을 할 때도, 최여울의 이름을 꺼낼 때마다 무서운 표정을 지을 때도 이렇게 화가 나진 않았다.

하지만 지금 이 상황은 심했다.

애무를 받으며, 자신을 사랑한다고 한 남자의 전화를 받았다. 진후에게 못할 짓이다. 해서는 안 되는 짓이다.

"나한테 왜 이러는 거예요?"

눈가가 시큰해졌다.

노아의 앞에서 울고 싶지 않았다. 하지만 어느새 차오른 눈물이 볼을 타고 흘러내렸다.

눈물이 뿌옇게 시야를 가려, 노아의 얼굴이 잘 보이지 않았다. 하지만 이제 그의 표정 따위는 궁금하지도 않았다.

"나한테 정말 왜 이러는 거예요?"

"선배……."

"아니, 선배라고 부르지도 마요. 나는 정말 노아 씨가 나한테 이러는 이유를 알 수가 없어요. 대체 왜…… 왜 이래요? 이건 아니잖아요."

"……."

"내가, 그래요. 내가 노아 씨 손길 좋아해요. 그래서 거부하지 못했어요. 그런데요, 이건 정말 아니잖아요. 왜 이렇게 날 괴롭혀요? 얼마나 날 괴롭게 해야 직성이 풀려요?"

"괴롭게 하다니요, 전 그저……."

"내가……."

나현은 손등으로 눈물을 쓱 닦아 냈다.

"내가 안 괴로워하는 것 같았어요?"

"……."

"그냥 좋아서 헐떡거리는 걸로만 보였어요?"

눈물이 다시 눈앞을 가리기 전, 아주 잠깐 노아의 표정이 보였다. 그는 무척이나 고통스러운 표정을 짓고 있었다. 지금 고통스러울 게 누군데!

"내가 다 받아 줄 바보로 보였어요? 그렇게 우스웠어요? 노아 씨, 난요. 그래요, 난 정말 미련한 여자예요. 맞고 살아서 남의 눈치만 보게 됐고, 그러다가 만나게 된 남자가 하필이면 폭력 쓰는 남자였고…… 그래서 더 남의 눈치 보게 됐고…… 싫다는 말도 제대로 못 하고. 그래요, 알아요. 난 이렇게나 미련해요. 하지만 노아 씨. 난 같은 일 두 번은 안 당해요."

"……같은 일이요?"

"날 때리는 아빠 손에서 벗어나서 다시는 그 집에 안 찾아갔어요. 날 때리는 남자랑 헤어지고 다시는 그 남자 안 만났어요. 내가 당할 땐 당하는 줄도 모르고 미련하게 굴어도, 끊어 낸 후에는 다시 그 구렁텅이로 안 들어가요. 노아 씨한테도 마찬가지예요. 10년 전에, 그렇게 당했으니까…… 이제 됐어요. 그 일, 반복하기 싫어요."

"10년 전에 그렇게 당했다니요?"

"그걸 몰라서 물어요?"

"네, 몰라서 물어요."

"나 지금, 장난으로 이런 말 하는 거 아니에요."

"나도 지금 장난으로 묻는 거 아니에요, 선배. 대체……."

그가 나현의 팔뚝을 세게 붙잡았다. 아니, 그리 세게 붙잡진 않았을 것이다. 나현에게만 그렇게 느껴지는 것이었다.

"대체 10년 전에 무슨 일이 있었던 거예요?"

"이거 놔요!"

"말해 줄 때까지 못 놔요."

"놔요!"

"못 놔요, 선배."

그가 엄지로 나현의 눈가를 닦아 주었다. 다시 시야가 맑아지며 그의 얼굴이 보였다.

그는 혼란과 난처함과 고통이 가득한 눈빛을 하고 있었다.

"지금 이 손 놓으면, 이제 두 번 다시 못 잡을 거 같아요. 그러니까 못 놔요."

"못 잡으면 어때서요? 다른 여자 만나요. 노아 씨가 만질 수 있는 여자 많잖아요. 나는 아니에요. 난 이제 됐어요."

그의 눈동자에 서린 슬픔이 더 깊어졌다.

"내가 왜 다른 여자 몸을 만져요? 난 다른 여자 몸 만지고 싶지 않아요. 만지고 싶은 적 없었고, 앞으로도 없을 거예요."

"대체 왜요! 내 몸이 뭐라고!"

"사랑하는 여자 몸이잖아요!"

나현의 언성이 높아진 만큼 그도 큰 목소리로 대답했다.

"그러니까 그게 대체 뭐………라고요?"

"사랑하는 여자 몸이니까 만지고 싶은 거라고요! 옛날부터 이 몸만 만지고 싶었고, 아마 앞으로도 이 몸만 만지고 싶을 거라고요!"

노아는 자기가 무슨 소리를 하는지도 모르는 것 같았다. 나현 역시 그가 무슨 말을 하는 건지 알 수 없었다.

멍하니 그를 올려다봤다.

"선배야말로 날 뭐로 보는 거예요? 내가 이유 없이 선배 몸을 만졌을 것 같아요? 선배 말대로, 그래요. 나 여자 많아요. 손만 뻗으면 만질 수 있는 여자들 많아요. 그런데 왜 선배였겠어요? 내가 왜 지금껏 아무 여자랑도 안 사귀었겠어요? 내가……!"

그가 갑자기 정신을 차린 듯 입을 다물었다. 그는 인상을 찌푸렸다가 표정을 풀었다. 그리고 아무 일도 없었다는 듯 나현의 팔을 놔주었다.

"집에 들어가요. 내가 실수했어요."

그는 바닥에 떨어진 옷을 주워 나현의 어깨에 걸쳐 주었다.

"앞으로 그런 짓 안 할게요. 가 볼게요."

돌아서는 그의 옷자락을 붙잡았다.

아주 살짝 잡았을 뿐인데도, 그는 멈췄다. 하지만 나현을 돌아보지 않았다.

"방금 뭐라고 했어요?"

"……앞으로 그런 짓 안 한다고요."

"아니, 그 전에요."

"집에 들어가라고요."

"내가……."

나현은 그의 앞으로 걸어갔다. 그는 고개를 푹 숙이고 있었다. 나현은 허리를 굽혀, 아래쪽에서 그를 올려다봤다.

그림자가 졌는데도, 그의 얼굴이 무척이나 붉어졌다는 걸 알 수 있었다.

"뭘 물어보는지 알잖아요."

"안 돼요."

"말해 줘요."

"안 돼요."

"돼요."

"선배, 제발……."

입장이 역전됐다.

그는 난처해하고 있었다. 그래서 나현은 용기가 생겼다.

"말해 줘요. 내가 들은 말, 꿈 아니라고 말해 줘요."

"꿈 아니에요. 그런데…… 그냥 잘못 들은 거라고 생각하세요."

"왜요?"

"내가…… 내가요, 선배."

그가 나현의 볼에 살며시 손바닥을 올렸다.

"아무것도 가진 게 없는 놈이거든요."

그가 이런 생각을 하고 있다는 게 놀라웠다.

아무것도 가진 게 없다니. 이런 근사한 얼굴을 가졌으면서.

"얼굴 빼면 남는 게 없는 놈이거든요."

아, 얼굴이 근사하다는 건 알고 있구나.

"그래서요. 지금은 선배를 지킬 수가 없어요. 해 줄 수 있는 것도 없고요."

"왜 날 지키려고 해요?"

"그거야 선배를…… 아니에요."

"내 몸을 지키는 건 내가 해요, 노아 씨. 지금껏 그래 왔거든요. 그런데 노아 씨가 해 줄 수 있는 건 있어요."

"뭔데요?"

"아까……."

왜일까.

멈췄던 눈물이 다시 흐르기 시작했다. 하지만 아까와는 다른 의미의 눈물이었다.

"아까 했던 말. 다시 해 줘요."

그가 눈썹 끝을 늘어뜨렸다. 나현의 눈물을 다시 보게 된 그는 난처한 듯 작게 한숨을 내쉬었다. 그리고 나현의 눈가를 살며시 핥아 준 후 속삭였다.

"사랑해요."

심장이.

"내가요, 선배. 선배를 처음 보는 순간 반해서 지금껏 쭉 사랑해 왔어요."

멈췄다.

*　　*　　*

거실에 마주 앉은 두 사람 사이에는 소개팅을 하는 남녀처럼 어색한 기운이 감돌고 있었다. 지금껏 그와 살을 비벼 왔는데, 마치 첫 고백을 받은 것처럼 수줍은 이유를 알 수가 없었다. 그 역시 나현을 똑바로 보지 못했다.

'꿈일 거야, 분명.'

하지만 꿈이 아니라는 것을, 나현은 알고 있었다.

'아니, 아니. 이건 분명 꿈이야. 꿈이 아니면 정노아가 날 10년이나 좋아했을 리 없잖아.'

그렇게 최면을 걸어도 꿈은 아니었다.

왜냐하면 노아의 이런 모습을 상상해 본 적이 없어서, 꿈조차 꾼 적이 없었기 때문이다.

얼굴이 새빨개진 정노아라니.

"고백…… 안 하려고 했는데."

이윽고 노아가 쉰 목소리로 중얼거렸다.

"잘난 얼굴 빼면 시체라서요?"

놀리듯 말했는데 그는 고개를 끄덕였다.

"그거 너무 이상한 말인 거 알아요? 노아 씨는 어쨌든 당당한 회사원이고 사지가 멀쩡하잖아요. 그런데 왜 그런 고민을 하는지 모르겠어요."

"……그건…… 이유가 있어요."

"말 못 할 이유예요?"

"선배가 원하면 말할 수 있어요. 선배가 원하는 건 다 해 줄 수 있어요. 다만."

"다만?"

"재미없는 얘기예요."

나현은 두 손으로 그의 손을 꼭 잡았다.

"나는요, 노아 씨. 예전부터 쭉 노아 씨에 대해 알고 싶었어요. 그게 재미있든, 재미없든. 전부 다."

그의 눈동자가 흔들렸다.

어째서일까.

그는 여전히 슬픈 눈빛을 하고 있었다.

"얘기, 듣고 싶어요."

"이건 밖으로 새어 나가면 안 되는 얘기예요. 뭐, 알 만한 사람들은 다 아는 얘기이기도 하지만."

"내가 여기저기 알리고 다닐 것 같아요?"

"아니요."

"그럼 얘기해 줘요."

그는 깊은 한숨을 내쉬었다. 한숨이 눈에 보일 리 없는데도, 나현은 그의 한숨에 섞인 잿빛 슬픔을 본 것만 같았다.

"자일 그룹 회장에게는 세 명의 아들이 있었어요."

생각지도 못한 '자일 그룹'이라는 말에 당황했다. 하지만 그는 담담히 말을 이어 갔고, 나현도 당혹감을 드러내지 않았다.

"내 아버지는 세 아들 중 차남이었어요. 그리고 내 어머니는, 자일 그룹 차남의 정부였고요."

노아의 어머니는 고아였다. 갓 태어났을 때 버려졌다고 했다.

3살 때 입양이 됐는데 술집 마담이었다. 양어머니는 좋은 분이었고, 노아의 어머니는 그녀를 사랑했다. 어릴 때부터 양어머니가 일하는 술집에서 손님들을 만나며 세상을 배우고, 언젠가 간호사가 되겠다는 꿈을 키웠다.

그러던 중 18살이 되었을 때 노아의 아버지를 만나게 되었다.

노아의 아버지와 어머니의 나이 차이는 10살이었다.

"아버지는 어머니에게 반했죠. 몇 년 동안 따라다녔다고 하더라고요. 결국 어머니도 굴복했고, 정부의 삶을 살게 된 거죠. 나를 갖는 바람에 꿈도 못 이뤘어요."

노아 어머니의 존재를 알게 된 자일 그룹은 야단이 났다. 평범한 정부여도 시끄러워질 판에, 술집 마담을 어머니로 둔 여자이니 그럴 수밖에 없었다.

"나를 임신하고 있는데도 폭력을 가했대요. 다행히 난 무사했지만, 어머니는 그 일로 심장병이 생겼어요. 아니, 악화됐어요. 원래 약한 편이었는데 그때 터진 거죠. 날 포기해야 하는 상황이었는데, 어머니는 절 낳겠다고 우겼대요. 결국 내가 태어났고, 어머니 상태는 더 심각해졌어요."

차남에게는 힘이 없었다. 노아 어머니를 만나는 걸 들킨 후, 자금도 마음대로 할 수 없게 된 터였다.

노아 아버지는 노아 어머니의 수술비를 요구했고, 자일 그룹 회장은 그 대가로 노아를 원했다.

"어쨌든 그 집 피를 이어받았으니 멋대로 나다니게 둘 수 없다고 생각했나 봐요. 아버지는…… 어머니의 목숨을 빼앗을 뻔한 나를 좋아하지 않았겠죠. 어머니를 지킬 생각밖에 없었던 것 같아요. 회장의 요구를 수락했고, 어머니는 무사히 수술을 마쳤어요."

수술에서 깨어나 노아를 빼앗기게 되었다는 걸 알게 된 노아 어머니는 다시 악화될 정도로 절규했다. 그대로 노아 어머니가 죽어도 문제가 되기에, 회장은 당분간만 노아를 놔두기로 했다.

"3살 때, 그 집으로 들어갔어요. 그 집은요, 선배."

노아가 쓰게 웃었다.

"지옥이었어요. 현실에 존재하는 지옥."

어린 정노아에게 쏟아졌던 악담과 폭력을, 그는 담담히 이야기했다. 한 달에 두 번 어머니를 만날 수 있는 날만이 유일하게 숨 쉴 수 있는 시간이었다고, 노아는 말했다.

"제가 초등학교 3학년이 됐을 때, 전 어머니 곁으로 갈 수 있었어요. 아버지의 부인이, 그러니까 정실이라고 하죠? 그 여자가 절 끔찍하게 싫어했거든요. 거의 정신병 수준이라서, 다들 안 되겠다고 생각한 모양이에요. 쫓겨나는 식으로 그 집을 나오긴 했는데, 전 정말 기뻤어요. 지옥을 벗어난 거니까."

그리고 노아가 초등학교 6학년이 되었을 때, 노아 아버지가 사고로 죽었다. 교통사고였다. 부부동반으로 골프장에 가다가 절벽에서 추락한 사고였다.

일부에서는 동반자살이라는 말까지 오갔다. 자일 그룹 차남의 부인이, 남편 마음이 딴 데 가 있는 걸 견디다 못해 일으킨 동반자살.

"그리고 어머니는, 그 충격에 다시 심장병이 재발했어요. 제게는 어머니를 지킬 힘이 없었죠. 그럴 때에 회장이 날 찾아왔어요. 병원비를 대 줄 테니 본가에 들어와서 살라면서. 저는 다시 지옥 속에 들어가는 수밖에 없었죠."

6장

또다시 시작된 지옥.

유일한 희망이었던 그림.

"안개가 낀 것처럼 뿌연 희망이었어요. 잘 안 보이는 희망. 너무 작고 희미해서, 사실은 존재하지 않는 건가 싶을 정도의 희망. 그런데요, 선배. 선배가 그 안개를 거둬 내 줬어요. 선배가 제 희망을 실체화시켰죠."

그는 이야기했다.

나현을 처음 본 순간 어떤 기분이었는지, 그녀와 대화하는 시간이 얼마나 행복했는지, 그녀가 여울에 대한 이야기를 꺼낼 때마다 얼마나 답답했는지…….

"선배가 갑자기 절 싫어한다고 하고 떠난 후에, 저는 생각했어요. 아아, 난 딱 이것밖에 안 되는 놈이구나. 정말 아무것도 없는 놈이구나. 잠깐 방황하긴 했는데 다시 정신 차렸어요. 언젠가 선배를 다시 만나게 되었을 때, 그때는 싫다는 말 듣지 않았으면 했거든요."

그가 고개를 들어 나현을 응시했다. 그의 눈동자는 촉촉하게 젖어 있었지만 고인 눈물이 흐르지는 않았다. 아마도 그는 늘 이렇게 눈물을 참아 왔을 거라고, 나현은 생각했다.

"이 회사에서 선배를 다시 만나게 됐을 때, 내가 어떤 기분이었는지 선배는 모를 거예요."

그의 입가 근육이 움찔거렸다. 아마도 울고 싶은 것을 참는 것이리라. 나현도 울고 싶을 때마다 저런 표정을 지으면서 눈물을 삼켰으니까.

"10년 만에 만난 선배는 옛날이랑 똑같아서…… 여기가……."

그가 자신의 가슴을 움켜쥐었다.

"터질 것 같아서…… 그 기분을 감추느라 힘들었어요."

그런 것치고는 정말 아무렇지도 않아 보였다고, 칭찬해 주고 싶었다.

"선배를 괴롭힐 생각은 없었어요. 그저 갖고 싶어서, 예전처럼 선배를 놓치고 싶지 않아서 어떻게든……."

그가 나현을 향해 손을 뻗었다. 하지만 그 손은 나현의 뺨을 건드리기 전에 다시 제자리로 돌아갔다.

"만지고 싶었어요."

"만지기 전에 고백하는 게 우선이라는 생각은 안 했어요?"

"물론 그런 생각도 했죠."

그의 대답이 곧바로 들려왔다. 그는 여유가 없어 보였다.

"하지만 또 싫다고 할까 봐…… 결과적으로 그 소리를 또 듣게 되긴 했지만…… 하아."

그가 깊은 한숨을 내쉬며 머리를 뒤로 쓸어 넘겼다.

"미안해요, 선배. 선배를 울리는 짓은 절대 안 하려고 했는데…… 제가 여자를 사랑하는 게 처음이라서 서툴러요. 뭘 어떻게 해야 할지도 모르겠고, 어디까지 해야 할지도 모르겠어요."

"그 말, 되게 안 믿기는 거 알아요?"

"정말이에요. 전 정말로 선배를 울릴 생각 같은 거……."

"아니."

나현은 다급히 변명하는 그의 무릎에 손을 얹었다.

"여자를 사랑하는 게 처음이라는 말."

그가 쓰게 웃었다.

"정말이에요, 선배. 누군가를 사랑할 여유 같은 거 없었어요. 사랑을 받아 본 적도 없고요. 날 따라다니는 여자애들이 날 사랑했을 거라고는 말하지 말아요. 걔들은 그저 옆에 데리고 다닐 잘난 액세서리가 하나 필요했을 뿐이니까."

그가 그런 식으로 생각하고 있을 줄은 몰랐다. 그런 식으로 살아왔을 줄도 몰랐다.

그의 그림은 무척이나 많은 것들을 담고 있었다. 나현은 그의 그림을 봤을 때, 그 안으로 들어가 몸을 눕히고 싶은 애정을, 평온함을 느꼈다. 그래서 그 역시 많은 사랑을 받고 자라 왔을 거라 생각했다.

하지만 아니었다.

그는 나현처럼, 그러한 장소가 필요했던 것이다.

"난 노아 씨가 최여울을 좋아한다고 생각했었어요."

나현의 말에 그가 웃었다.

"왜 그런 오해를 했는지 진짜 모르겠어요. 제가 늘 말했잖아요. 걔는 그저 친구일 뿐이라고."

"하지만 소문도 있고."

"그런 소문보다는 제 말을 믿었어야 했던 거 아니에요?"

"차마 말하지 못하는 마음이라고 생각했죠."

그가 깊은 한숨을 내쉬었다.

"전 걔를 이성으로 본 적 없어요. 물론 싫어한 건 아니에요. 내 사정을 아는 유일한 친구였고 항상 내 편이었으니까. 하지만 그뿐이에요. 만지고 싶은 적도, 키스하고 싶은 적도, 평생 함께하고 싶은 적도 없어요."

"나한테는 그럴 생각이 있었고요?"

"네, 항상요."

"고등학교 때도?"

그가 웃었다.

"네, 고등학교 때도요."

그의 마음을 듣고 나서야 비로소 그 눈동자에 가득한 애정을 느낄 수 있었다. 나현을 응시하는 그의 눈동자에는 애달픈 애정이 넘치도록 담겨 있었다.

왜 몰랐을까?

아니, 모를 수밖에 없었다. 나현 역시 아버지의 손찌검과 어머니의 방치로 지독한 인간불신과 애정결핍에 점철된 삶을 살고 있었으니까.

내가 사랑하는 사람에게 사랑한다는 말을 듣는 건 어떤 기분일지 궁금했었다.

꿈꾸는 것 같은 기분이라는 표현은 진부하지만, 그만큼 이 기분을 잘 표현해 주는 것도 없었다. 그야말로 꿈속을 걷는 느낌이었다.

그렇다면 내가 고백했을 때 노아 역시 이런 기분을 느낄까? 잠시나마 현실을 잊고, 오롯이 상대의 음성과 향기에 집중하며 행복할 수 있을까? 그가 머무는 지옥에서 벗어난 기분이 들까?

축 늘어져 있는 그의 손을 조심스레 잡았다. 그의 손은 차가웠다. 긴장하고 있는 탓이리라.

그가 자신의 앞에서 긴장한다는 사실이 신기했다. 어느 때에도 긴장하지 않는 사람인 줄 알았는데.

"나도요."

작게 중얼거렸다.

"나도 그래요."

그의 손을 보고 있던 시선을 들어 그와 눈을 맞췄다. 그는 살짝 인상을 찌푸리고 나현을 보고 있었다. 나현이 무슨 말을 하는지 잘 모르겠다는 표정이었다.

나현은 그에게 시선을 고정시키고 조금 더 분명한 목소리로 말했다.

"나도 노아 씨를 사랑해 왔어요. 우리가 복도에서 처음 만났던 그때부터 지금까지 쭉."

"……거짓말 마요."

그가 나현에게 잡힌 손을 빼내며 말했다.

"선배는 날 싫어하잖아요."

"안 싫어해요."

"하지만 날 싫어한다고 했잖아요."

"그건…… 그건 싫어하고 싶어서 그랬어요."

"싫어하고 싶다고요? 대체 왜?"

"상처 받기 싫어서요."

"상처라니…… 제가 선배한테 상처 준 적이 있어요? 아, 방금 울린 거 빼고요."

"노아 씨가 상처를 준 게 아니에요. 노아 씨가 아니라…… 최여울이……."

"여울이가요?"

"네. 죽은 사람 나쁘게 말하고 싶지 않은데 최여울 씨가 그랬어요. 노아 씨가 날 귀찮아 한다고 더 이상 노아 씨를 귀찮게 하지 말라고.”

“설마…….”

“안 믿기죠?”

“아니요, 선배가 하는 말이라면 믿어요. 하지만 걔가 대체 왜……?”

“아마 노아 씨를 뺏기는 기분이 들어서 싫었던 거겠죠.”

“아…….”

노아가 한 손으로 입가를 가렸다.

“아, 그랬구나. 그래서 그때 선배가 그런 식으로…… 날 떠난 거구나.”

“…….”

“난 내가 무슨 잘못을 한 줄로만 알고…… 하아. 그럼 10년 전 일이라는 게, 그걸 말하는 거예요?”

그가 걱정스럽게 물었다.

사실은 그보다 더한 일이 있었다. 하지만 나현은 거기까지는 말하지 않기로 했다.

노아가 일으킨 줄 알았던 그 사건은 아무래도 여울이 사주한 짓인 것 같다. 그렇다면 이제 됐다. 노아의 마음을 알게 되었는데, 굳이 여울이 했던 짓을 끄집어내 그가 죄책감을 느끼도록 만들 필요는 없었다.

여울의 죽음만으로도 그는 큰 죄책감을 품고 있을 터였다.

“네, 그걸 말하는 거예요.”

"미안해요, 선배. 전 정말 그런 일이 있었는지 몰랐어요."

"응, 지금 보니까 그런 것 같네요. 그럼 됐어요. 지나간 일이니까요."

"네."

거기까지 말하고 나니 더 이상 할 말이 없었다.

'보통 고백 후에는 뭘 하더라. 의외로 되게 어색하고 민망하네. 표정관리가 안 돼.'

그런 생각을 하고 있는데, 문득 노아가 입을 열었다.

"그럼 선배, 이제…… 마음껏 만져도 돼요?"

그의 입맞춤은 여느 때보다도 달콤해서, 이대로 녹아 버릴지도 모른다고 생각했다. 그는 아주 천천히 공들여 키스를 하고 나현의 몸을 애무했다.

흠뻑 젖은 몸은 그의 거대한 물건을 무리 없이 받아들였다. 조금 꽉 낀 느낌이 들긴 했지만 그로 가득 채워졌다는 생각에 기분 좋았다.

느리고 부드러운 섹스였다. 그는 달콤한 눈빛으로 나현을 내려다봤고, 자신 역시 그러한 눈빛을 하고 있을 거라고 나현은 생각했다.

거칠어진 그의 숨소리와 이마에 맺힌 땀방울이 좋았다. 열띤 눈동자와 살짝 벌어진 입술, 간간히 흘러나오는 그의 낮은 신음. 그 모든 것이 기뻤다. 그가 나현에게 열중했음을 보여 주는 것만 같아서.

나현은 그를 받아들인 채 여러 번 절정을 느꼈다. 이런 식으로 절정을 느끼는 건 처음이라, 몸이 어떻게 된 건 아닌지 걱정스럽기까지 했다.

행위가 끝난 후, 그는 나현을 꼭 끌어안았다. 땀에 젖어 있기는 해도 그의 품에 안겨 있는 것이 기뻤다. 두근두근, 뛰는 심장 소리가 그의 것인지, 자신의 것인지 알 수 없었다. 아마 둘 다의 것이겠지.

"선배를 안고 있는 거 좋아요."

그가 나현의 정수리에 얼굴을 파묻고 말했다. 그의 숨결이 머리카락 안으로 파고들었다.

"이름 불러도 돼요?"

그가 물었다. 나현이 고개를 끄덕이자 그가 속삭였다.

"나현아."

심장이 녹아내렸다. 어쩌면 이다지도 달콤한 음성을 지녔을까.

"사랑해요."

방금 전 몸을 섞는 내내 그는 사랑한다고 속삭였다. 계속 들었던 말인데도 또 심장이 두근거린다.

"나도요." 라고 대답했더니 그가 웃었다.

"언제까지 존댓말할 거예요?"

"모르겠어요. 노아 씨한테는 이게 익숙해서."

"선배는 정말 재미있는 사람이에요."

"내가 뭐가 재미있다는 건지 정말 모르겠어요."

"또래답지 않았거든요. 고등학교 때 후배한테 존댓말 쓰는 선배들, 많지 않잖아요?"

"그게 그렇게 재미있었어요?"

"응, 정말요."

"노아 씨를 재미있게 해 주는 거, 되게 쉽네요."

"선배만 날 재미있게 해 줄 수 있어요."

그가 웃으며 나현의 허리를 꽉 끌어안았다. 절대 놔주지 않겠다는 듯 단단히 감아 오는 느낌이 좋아서, 나현도 조금 웃었다.

"우리 사이, 비밀인 거죠?"

그가 물었다.

"우리가 어떤 사인데요?"

"사귀는 사이?"

"그렇군요."

"결혼을 전제로."

그가 덧붙인 말에 나현은 아까보다 더 크게 웃었다. 배에 닿아 있는 그의 손을 가지고 와, 손바닥에 입을 맞췄다. 그의 손이 움찔 긴장했다.

그는 나현이 거절하는 거라고 생각한 건지 서둘러 덧붙였다.

"아직 준비된 건 많지 않지만…… 아르바이트를 해서 모아 둔 돈이 있어요. 그리고 회사 열심히 다녀서 돈 모을 거고요. 그리고……."

나현은 그의 품에서 벗어나 앉았다. 그가 불안한 듯 나현을 올려다봤다.

"그런 건 됐어요, 노아 씨. 내가 노아 씨에게 원하는 건 하나예요."

"뭔데요?"

"이 가슴에서……."

나현은 노아의 단단한 가슴 위에 손을 얹었다.

"죄여울을 지우는 거요."

"여기에 죄여울 없어요."

그가 곧바로 대답했다.

"아니요, 있어요. 그래서 그림을 못 그리는 거 아니에요?"

"……."

"난 노아 씨 그림 좋아해요. 다시 그림을 그릴 수 있게 됐으면 좋겠어요."

"노력……해 볼게요."

자신 없이 대답하는 그의 품에 파고들었다. 그는 자연스럽게 나현을 안아 주었다. 그의 가슴에 얼굴을 묻고, 나현은 말했다.

"같이 노력해요."

* * *

이튿날 아침 눈을 떴을 때, 그는 옆에 없었다. 혹시 씻으러 갔나 싶어 귀를 기울여 봤지만 욕실에서는 아무 소리도 나지 않았다.

'어딜 간 거지?'

혹시나 싶어 휴대폰을 확인했더니 문자가 와 있었다.

[선배, 저 한동안 집에서 자기로 약속해서 본가로 왔어요. 잘 자고 있어서 깨우지는 않았어요. 출근할 때 연락 주세요.]

본가에서 자기로 약속한 게 아니라 강요받은 걸 거라고, 나현은 생각했다. 아침에 눈을 떴을 때 사랑하는 사람의 얼굴을 보는 기분을 느끼고 싶었는데 아쉽게 됐다.

'어쩔 수 없지, 뭐.'

어젯밤 그가 결혼을 전제로 사귀자며, 열심히 자기 어필을 했던 걸 떠올리니 피식 웃음이 나왔다.

'그러고 보니 연 부장님도 그랬었지. 이 또래의 남자들은 원래 그런가?'

남자를 사귄 건 딱 한 번뿐이다. 그것도 철몰랐던 시절에 시작되어 길고 지루하게 이어졌던 관계.

샤워를 하고 거울 앞에 서서 머리를 말리다가 목덜미의 불긋한 자국을 발견했다. 가까이에서 보니……

'키스마크잖아!'

아주 진하지는 않지만 눈썰미가 있는 사람이라면 눈치챌 것이다. 손가락으로 문질러 봤지만 당연하게도 사라지지 않았다. 오히려 그 주위까지 붉어졌을 뿐.

피부가 희어서 자국이 더 눈에 띄었다.

'으아, 어떡하지? 이런 건 언제 만든 거야?'

그러고 보니 어제 그의 물건이 안을 가득 채워 신음을 흘리고 있을 때, 그가 유독 목덜미 부분을 지분거렸던 것 같다. 목에 느껴지는 그의 입술이 저릿저릿해서 기분이 더 좋았었는데, 이런 걸 만들고 있었을 줄은 몰랐다.

'어휴. 진짜 이걸 어째.'

머리카락이라도 길면 가릴 수 있겠지만 지금 나현의 머리는 단발이었다. 가려지지 않는다.

서둘러 옷장 문을 열고 목을 가릴 만한 옷을 찾아봤다. 여름 옷 중에 목을 가리는 옷이 있을 리 없었다. 포기할 때쯤 구석에 있던 옷 하나를 찾아냈다. 나현도 잊고 있던 옷으로, 주미가 부추겨서 사긴 했는데 야한 느낌이 들어 입지 못했던 터틀넥 민소매티셔츠였다.

그냥 터틀넥 민소매티라면 다행인데 와인색이다. 이런 걸 입고 회사에 가도 괜찮을지 모르겠다.

외근만 없으면 자유복장이라 다들 편하게 입고 오는 추세이기는 하지만, 나현은 늘 단정하게 입는 쪽이었다. 이런 과감한 옷은 평상시에도 입지 않는다.

'어쩌지?'

발을 동동 구르다가 일단 밴드반창고를 붙여 봤다. 더 티가 난다. 이런 부위에 이런 걸 붙인 이유를, 알 만한 사람들이라면 알 것이다.

그래서 나현은 어쩔 수 없이 와인색 터틀넥 민소매티셔츠를 입는 수밖에 없었다. 달라붙는 옷이라서 풍만한 가슴이 더 돋보였다. 여기에 치마까지 입으면 더 야해 보일 것 같아서 아이스진을 선택했다.

'괜찮겠지? 그래, 슬이 씨는 핫팬츠 입고 출근할 때도 있는데, 뭐.'

옷을 찾느라 집을 나서는 시간이 조금 늦었다. 서둘러 집 밖으로 나왔는데 전화가 걸려 왔다.

노아였다.

바삐 걸음을 옮기며 전화를 받았다.

[선배, 일어났어요?]

"일어났어요."

[그런데 왜 연락 안 했어요? 늦잠 자는 줄 알았잖아요.]

"노아 씨 때문이에요."

[저요? 제 생각하느라 잠 설쳤어요?]

"잠은 아주 잘 잤어요."

[에이, 너무 솔직하니까 좀 서운하다.]

노아가 넉살 좋게 말했다. 그가 옆에 있다면 옆구리를 한 번 찔러 줬을지도 모르겠다. 아니, 두 번 정도.

"노아 씨, 나 노아 씨한테 화났어요."

자신은 아침부터 발 동동 구르며 옷을 찾아 댔는데, 아무렇지도 않은 그가 얄미웠다. 그래서 짐짓 가라앉은 목소리로 말했더니, 아니나 다를까 그는 금방 초조한 기색을 보였다.

[선배, 제가 뭐 잘못한 거 있어요?]

"몰라서 물어요?"

[뭐지? 아, 선배. 새벽에 말없이 그냥 간 건 정말 미안해요. 요새 계속 아틀리에에서 밤을 새는 바람에 이 집 사람들이 화가 나서……]

"그 이유 아니에요."

[음, 그럼…… 음…… 앞으로 꼭 콘돔 준비할게요.]

"……그 이유는 더더욱 아니고요."

[……미안해요, 선배. 진짜 미안한데 밖에서 만지는 걸 그만둘 순 없어요.]

"……노아 씨 머릿속엔 그 생각뿐이에요?"

[당연하죠. 10년 내내 원했던 건데.]

그의 솔직한 대답에 웃음이 나왔다. 나현이 키득키득 웃자 노아가 볼멘소리를 냈다.

[뭐예요, 선배. 나 놀린 거였어요?]

"놀린 거 아니에요. 진짜 화났어요."

[무슨 일이에요? 말해 줘요, 응?]

"내 목에 키스마크."

[아! 그거요. 하하하하. 그것 때문에 늦게 나온 거예요, 설마?]

"웃을 일 아니에요. 여름이라서 목을 가릴 만한 옷을 찾기 힘들었다고요."

[하하하하하하. 선배가 당황해서 옷 찾고 있었을 생각을 하니까 귀여워 죽겠네요.]

"으……."

[아, 미안해요. 진짜 너무 귀여워서…… 아하하하.]

"그만 웃어요, 정노아 씨."

[네, 네.]

"대체 키스마크는 왜 만든 거예요? 이러면 회사 가기 곤란해요."

[우리 사이는 감춰야 하지만 선배한테 남자가 있다는 건 감추고 싶지 않았어요. 원하면 선배도 내 목에 만들어도 돼요.]

"우리 둘 다 목에 만들어서 가면 다들 눈치챌걸요."

[에이, 설마요.]

"다들 이런 쪽으로는 얼마나 눈치가 빠르다고요."

[눈치채면 더 좋고요. 우리 회사, 사내연애 금지는 아니잖아요.]

"하지만…… 안 돼요. 난 여직원들이랑 잘 지내고 싶어요."

[나랑 관계있으면 문제 생겨요?]

이 남자는 정말로 몰라서 묻는 걸까?

"알면서 묻는 거죠?"

[응? 뭐가요?]

"노아 씨, 잘생겼잖아요. 잘생긴 남자를 얻은 여자는 주위의 질투를 받게 되어 있어요.”

고등학교 때도 그랬다.

나현이 노아와 간간히 대화를 나눈다는 걸 알게 된 여학생들이, 뒤에서 뭐라고 수군거리는지 알고 있었다. 회사에서도 별반 다르지 않을 것이다. 질투는 나이가 적어도 많아도, 누구나 품고 있는 법이니까.

[기분 좋아요.]

“뭐가요?”

[선배가 잘생긴 남자를 얻었다는 자각이 있는 거요.]

“본인 입으로 자기 얼굴 잘생겼다고 하는 거, 조금 민망하지 않아요?”

[뭐, 잘생긴 거 알면서도 겸손한 척 모르는 척하는 것보다는 낫지 않아요?]

“그거야 그렇지만…….”

[그런데 선배, 정말 괜찮겠어요? 앞으로 나한테 접근하는 여자들이 더 많아질 텐데…… 질투하지 않을 자신 있어요?]

“그런 자신은 없지만, 남들의 질투를 견뎌 낼 자신이 더 없어요. 그러니까 티내지 마요.”

[그래요, 그게 선배가 원하는 거라면. 아, 그리고 그 키스마크…… 그건 그냥 귀엽게 봐주세요.]

“아무리 봐도 안 귀여워요.”

[그래도요. 질투 때문에 남긴 거거든요.]

"질투요?"

[응. 진후 형이 선배한테 손대지 못하게.]

"진후 형이라니…… 설마 연진후 부장님이요?"

[네. 몰랐어요? 진후 형, 내 사촌형이에요.]

'그런 걸 어떻게 알아?'

나현은 비명을 지를 뻔했다.

마침 버스가 오는 바람에 그걸 타느라 더 자세한 이야기는 하지 못했다. 사무실에 들어갔을 때는 거의 9시가 다 된 시간이었다.

늘 일찍 출근하던 나현이 9시가 다 되어 온 데다가, 지금껏 안 입어 왔던 분위기의 옷을 입어서 시선이 모였다. 몇몇 사원들의 눈이 커지고, 몇몇 사원들은 대놓고 말을 걸어왔다.

"우와, 나현 씨. 오늘 어디 가?"

"데이트 있어요?"

"예쁘다."

"그 좋은 몸매를 왜 감추고 다녔어?"

"최 대리님, 그거 성희롱이에요. 근데 나현 씨, 진짜 예쁘다."

사람들의 시선이 부담스러워서 나현은 어색하게 웃으며 서둘러 자리로 돌아갔다. 노아는 나현이 들어올 때 잠깐 시선을 준 후 다시 모니터를 보고 있었다.

"그런 식으로 공격하는 건 안 돼요, 선배."

그가 모니터에 시선을 고정시킨 채 말했다.

"무슨 공격이요?"

"그런 섹시한 옷을 입고 오다니. 아무도 넘보지 못하게 하려고 남긴 거였는데."

"……목을 가릴 수 있는 옷이 이것밖에 없었어요."

"너무해요. 만지고 싶어요."

"일이나 해요."

나현이 딱 잘라 말하자 그가 씩 웃었다. 보이는 건 옆모습뿐이지만 그래도 근사했다.

마냥 그의 얼굴만 보고 있을 수도 없어서 나현도 업무를 시작했다. 하지만 머릿속이 '진후 형, 내 사촌형이에요.'라는 말로 가득 차서 업무에 집중하기가 힘들었다.

'사촌형이라니. 그러면…… 부장님도 자일 그룹이랑 관련이 있다는 말이겠지? 자일 그룹…… 아……! 맞다. 그러고 보니 옛날에 그런 얘기를 들었었는데.'

나현이 입사하고 얼마 안 지나서의 일이다. '연'이라는 성씨는 특이한데, 자일 그룹 회장의 성과 연진후 부장의 성이 같은 게 관련이 있는지 궁금했다. 그래서 팀원들과 술자리 중에 물었더니, 아마 관련 없을 거란 답이 돌아왔다.

연진후 부장이 신입으로 입사했을 당시만 해도 자일 그룹 일가가 아니겠느냐, 라는 이야기가 돌긴 했단다. 게다가 진후는 그런 질문을 받을 때마다 웃기만 해서 더 오해를 받았다. 하지만 그는 아무 특혜도 받지 못했고, 당시 상사들이 괴롭히면 괴롭히는 대로, 잘해 주면 잘해 주는 대로 일을 했다.

게다가 언론에 연진후라는 이름이 거론되는 일도 없었다. 그래서 사원들은 연진후와 연 회장 사이에 아무 관련이 없다고 확신하게 되었다.

'그런데 사실은 관련이 있었던 거잖아! 우와, 연 부장님. 진짜 대단하네. 그걸 어떻게 감춘 거지? 게다가…… 그런 집안사람이 왜 나한테 결혼을 전제로 사귀자고 한 거지?'

봉 잡았다, 라는 생각은 들지 않았다.

애초에 진후와 사귀게 될 거란 생각은 해 보지 않았다. 그리고 나현은 전에 사귀었던 민우와 결혼을 진행했었다. 그 과정에서 상대의 집안이 얼마나 큰 영향을 미치는지 알게 되었다.

그들이 진후에게는 어떤 가족인지 모르겠지만, 노아에게는 '지옥'을 살게 한 가족이었다. 그런 사람들이 좋은 사람들일 리 없다고, 나현은 생각했다.

'그럼 연 부장님도 노아를 괴롭히는 걸까?'

노아에게 묻고 싶은 게 많았다.

나현은 어느새 다시 노아의 옆모습을 훔쳐보고 있었다.

"그렇게 입고 자꾸 쳐다보면 정말로 만질 거예요."

나현의 시선을 느낀 듯 노아가 중얼거렸다. 나현은 황급히 시선을 돌렸고, 노아가 쿡쿡 웃는 소리가 들려왔다.

얄미운 남자 같으니라고.

그는 나현을 어떻게 휘둘러야 할지 정확하게 알고 있었다.

백반집에서 점심을 먹고 나오는데 윤정이 나현의 팔짱을 끼더니 빠르게 걷기 시작했다. 팀원들과 조금 멀어진 후, 윤정이 물었다.

"어제 백화점에서 남은 일은 잘했어?"

"네? 아, 네. 특별한 문제는……."

"아니, 아니. 그런 건 됐고. 저녁은 어떻게 했어? 노아 씨랑 같이 먹었어?"

심장이 철렁했다.

설마 뭔가 눈치챈 건 아니겠지?

"아뇨, 노아 씨랑은 같이 안 먹었는데요."

이건 사실이다. 노아가 아닌 진후랑 같이 먹었으니까.

"응, 그래? 왜 그랬어? 신입인데 맛있는 거라도 사 주고 들여보내지."

"그러게요. 그럴 걸 그랬나 봐요."

"에이, 나현 씨. 너무한다. 앞으로는 신입 좀 잘 챙겨 줘. 노아 씨가 적응 잘하게 도와줘야지. 적응 못 해서 회사 그만두면 어떻게 해?" 라고 말하며 윤정이 뒤를 돌아보기에, 나현도 따라서 돌아봤다. 노아는 여러 여직원들에게 둘러싸여 걸어오고 있었다.

"적응, 되게 잘하고 있는 것 같은데요."

"보기에만 저렇지, 속으로는 가슴앓이를 하고 있을지도 몰라."

"그럴까요?"

"그래. 이번이 첫 회사생활인 것 같던데 여러 가지로 불안할 거야. 나현 씨가 데리고 다니면서 밥도 좀 사 주고, 커피도 얻어 먹고 그래."

"네에, 그럴게요."

윤정은 이유 없이 이런 일을 시킬 사람이 아니었다. 나현은 그녀가 무언가를 감지하고 있는 것 같아서 불안해졌다.

"언니들, 나 빼놓고 무슨 얘기해요?"

슬이가 끼어드는 바람에 더 불안했다.

"어제 백화점에 갔던 얘기했어."

다행히 윤정은 노아 이야기를 꺼내지 않았다. 그들은 매장에서 해 주는 메이크업 시술에 대해 떠들며 커피숍으로 향했다. 아직 점심시간이 남아 있어서 커피를 마시기로 한 것이다.

자일 화장품 사원들이 자주 이용하는 커피숍이라 아는 얼굴들이 여기저기 눈에 띄었다. 적당히 인사를 한 후, 자리를 잡고 앉았다. 단체 손님이 많은 곳이라서, 팀원들이 전부 앉을 만한 자리가 마련되어 있었다.

"그런데 우리 신입, 일은 어때? 할 만해?"

남자 대리가 물었다.

"네, 할 만합니다. 아직 신입이라고 챙겨 주셔서 힘든 줄을 모르겠어요."

노아가 싹싹하게 대답했다.

"그래? 나현 씨가 잘 챙겨 줘?"

"네, 이것저것 많이 가르쳐 주세요."

"노아 씨 애인 없다고 했지? 우리 나현 씨 어때?" 라고 물은 것은 윤정이었다. 식곤증 때문에 멍하니 커피를 마시던 나현은, 허리를 곧추세우고 윤정을 돌아봤다. 하지만 윤정은 노아를 보고 있었다.

모두의 시선이 나현에게로 향했다. 나현은 긴장을 드러내지 않으려고 애썼다.

"나현 선배, 좋은 분이라고 생각해요."

"에이, 그런 의미 말고. 관심 없어? 나현 씨 예쁘잖아."

"네, 예쁘죠."

'쓸데없는 말 하면 안 돼!'라고, 나현은 외치고 싶었다.

"그것뿐이야? 우리 나현 씨 노리는 남자들 많아. 잡으려면 지금 잡아야 할걸."

사냥감도 아닌데 노리긴 뭘 노린다는 건지. 나현은 이 자리에서 도망치고 싶었다.

"제가 사실…… 고등학교 때부터 쭉 짝사랑해 온 사람이 있어서요."

노아의 말에 여직원 몇 명이 "진짜로?", "짝사랑?"하면서 중얼거리는 소리가 들려왔다.

"전 그분 아니면 안 돼요."

그러면서 흘긋, 노아는 나현을 쳐다봤는데, 그걸 눈치챈 사람은 윤정뿐이었다.

“나현 씨가 어느 고등학교 나왔다고 했지?”

사무실로 들어가며, 윤정이 물었다.

“D 고등학교요.”

“흐응, 그래. 거기 남녀공학이지?”

“네.”

윤정이 이런 질문을 하는 의도를 알 수 없지만 거짓말을 할 수도 없는 노릇이었다. 솔직하게 대답하자 윤정은 “흐응.”하고 콧소리를 흘렸다.

‘이분이 정말 왜 이러실까?’

그녀의 표정을 살폈지만 무슨 생각을 하는지 가늠하기 힘들었다. 다행히 그 이상의 질문은 하지 않았고, 제각각 자리로 돌아가 앉았다.

외근을 나갔다가 돌아오는 길인지, 4시가 좀 넘었을 때에 진후가 사무실로 들어왔다.

“부장님, 다녀오셨어요?”

“다녀오셨어요?”

팀원들의 인사를 받으며, 진후는 사무실 안을 한 번 둘러봤다. 진후의 시선이 나현에게서 멈췄고, 그 사실을 깨달은 노아가 인상을 찌푸렸다. 바로 옆자리의 노아가 노려보는 것도 모를 정도로, 진후는 나현만 보고 있었다.

진후의 시선을 느낀 나현이 모니터에서 눈을 떼었을 때, 진후는 정신을 차렸다. 진후가 황급히 부장실로 들어갔기 때문에, 나현은 그가 자신을 보고 있었다는 걸 깨닫지 못했다.

*　　*　　*

진후는 한 손으로 입가를 가렸다.

회사에서 나현에 대한 마음을 티낼 생각은 없었다. 하지만 저도 모르게 그녀에게 시선이 갔고, 그녀의 차림 때문에 깜짝 놀랐다. 그녀는 지금껏 몸에 딱 붙는 옷을 입은 적이 없었다.

'나란 놈은 정말…….'

어깨가 드러나는 터틀넥 티셔츠를 입은 그녀는 숨이 막힐 정도로 색기가 흘러넘쳤다. 단정한 단발머리와 하얀 피부는 청초한데, 그동안 가려져 있던 풍만한 가슴과의 갭이 무척이나 선정적이었다.

'죽겠군.'

여자경험이 없는 건 아니다. 인기가 많은 편이었고, 한창때의 나이에는 상당히 많은 수의 여자들을 만나 봤다. 하지만 나현처럼 전율이 일 만큼 색정적인 여자는 처음이다. 이 감정이 그녀를 사랑해서인지, 그저 욕망뿐인 것인지 판단하기 힘들 만큼 마음이 수선스러웠다.

간신히 진정하고 자리에 앉았을 때, 똑똑 노크 소리와 함께 문이 열렸다. 노아였다.

"일 끝냈다고 보고하러 왔습니다, 부장님. 메일로 보냈으니 확인하시면 될 겁니다."

노아가 무뚝뚝한 목소리로 말했다.

"그래요, 수고했습니다."

"그리고…… 자제하시는 게 좋겠습니다."

"자제?"

노아의 얼굴에 비릿한 미소가 떠올랐다.

"사무실에서 나현 선배를 음탕한 시선으로 보는 거요."

"……."

"그럼 나가 보겠습니다."

꾸벅 인사를 하고 노아는 부장실을 빠져나갔다.

노아에게 화가 난다기보다는 부끄러웠다. 노아의 말은 틀린 것이 없었다. 이곳은 회사다. 회사에서는 부부끼리도 선을 지킨다. 하물며 사귀는 사이도 아닌 사람에게 그런 시선을 보낸 건 잘못이었다.

한편으로는 후회도 됐다. 이럴 줄 알았으면 노아에게는 이 마음을 말하지 말걸.

7장

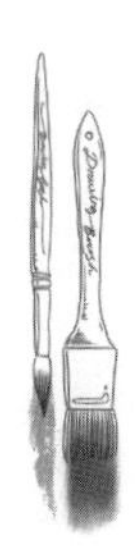

일을 하다가 문득 옆을 보니 노아가 없었다. 화장실이라도 간 모양이라고 생각하며 기지개를 켰다.

'나도 화장실이나 가야겠다.'

모니터를 하도 들여다보고 있었더니 눈이 뻑뻑했다. 휴대폰을 챙겨 들고 화장실로 향하는데 전화가 걸려 왔다. 광고전화일 줄 알았는데 [정노아]라는 이름이 액정에서 반짝반짝 빛났다.

종일 같이 일하는데도 휴대폰에 뜬 이름을 보니 괜히 가슴이 두근거렸다. 복도에 아무도 없는지 돌아본 후 전화를 받았다.

"네."

[목소리 듣고 싶어서요.]

"계속 듣잖아요."

[사무실에서는 마음껏 들을 수 없으니까요.]

"노아 씨, 어디예요?"

[휴게실이요.]

발소리를 죽이고 복도 끝으로 걸어갔다. 휴게실에 붙은 작은 창문 안쪽으로 노아의 뒷모습이 보였다. 그는 창밖을 내다보며 전화를 하고 있었다.

휴게실에 들어갈까 하다가 관두고 그 자리에 서서 통화를 계속했다.

[선배, 오늘 야근해요?]

"일 처리 할 게 좀 남아서 8시까지는 해야 할 것 같아요."

[그럼 끝나고 연락 줘요. 데이트해요.]

"응, 그래요. 농땡이 피우지 말고 얼른 들어가서 일해요."

[네, 네.]

전화를 끊고 화장실로 들어갔다. 흘끗 거울을 보니, 입가에 미소가 번져 있었다.

나현은 거울 가까이로 다가가 자신의 얼굴을 빤히 응시했다. 이런 식으로 웃어 본 게 얼마 만일까? 불과 얼마 전까지만 해도 노아를 생각하면 가슴이 따끔따끔했는데, 이제는 저절로 미소가 흘러나온다.

사랑에 빠진 여자들이 예뻐지는 이유는 아마도 이 미소 때문일 것이다. 사랑하는 이를 떠올리면 저절로 흘러나오는 미소.

볼일을 보고 사무실로 돌아갔을 때, 노아는 자리에 앉아 있었다. 언제 통화했냐는 듯이 시치미를 떼고 일하는 그의 모습에 피식 웃음이 나왔다.

자리로 돌아가다가 문득 뒤를 돌아보던 윤정과 눈이 마주쳤다. 윤정의 눈이 가늘어졌는데, 의미심장한 무언가가 담겨 있는 것 같아서 뜨끔했다.

설마 밖에서 통화를 했다는 걸 눈치챈 건 아니겠지?

"시원해?"

윤정이 장난스레 물어 온 후에야 기우였을 뿐이라고 안도했다.

그래, 눈치챌 리 없겠지. 사무실 내에서는 티내지 않았으니까. 게다가 사귄 지 하루밖에 안 됐고.

6시가 되자 주위의 채근에 노아가 먼저 퇴근했다. 그가 나가고 나자 얼른 만나고 싶다는 마음에 초조해졌다. 이상한 일이다. 계속 같이 있었는데도 잠깐 떨어져 있었다고 또 보고 싶다니.

첫 연애도 이렇지는 않았다.

보고 싶은 마음에 일이 더 빨리 끝났다.

"먼저 가 보겠습니다."

인사를 하고 사무실을 나가는데 윤정이 따라 나왔다.

"1층까지 같이 가자. 바람 좀 쐬고 들어와야겠어."

"대리님은 퇴근 안 하세요?"

"응, 아직 할 일이 남아서. 나현 씨는 데이트 가?"

"에이, 데이트는요. 아니에요."

거짓말을 하는 게 마음에 걸리기는 했지만 아직 회사 사람들에게 들킬 수는 없었다.

"정말? 오늘 너무 예쁘게 하고 와서 회사에 좋아하는 사람이라도 생긴 건 아닌가 싶었는데."

"아니에요, 그런 거."

나현은 자연스럽게 웃으려고 애쓰며 답했다. 윤정은 의미심장하게 나현을 응시하다가 고개를 끄덕였다.

"그래, 나현 씨가 나한테 거짓말을 할 사람도 아니고."

뜨끔—

"나중에 좋은 일 생기면 제일 먼저 말해 주기야. 나, 나현 씨 편인 거 알지?"

"네, 대리님."

"어머, 벌써 1층이네. 진짜 덥다. 잘 쉬어, 나현 씨. 내일 봐."

"내일 봬요."

아무리 생각해도 윤정의 행동이 이상했다. 윤정이 주위에 관심이 많기는 해도, 이렇게 꼬치꼬치 캐묻지는 않기 때문이다.

'진짜 뭔가 눈치챘나?'

조금 불안한 마음으로 노아에게 전화를 걸었다. 기다리고 있었는지 신호음이 가기도 전에 그가 전화를 받았다. 그의 음성을 듣자 불안한 마음이 가셨다.

"어디예요?"

[여기 한강이에요.]

"한강?"

[응, 한강 보고 싶어서요. 여기로 오실래요? 아니면 제가 그쪽으로 갈까요?]

"내가 거기로 갈게요."

그와 만날 곳을 정한 후 전철로 향했다.

'한강이라.'

한강에 가는 건 오랜만이다. 같은 서울 하늘 아래인데도 일부러 시간을 내지 않으면 가기 힘든 곳이었다. 대학생 때 가 본 게 마지막인 것 같다.

여의나루역에서 내려 위로 올라가자 나현을 기다리고 있는 그의 모습이 보였다. 그는 한쪽 주머니에 손을 찔러 넣고 삐딱하게 서 있었다. 불어오는 바람이 그의 연갈색 고수머리를 부드럽게 흔들었다.

영화 속의 한 장면 같은 그 모습을, 나현은 넋을 잃고 바라봤다.

가슴을 아릿하게 만드는, 10년 전의 어느 날이 떠올랐다.

학교 구석에 있는 작은 정원 앞에 책상다리를 하고 앉아 눈을 감고 있던 그의 모습. 아마도 가을이었더랬다. 하늘은 청명하고 불어오는 바람은 시원했다. 그리고 그 사이에 그는 녹아들 듯 존재하고 있었다.

"선배."

그의 부름에 퍼뜩 정신을 차렸다.

노아를 다시 만나게 된 후, 다 잊은 줄 알았던 10년 전의 추억이 백일몽처럼 떠오를 때가 있다. 아릿하고 콕콕 쑤시면서도 달콤한 뒷맛을 남기는 추억.

"혼자 오는데 안 심심했어요?"

어느새 나현의 앞으로 다가온 그가 물었다.

"응, 괜찮았어요. 계속 여기 있었던 거예요?"

"네. 가끔 답답할 땐 여기에 오거든요."

"아아, 그렇구나. 오늘도 답답해요?"

"아뇨. 오늘은 그냥…… 선배랑 여기에 오고 싶었어요."

그가 자연스럽게 나현의 손을 깍지 끼어 잡았다.

"배고프죠?"

"응, 뭐 먹을까요?"

"간단한 거 먹어도 돼요?"

"네."

"그럼 우리 편의점 가서 뭐 사 먹어요."

그가 나현을 돌아보며 씩 웃었다. 근사한 미소라고 생각하며 고개를 끄덕였다.

편의점으로 걸어가는 동안 대화는 없었다. 하지만 그 침묵이 불편하지 않았다. 텅 빈 것처럼 보여도 사실은 따스한 걸로 가득 찬 시간이었다.

손을 꼭 쥔 그의 체온이, 이제는 익숙해진 그의 향기가, 그의 숨소리와 애정이 침묵의 시간을 가득 채우고 있었다.

그 역시 나처럼 생각해 주었으면 좋겠다.

편의점에서 컵라면과 음료수, 냉동만두를 샀다. 그는 능숙하게 전자레인지에서 냉동만두를 돌렸다.

"자주 사 먹나 봐요."

"네, 어릴 적엔 자주 사 먹었죠. 본가에서 먹긴 싫으니까."

"아아."

"본가에는 일하는 아주머니가 있어요. 솜씨 좋은 아주머니라서 매일 다른 반찬을 차리는데, 난 한 번도 그게 어떤 맛인지 느껴 본 적이 없어요. 그 집 식탁에서 밥을 먹으면 돌을 씹는 기분이거든요."

"그렇군요."

"아, 어두운 얘기해서 미안해요."

사과하는 그의 손목을 꽉 잡았다.

"노아 씨. 난 노아 씨 얘기 듣는 거 좋아요. 그러니까 사과하지 마요."

그의 눈이 반달 모양으로 휘어졌다. 그는 나현의 이마에 가볍게 입을 맞췄다.

"응, 그럴게요."

먹을 걸 들고 한강둔치로 향했다. 어두운 계단에는 연인들이 여기저기 흩어져서 앉아 있었다. 나현과 노아도 그들 사이에 자리를 잡고 앉았다.

"가끔 여기 오면 늘 연인들이 있어요. 나는 답답해서 나왔는데 그 사람들은 뭐가 그리 행복한지 싱글싱글 웃고 있더라고요."

컵라면을 먹으며, 그가 이야기했다.

"궁금했어요. 사랑하는 사람과 함께 오는 한강은 어떤 느낌인지."

"어떤 느낌이에요?"

나현을 돌아본 그는 어디선가 많이 본 미소를 짓고 있었다. 어디서 봤을까 고민하다가, 오늘 낮에 화장실에서 본 그 미소라는 걸 깨달았다. 노아와 통화를 끝낸 나현 자신이 짓고 있던 미소. 사랑하는 이를 떠올릴 때 저절로 스며 나오는 미소.

"왜 그렇게들 웃었는지 알겠어요, 이젠. 웃으려고 웃는 게 아니라 그냥 웃음이 멈추지 않는 거였어요."

간단하게 저녁을 먹고 산책로를 따라 걸었다. 늦은 시간인데도 자전거를 타고 지나가는 사람들이 많았다.

"한강은 오랜만이에요. 유람선 타 본 적 있어요?"

"아니요. 선배는요?"

"대학생 때 친구들이랑 한 번 타 봤어요. 그때 오고 나서 한 번도 안 왔던 것 같아요."

"유람선, 재미있어요?"

"그땐 재미있었는데 지금은 글쎄요. 놀랍게 재미있을 만한 건 아니라서. 그냥 배 타고 쭉 왔다 갔다 하는 게 전부거든요."

"탈까요?"

"지금 배가 있으려나?"

"한 번 가 봐요."

시간표를 확인하니 다행히 마지막 하나가 남아 있었다. 표를 끊고 유람선에 올랐다. 승객은 별로 없었다.

이윽고 배가 출발했다. 파도가 치는 바다라면 울렁울렁 멀미를 하겠지만 한강은 고요했고, 배 역시 큰 요동 없이 앞으로 나아갔다. 출발하고 5분쯤 지났을까. 노아가 중얼거렸다.

"그러게요, 놀랍게 재미있진 않네요."

"솔직히 재미없는 편이죠. 아, 그때는 낮이라서 그런지 저쪽에 이렇게 큰 분수가 나왔었어요."

나현이 그 크기를 알려 주기 위해 두 팔을 쭉 벌리자 노아가 환하게 웃으며 나현을 끌어안았다.

"아, 선배. 이렇게 귀여우면 안 돼요. 덮칠 뻔했잖아요."

"……노아 씨 머릿속엔 그저 그 생각뿐이에요?"

"당연하죠. 10년을 참았는데."

"10년 동안 나랑 할 생각뿐이었어요?"

"그렇다고 하면 실망할 거예요?"

"실망은 안 하겠지만……."

"어쩔 수 없어요. 늘 상상했거든요. 저 하얀 피부를 만지면 어떤 느낌일까, 저 가슴은, 저 팔은, 저 손은…… 어떤 느낌일까. 어떤 기분일까. 그리고 마음껏 사랑한다고 속삭이는 건, 원할 때 끌어안을 수 있는 건 어떤 기분일까."

그의 가슴에 묻고 있던 얼굴을 들어 그의 얼굴을 올려다봤다. 나현을 내려다보는 그는 깜짝 놀랄 만큼 달콤한 미소를 짓고 있었다.

"나는 늘 그런 생각뿐이었어요."

"나도 그랬었어요."

최여울이 그런 짓을 하기 전까지는, 이라는 말은 덧붙이지 않았다.

"노아 씨 머리카락을 만져 보고 싶고, 볼을 쓰다듬어 보고 싶고…… 사실 나도 항상 노아 씨를 만지고 싶었어요."

"이제 만져도 돼요. 선배가 원할 때 언제든지."

그의 말에 나현은 손을 뻗었다. 그의 연갈색 고수머리를 살며시 거머쥐었다. 부드럽게 휘감기는 그의 머리카락을 여러 번 쓸어 넘기다가 그의 볼을 쓰다듬었다. 그리고 그의 귓불을, 목덜미를.

그가 왜 그렇게 나현을 만지고 싶어 하는지 알 것 같았다. 온 신경이 손바닥에 모인 듯 그의 살결을 오롯이 받아들이게 된다.

그 역시 나현의 손길을 느끼는 듯 눈을 감고 있었다. 긴 속눈썹이 그늘을 드리운 눈매가 예뻐서, 눈가도 살짝 스쳤다. 그가 콧등을 찡그리는 모습이 귀여웠다.

"노아 씨랑 이렇게 평범하게 데이트를 할 수 있을 줄은 몰랐어요."

나현의 말에 그가 눈을 떴다.

"제가 안 만져 줘서 아쉬워요?"

"그런 거 절대 아니에요."

"아닌 것 같은데."

"아니라니까요."

그가 엄지로 나현의 아랫입술을 살짝 훑었다.

"선배는 난처할 때마다 여길 깨물죠. 그거 알아요? 그럴 때마다 늘 입 맞추고 싶어 했다는 거."

그가 허리를 굽혀 나현의 아랫입술을 살며시 빨아들였다.

"엄청 달콤할 거라고 상상했었어요."

입술을 떼어 낸 그가 말했다.

"생각보다 달콤하진 않죠?"

"아니, 상상 이상으로 달콤해요."

그가 다시 입을 맞춰 왔다. 이번에는 조금 긴 키스가 이어졌다.

"여기서 하면……."

그가 젖은 입술을 나현의 귓불에 대고 속삭였다.

"엄청 자극적이겠죠?"

"미, 미쳤어요? 절대 안 돼요!"

그의 가슴을 밀어내며 말했다. 그는 순순히 나현에게서 떨어져 나갔다.

"응, 오늘은 안 할게요. 오늘은 안 만지겠다고 결심하고 나왔으니까."

"오늘은, 이라는 건 다음엔 할 거라는 얘기예요?"

"글쎄요."

"앞으로 노아 씨랑 유람선에 타는 일은 없을 거예요."

"확신하지 마세요. 사람 일은 어떻게 될지 모르는 거니까."

"그렇긴 하지만 그래도 유람선 타는 일은 없을 거예요."

유람선에서 내려 또 걸었다. 쭉 가다 보면 선유도공원으로 가는 다리가 있다고 했다. 나현은 선유도공원에 가 본 적이 없었다.

계단을 올라가 길게 이어진 다리를 건넜다. 10시가 넘은 시간인데도 다리 중앙에서 사진을 찍는 사람들이 여럿 있었다. 다리 난간에 붙어 있는 불빛이 예뻤다.

"우리도 찍을까요?"

노아가 물었다.

"싫어요."

"왜요? 우리도 찍자, 응?"

그가 나현의 허리를 한 팔로 감으며 애교 부리듯 말했다.

어휴, 이 남자는 왜 이렇게 귀엽지?

나현은 어쩔 수 없이 고개를 끄덕였다.

그와 함께 사진을 찍기 싫은 이유는, 그와 비교가 될 것 같았기 때문이다. 그의 얼굴은 작고 화려했다. 예쁘기로 소문난 최여울조차도 노아의 옆에 있으면 빛을 발하지 못했으니까.

사진은 노아의 것으로 찍었다.

하나, 둘, 찰칵—으로 끝날 줄 알았는데, 찰칵—찰칵—찰칵— 셔터 소리가 끝도 없이 이어졌다.

"으아, 방금 뭐한 거예요?"

"파노라마요."

"으으. 그럼 엄청 이상하게 찍히잖아요."

"그래도 재미있잖아요."

그가 웃으며 찍은 사진을 확인했다.

우려한 대로 그는 정말 예쁘게 나왔는데, 나현의 얼굴은 둥그런 찐빵처럼 나왔다. 게다가 이상한 표정도 간간히 섞여 있었다.

"으, 이건 안 돼요! 이거 삭제해 줘요."

"싫어요."

"얼른요! 이리 줘요."

"싫어요."

나현이 손을 뻗었지만 그는 그보다 더 높이 들어 올렸다. 그와의 키 차이가 상당했기 때문에 휴대폰을 빼앗을 수가 없었다. 까치발을 하고 두 손을 위로 올린 나현에게, 그가 갑작스럽게 입을 맞췄다.

"걱정 마요, 선배. 아무한테도 안 보여 주고 나만 볼게요."

"그것도 싫어요. 못생기게 나왔잖아요."

"어차피 내 얼굴 보려는 것도 아닌데 못생기게 나온 게 어때서요?"

"노아 씨 말고요. 나요!"

그가 무슨 소리냐는 듯 눈을 크게 떴다.

"아니에요, 선배. 선배는 다 잘 나왔는데."

"거짓말쟁이."

"정말요."

그가 다시 나현의 이마에 입을 맞췄다.

"선배가 뭘 하든, 어떤 표정을 짓든, 다 예뻐요. 선배는 정말로 예쁘게 생겼어요."

"거짓말."

"내가 왜 그런 걸로 거짓말을 하겠어요?"

그가 눈썹 끝을 늘어뜨리고 웃었다.

"그리고 내가 왜 첫눈에 반했겠어요?"

"……."

"눈을 뗄 수 없을 만큼 예뻐서, 그래서 반한 거예요. 선배."

고즈넉한 어둠에 싸인 선유도공원을 거닐다가 집으로 돌아가는 길. 그에게 물었다.

"연진후 부장님도 본가에서 사세요?"

그가 살짝 미간을 좁혔다.

"선배가 다른 남자 이름 부르는 거 싫어요."

"그럼 그냥 부장님이라고만 할게요."

"그런 뜻이 아니라……."

"대답 피하는 거예요?"

"하아."

그가 크게 한숨을 내쉬었다.

"선배, 의외의 부분에서 눈치가 빠르네요. 네, 본가에 같이 살아요."

"부장님도 노아 씨를 괴롭게 해요?"

그가 다시 인상을 찌푸렸다. 아까보다 더 어두운 표정이라서 괜한 질문을 했나 싶었다. 하지만 알고 싶었다. 단순한 호기심 때문은 아니었다.

"진후 형은 회장님 장남의 아들이에요. 사랑을 받고 자랐는데 응석받이로 자라진 않았죠. 똑똑하고 예의 바르고 착한 사람이에요. 나이답지 않게 순수한 구석도 있고요. 그 집에서 유일하게 날 생각해 주는 사람이에요."

"아아."

"나 같은 놈보다 훨씬 좋은 사람이에요, 진후 형은."

"나 같은 놈이라고 하지 말아요. 내가 사랑하는 남자니까."

나현의 말에 그가 미소를 지었다. 조금 슬픈 미소였다.

"응, 그럴게요. 그런데 정말로, 괜찮은 사람이에요. 그래서 나는 가끔 열등감을 느끼고 또 가끔은 질투를 해요. 나도 저 형처럼 가족들에게, 부모님에게 사랑을 받았다면 어떤 인생을 살고 있을까?"

"답이 나왔어요?"

"글쎄요. 사랑을 받아 본 적이 없어서 상상도 안 되더라고요.

답이 나올 리 없죠."

"조만간 나올 거예요."

"조만간요?"

"응. 내가 어마어마하게 사랑해 줄 거니까."

이번에 그의 얼굴에 떠오른 미소는 눈이 시리도록 밝았다.

"선배는 정말 재미있는 사람이에요."

"난 농담한 거 아닌데."

"그런 뜻이 아니고요. 날 웃게 해 주는 사람은 선배뿐이라는 뜻이에요."

그런 이야기를 하며 걷다 보니 어느새 집 앞이었다.

"들어가 봐요."

"들어왔다가 갈래요?"

"음. 상당히 유혹적인 제안이지만 오늘은 패스할게요. 덮칠 것 같고, 덮치고 나면 계속 같이 있고 싶을 것 같고 그렇거든요. 오늘은 본가에 들어가 봐야 돼요."

"그래요, 그럼."

대문을 열다가 문득 하지 않은 이야기가 있다는 걸 깨달았다. 나현은 대문을 반쯤 연 채로 그를 돌아봤다. 그는 가만히 서서 나현을 향해 아련한 시선을 던지고 있었다.

떠나는 주인을 바라보는 강아지의 눈빛 같아서 가슴이 아팠다.

"노아 씨. 다음에 부장님을 만나게 되면…… 우리 사이 이야기하려고요."

"아…… 그건 좀……."

그의 얼굴에 난처함이 떠올랐다.

"곤란해질 것 같아요?"

"……모르겠어요."

"하지만 부장님은 노아 씨의 친척 형이잖아요. 이대로 감추고 만나면 부장님을 농락하는 게 될 거예요. 부장님이라면 여기저기 소문을 낼 것 같지도 않고."

"……."

"나도 노아 씨 곤란하게 하는 건 싫어요. 하지만…… 난 이미 한 번 부장님을 거절했어요. 부장님은 그래도 괜찮다고 만나자고 했고요."

"그럼 안 되겠네요. 우리 사이 말해도 돼요. 어차피……."

그는 뒷말을 하지 않았지만 나현은 무슨 말이 이어졌을지 알 것 같았다.

어차피 그 집에서는 늘 곤란한 상황이니까 더 나빠질 것도 없겠죠.

아마도 그러한 말이리라.

"그리고 또 하나. 궁금한 게 있어요."

"응, 뭔데요?"

"어머님은…… 노아 씨 어머님은 이제 건강하세요?"

그가 울음을 터뜨릴 거라고 생각했다. 아주 짧은 순간이었지만 그의 얼굴이 일그러지는 게 똑똑히 보였기 때문이다. 하지만 그는 울지 않았고, 심지어 미소까지 지었다.

"건강하시진 않아요. 아직 병원에서 치료받고 계세요."

"아……."

"한 달에 한 번, 면회 가는 걸 허락받았어요."

"다음에 같이 가도 돼요?"

"……힘들 거예요. 병원에 면회 갈 땐 늘 감시원이 따라붙거든요. 나랑 어머니가 같이 도망칠까 봐."

감시원이라니. 모자간의 만남에 감시원이라니.

씻고 이불에 누운 후에도, 그가 그 말을 하며 지은 표정이 머릿속에서 떠나질 않았다.

노아의 이야기를 들으면 들을수록 그가 그 집을 '지옥'이라고 부르는 이유가 확실해진다. '어머니'라는 인질을 잡아 두고 노아의 인생을 쥐고 흔들려는 사람들.

'왜지?'

도통 이유를 알 수가 없었다.

차남의 정부가 낳은 아이. 가문의 이름을 더럽힐 것 같아 걱정이라면, 돈을 쥐어 주고 먼 곳으로 보내거나 모르는 척하면 그만이다. 그런데 왜 그렇게 붙들어 두려는 걸까.

있는 사람들 생각은 정말 모르겠다.

* * *

본가에 들어가기 전, 노아는 크게 심호흡을 했다. 대저택이라는 표현이 딱 어울리는 이 집에 살게 됐을 때부터 생긴 버릇이었다.

달칵—

조용히 문을 열고 안으로 들어갔다. 거실 쪽 창문으로 빛이 새어 나오고 있었다. 아직 안 자는 사람이 있나 보다.

노아의 귀가 시간을 지켜보자고 약속이라도 한 듯, 늘 누군가가 늦은 시간까지 깨어 있었다. 이번에는 연 회장이었다. 가장 불편한 사람이다.

싫다는 마음을 드러내는 다른 사람들이 차라리 낫다. 그들은 대놓고 노아를 무시하고 경멸하고 욕했다. 그러나 연 회장은 아무 짓도 하지 않았다.

'아니, 아무 짓도 하지 않은 게 아니지. 가장 끔찍한 짓을 했지.'

이 지옥 안에 노아를 가둔 것은 다름 아닌 연 회장이었다. 그만 아니었더라도 어머니와 행복하게 살 수 있었을 것이다.

'아니구나.'

살 수 있진 않았을 것이다. 연 회장의 재력이 아니었다면, 그리고 가장 좋은 심장 전문의를 붙여 줄 권력이 아니었다면, 어머니는 이미 이 세상 사람이 아닐 테니까.

하지만 이제 와서는 잘 모르겠다.

아버지에게까지 버림을 받은 어머니의 유일한 낙은 아들인 노아였다. 그러나 지금 어머니는 아들도 없이 침대에 누워 생명을 연장하고 있을 뿐이다. 그게 과연 행복한 일일까? 아무 즐거움 없이 호흡만 하는 삶이?

신문을 읽던 연 회장이 인기척을 느끼고 고개를 들었다. 그와 눈이 딱 마주쳤다.

돋보기안경 뒤로 보이는 눈은 무감정했다.

노아는 비명을 지르고 싶어졌다.

당신 대체 무슨 생각이야? 왜 날 여기에 가둬 두는 거지? 어차피 말 한 마디 안 나누는 사이인데, 날 여기에 놔두는 이유가 뭐야? 아버지가 조강지처를 버리고 바람을 피운 벌을, 내가 받으라고 하는 거야?

목구멍까지 튀어나온 말을 간신히 삼켰다.

노아는 꾸벅 인사를 하고 황급히 방으로 들어왔다.

탁—

문을 닫았지만 연 회장의 시선이 계속 따라오는 듯한 느낌을 받았다.

침대 끝에 걸터앉아 머리를 거머쥐고 느리게 호흡했다. 연 회장 때문에 어수선해진 마음을 가라앉혀야만 했다. 그러지 않으면 이 지옥에서 미쳐 버리리라.

어쩌면 그것이 연 회장이 원하는 것인지도 모르겠다.

아들이 아무 데나 뿌린 씨앗을 천천히 미치게 만드는 형벌. 누구에게도 사랑받지 못한 채 고독사하는 형벌.

—내가 어마어마하게 사랑해 줄 거니까.

나현의 음성이 빛처럼 내리쬐었다.

노아는 얼굴을 가리고 있던 손을 내리고 천장을 올려다봤다. 그녀의 얼굴이 떠올랐다. 길게 쭉 뻗은 눈썹과 그 아래에 자리 잡은 커다란 눈, 노아를 응시하는 다디단 눈동자와 예쁜 입술. 그 무엇 하나 빼놓지 않고 선명하게 그려 낼 수 있었다.

왜일까.

그녀를 만났고, 그녀가 자신과 같은 마음이라는 것을 알게 되었다. 그런데 왜 이리도 가슴이 죄여 오는 걸까.

아무것도 해 줄 수 없기 때문에? 어쩌면 그녀를 이 지옥에 끌어들이게 될지도 모른다는 불안감 때문에? 그것도 아니라면…… 이 마음에서 사라지지 않는, 최여울이란 여자에 대한 죄책감 때문에?

—이 손은 나만 그려야 돼.

저주와도 같았던 여울의 말. 마지막 눈빛.

그것을 떼어 내야 온전히 나현을 사랑할 수 있음을, 노아 역시 알고 있었다.

—나만 그러야 돼.

그 말의 의미를, 노아는 알고 있었다.

여울은 노아를 사랑하고 있었다. 온몸으로 부딪쳐 오는 그녀의 마음을 무시한 것은 노아였다.

그리고 여울은 죽었다. 노아 때문에.

"최여울. 넌 정말 지독한 여자야."

몇 번이고 내뱉은 말을 다시 한 번 중얼거렸다. 그러면 저주가 사라지기라도 한다는 듯이. 하지만 아무것도 사라지는 건 없었다. 지옥의 화염은 더욱더 뜨거워지고, 저주는 깊어지기만 했다.

앞으로도 뒤로도 물러날 곳이 없었는데, 지금은 나현이 옆에 있다.

괜찮을까? 이 속에서 나현의 손을 잡고 있어도? 어디로도 도망치기 힘든 상황에서, 그녀의 손을 놓지 않아도 되는 걸까?

—내가 어마어마하게 사랑해 줄 거니까.

그렇게 말하며 웃던 그녀의 얼굴이 떠올랐다.

아아, 제길. 놓아야 하더라도 놓고 싶지 않다. 끝까지 그 손을 꽉 붙들고 있고 싶다.

* * *

매월 넷째 주 토요일은 주미와 만나는 날이었다. 물론 그날만 만나는 건 아니지만, 일이 바빠 혹시라도 못 만날 상황이 생길지도 모르니 꼭 그러자고 약속을 했었다. 고등학교 때의 약속인데 아직까지도 지켜지고 있다.

사귀고 첫 주말인데 질투 난다고 투덜거리는 노아를 간신히 달래고 주미를 만나러 나왔다. 기회를 봐서 노아와의 일에 대해 이야기할 생각이었는데, 주미가 먼저 눈치를 챘다.

"뭔가 있어."

"응? 뭐가?"

"피부에서 아주 광채가 나네. 비타민 주사라도 맞고 온 것처럼. 게다가…… 아까부터 아주 그냥 입이 귀에 걸려 있어."

"내, 내가 그랬어?"

주미를 만나고 있는 순간에도 그러고 있을 줄은 몰랐다. 한 손으로 입가를 가리는 나현의 모습에 주미의 눈이 가늘어졌다.

"정말로 뭔가 있나 보네. 뭐야? 설마 정노아랑 사귀기로 한 건 아니겠지?"

눈치 빠르긴. 이 곱창 다 먹고 분위기 좋을 때 얘기하려고 했는데.

나현은 작게 한숨을 내쉬었다.

"그렇게 됐어."

"그렇게 되다니…… 뭐야, 너 정말로 정노아랑 사귀는 거야?"

"응."

"허…… 정말?"

"응."

"허어……."

믿어지지 않는지 주미는 몇 번이나 헛숨을 내뱉었다. 그럴 만도 했다. 나현 자신도 때때로 믿어지지 않을 때가 있으니까.

—내 얘기해도 돼요.

주미를 만나러 간다고 했더니, 노아가 말했다.

—주미, 누군지 알아요?

—응, 알아요. 그 친구한테는 내 얘기 다 해도 돼요. 선배도 고민상담 할 곳이 필요하잖아요.

노아의 섬세한 배려에 감동했다. 그가 나현의 답답한 마음까지 걱정해 주고 있을 줄은 몰랐다. 그의 상황만으로도 충분히 힘들 텐데.

"얘기가 좀 길어질 것 같아. 우리, 자리 옮기자."

둘은 술집으로 자리를 옮겼다. 시끄러운 술집이 이야기하기 편할 것 같았기 때문이다.

그간의 이야기를 하는 나현을 지켜보며, 주미는 오래전에 있었던 일을 떠올렸다. 그동안 수면 아래에 가라앉아 기억하지 못하고 있었던 일.

—아아, 그래? 그럼 어쩔 수 없지.

교실 앞 복도에서 머리를 쓸어 넘기며 중얼거리던 정노아. 그의 잘생긴 얼굴에 가득한 쓴 미소, 살짝 흔들리는 눈동자.

'그 애가 왜 그런 말을 했더라?'

가만히 기억을 더듬었다.

—나현 선배는 잘 지내?

—나현이 그만 건드려. 나현이는 너 싫대.

—아아, 그래? 그럼 어쩔 수 없지.

그런 대화가 오갔었다.

화장실에 가기 위해 교실에서 나갈 때였다. 그날, 나현은 병 때문에 학교에 나오지 못했다. 아니, 병 때문이 아니다. 그 전날 술에 취한 나현의 아버지가 심하게 폭행했기 때문에 나올 수 없었던 것이다.

교실 앞에서 기웃거리는 노아를 발견하는 순간 화가 치민 이유는, 그로 인해 벌어진 또 다른 폭력 때문이었다. 안 그래도 아버지의 폭력 때문에 힘들어 하는 나현에게 유일한 쉼터였던 학교. 그 학교에서 쏟아진 폭력.

이제 와서 생각해 보면, 그 짓을 한 건 최여울이었던 것 같다. 그래도 노아에게 미안하다는 생각은 들지 않았다. 그가 여자 관리를 제대로 하지 못해 생긴 문제였으니까.

나현의 이야기는 거의 끝나가고 있었다.

'노아가 자일 그룹 핏줄이었다니. 평범한 놈은 아닐 것 같았지만…….'

아픔 하나 없이 예쁨만 받으며 살아왔을 줄 알았던 노아는 의외로 끔찍한 삶을 살아왔다. 그런 그가 불쌍하기는 하지만, 사실 썩 좋아하는 편이 아니기에 아무래도 좋다는 심정이 더 컸다.

걱정이 되는 건 나현이었다.

어째서일까? 왜 이 친구의 앞에는 늘 이렇게 힘든 일만 생기는 걸까? 심지어 10년 만에 만나 서로의 마음을 확인한 첫사랑까지도, 왜 이렇게나 아픈 상황인 걸까?

평범한 집안에서 태어나, 평범하게 사랑을 받고, 평범한 인생을 살아온, 평범한 남자가 얼마든지 있는데 어째서 이 친구는 하필이면 그런 남자를.

"그래서 난 행복해." 라고, 나현이 이야기를 마무리 지었다.

주미는 그런 나현의 얼굴을 가만히 응시했다. 그녀의 눈동자는 반짝반짝 빛나고 있었다. 거짓이 아니었다. 나현은 진심이었다.

그래서 주미는 가슴이 아팠다.

어린 나현이 어떻게 살아왔는지, 주미는 알고 있었다. 그녀가 얼마나 이를 악물고 버텨 왔는지, 아주 잘 알고 있었다.

"정말 행복해?"

"응, 정말로. 애인이 된 노아는 내가 상상한 것보다 훨씬 더 다정해."

"다정해?"

"응. 그래서 와, 정말 이렇게 행복해도 되나, 이런 생각까지 들어. 가끔 꿈이라고 생각될 때도 있어."

그래, 나현이 행복하면 됐다.

친구가 사귀는 남자에 대해 일일이 지적할 필요는 없었다. 그저 친구가 연애상담을 할 때 진지하게 들어 주면 되는 것이다.

하지만 그래도.

"괜찮겠어? 앞으로."

나현은 그냥 친구가 아니었다.

내 안쓰럽고 사랑스러운 친구. 그래서 진짜로 나보다 더 행복해졌으면 하고 바라게 되는 친구.

"응, 괜찮아."

나현의 입가에 부드러운 미소가 떠올랐다.

"상대는 자일 그룹이야."

"응. 상대는 자일 그룹이지. 난 그 사람들로부터 노아를 빼내올 수는 없을 거야. 하지만…… 하나는 할 수 있어."

나현의 눈동자는 흔들리지 않았다.

저런 눈빛을 할 때의 나현을 알고 있다.

"노아가 머무는 곳이 지옥일 수밖에 없다면, 나는 그 지옥을 천국으로 만들어 줄 거야."

반드시 이루고 말 결심을 하는 임나현의 눈빛.

나현이 가정폭력을 당한다는 걸 처음 알게 된 날에도, 저 눈빛을 봤다. 걱정을 하는 주미에게, 나현은 지금과 같은 견고한 눈빛을 하고 말했다.

—난 그 집을 벗어날 거야. 이왕이면 멋진 방법으로.

실제로 그렇게 되었다.

나현은 손가락에 꼽는 대학에 전액장학금으로 합격했고, 멋지게 그 집에서 나와 두 번 다시 돌아보지 않았다.

그런 친구다. 그러니까 이번에도 해내겠지.

'정말 놀라워, 임나현. 네가 그 말 한 번 했다고 마음이 이렇게 안심되다니.'

주미는 피식 웃으며 나현의 잔에 술을 따랐다.

"그래, 네가 그렇다면 그런 거겠지. 술이나 마시자."

그렇게 말하며 술잔을 들 때, 나현의 휴대폰이 울렸다. 나현은 누군지 확인하지도 않고 전화를 받았다.

"여보세요?"

조금 놀려 주고 싶은 마음에, "뭐야, 애인이야?" 라고 물었다. 나현이 당혹감을 감추지 못하며 고개를 젓고 손가락을 입술에 댔다. 조용히 하라고 하는 나현의 표정이 심각해서 덩달아 걱정이 되었다.

전화를 끊은 나현이 한숨 섞인 목소리로 말했다.

"부장님이야. 내일, 만나기로 했어."

비가 내리고 있었다.

나현은 우산을 접고 커피숍 안으로 들어갔다. 저 멀리 앉아 있는 진후가 보였다. 그는 손에 턱을 괴고 창밖을 응시하고 있었다.

노아의 친척 형이라는 걸 알게 되어서일까? 나른하게 앉아 있는 그의 옆모습이 노아와 조금 닮은 것 같기도 했다. 지금까지는 그런 생각을 전혀 해 보지 못했는데.

노아가 중세유럽의 왕자 같은 느낌이라면, 그는 기사 같았다.

나현이 오는 걸 느낀 듯 그가 고개를 돌렸다. 눈이 마주치자 그가 얼른 팔을 내리고 자세를 바로 했다. 그는 약간 긴장한 듯 보였다.

아마 어제 주미가 "애인이야?"라고 말한 것을 들었으리라.

나현의 예상대로 진후는 그 부분에 대해 생각하는 중이었다.

친구의 장난쯤으로 넘기기에는, 약속을 잡던 나현의 목소리가 너무 심각했기 때문이다.

나현은 살짝 고개를 숙여 인사하고 진후의 맞은편에 앉았다.

"뭐 마실래?"

"커피 사 올게요."

"내가 살게."

"아뇨, 제가 살게요. 제가 마실 거니까."

그의 앞에 하나도 마시지 않은 커피가 있어서, 나현은 제 것만 사 왔다. 커피가 담긴 일회용 컵을, 나현은 두 손으로 꼭 잡았다. 무언가 잡을 것이 필요했다.

그의 시선이 나현의 손에 고정되어 있었다. 그는 먼저 입을 열 생각이 없는 듯했다.

"부장님. 드릴 말씀이 있어요."

그의 시선이 천천히 올라와 나현의 얼굴에서 멈췄다. 그가 쓴 웃음을 지었다.

"오빠, 라고 하기로 하지 않았던가?"

"그냥…… 부장님이 좋을 것 같아요."

그의 쓴웃음이 짙어졌다.

"그건…… 어제 친구가 했던 말이 농담이 아니었다는 말이겠군."

"……역시 들으셨군요."

"응, 들렸어. 아, 나도 이젠 존댓말을 써야 하나?"

"그건 부장님이 편하신 대로 하셔도 돼요."

"그래."

"남자 친구가 생겼어요."

"……전에 말했던 짝사랑한다는 친구?"

"네."

"축하를 해 줘야 하는데…… 하하……."

그가 공허한 웃음을 흘렸다. 나현은 작게 한숨을 내쉬었다. 단지 애인이 생겼다는 자랑을 하러 나온 게 아니었다. 그 애인이 '정노아'라는 걸 말하기 위해 나온 건데, 입이 떨어지지 않았다.

내려앉은 침묵이 무거웠다.

일요일 한낮의 커피숍은 붐비고 시끄러운데, 그 소음이 둘의 테이블까지는 침범하지 못했다.

"제 남자 친구."

나현은 마음을 다잡고 입을 열었다.

"부장님도 아는 사람이에요."

"내가? 아, 회사 사람인가?"

"네."

"아아, 그렇군. 누군지…… 물어봐도 되고?"

"……네."

"누구야?"

나현은 커피에 두고 있던 시선을 들어 그를 응시했다. 그리고 두 번 말할 일 없도록 분명한 목소리로 말했다.

"노아요."

"……응?"

"정노아요."

그의 눈동자가 일렁, 흔들렸다. 그의 미간에 여태껏 본 적 없는 깊은 주름이 새겨졌다. 그는 믿어지지 않는다는 듯 나현을 빤히 응시했다. 그래서 나현은 다시 한 번 말했다.

"부장님의 사촌동생 정노아요."

"……이런."

그제야 그가 한 손으로 입가를 가리며 시선을 옆으로 돌렸다.

"노아라고? 정노아?"

"네."

"네 짝사랑 상대가 노아였다고?"

"네."

"걔가 입사한 지 얼마나 됐다고?"

"같은 고등학교를 나왔어요."

"아…… 아아, 그렇군."

다시 침묵.

나현은 이 상황으로부터 도망치고 싶었다.

"내 사촌동생이라는 걸 안다는 건, 우리 집 상황을 안다는 말이겠지?"

문득 그가 입을 열었다.

"네. 걱정 안 하셔도 돼요. 딴 데 말하지는 않을 테니까요."

"아니, 그런 걸 걱정하는 게 아니라…… 노아의 상황도 제대로 알고 있는 거야?"

"……네."

"정말로? 그런데도 노아를 선택하겠다고?"

이건 좀 예상하지 못한 반응이다.

나현은 의아한 눈으로 그를 응시했다.

"노아는 널 행복하게 해 주지 못할 거야."

"……."

"모르겠어? 넌 고등학교 때의 환상이 붙잡혀 있는 거야. 고등학교 때 잠깐 사귈 상대로는 괜찮을지도 모르지. 하지만 이제는 아냐. 그 녀석은 누군가를 사랑하고 행복하게 해 줄 만한 녀석이 못 돼. 넌 상처를 입게 될 거야."

그가 던지는 말에 가슴이 서늘해졌다.

"부장님."

"응?"

"노아는 부장님에 대해 나쁜 소리를 하나도 안 했어요."

순간, 그의 눈동자가 또 한 번 일렁거렸다. 날카로운 무언가가 그의 눈동자에 길게 상처라도 남긴 듯.

"좋은 사람이라고, 좋은 형이라고, 그렇게 말했어요."

"……."

그는 나현에게 남자 친구가 있다는 말을 들었을 때보다 더 고통스러운 표정을 지었다.

"그래서 저도 나쁜 소리를 하고 싶지 않아요, 부장님."

"하지만 나현아."

"그 집에 대해 들었어요. 그 집 사람들이 노아에게 무슨 짓을 했는지도 들었고요. 노아가 어머니를 병문안하러 갈 때까지 감시를 붙인다면서요? 노아는 그 집이 지옥이래요."

"……."

"그래도요, 노아는 말했어요. 부장님은 좋은 사람이라고. 그러니까 부장님이 노아 욕 하는 거 듣기 싫어요. 제발 좋은 사람으로 남아 주세요."

"모르겠어."

그가 한숨을 내쉬었다.

"나는 널 사랑해. 행복하게 해 줄 수도 있고. 널 사랑하니까 네가 불행해지는 게 싫어서 그러는 거야. 노아가 나쁜 녀석이라는 게 아니라…… 상황이……."

"그 행복이라는 게 부유한 삶 같은 걸 말씀하시는 거라면, 그건 됐어요. 부장님, 전요. 지금껏 제 행복을 스스로 찾아왔어요. 왜 제가 애인이 절 행복하게 해 줄 걸 기대한다고 생각하세요?"

"……."

"노아는 그냥, 옆에 있기만 해도 행복해요. 제가 걔한테 기대하는 건 그저 그것뿐이에요. 제 옆에 있는 거. 나머지 행복은 제가 알아서 찾을 거고, 제가 알아서 손에 넣을 거예요. 전 제 행복을 남에게 맡긴 적 없어요."

“나현아…….”

“절 많이 생각해서 걱정해 주시는 거겠죠. 하지만 부장님, 걱정하지 않으셔도 돼요. 저는 애초에 부유한 삶 같은 걸 꿈꾼 적도 없어요.”

“……그럼 뭘 꿈꿨는데?”

“사랑하는 사람 손을 잡고 한강을 걷는 거요. 사랑하는 사람이랑 나란히 앉아 컵라면을 먹는 거요. 친구한테 그 사랑하는 사람과 함께한 일에 대해 이야기하고 웃는 거요.”

“그걸 나는 해 줄 수 없는 거야?”

“네. 전 부장님을 사랑하지 않으니까요.”

“…….”

“이 마음을, 노아가 다 가져갔으니까요.”

다시 침묵이 내려앉았다. 이번에는 도망치고 싶지 않았다.

나현은 조금 화가 난 상태였다. 노아를 나쁘게 말한 그의 마음을 이해하면서도, 그가 미웠다.

“나는 널 포기하지 못하겠다, 나현아.”

“…….”

“난 정말…… 오래 참았고 기다렸어. 노아를 나쁘게 말한 건 내가 잘못한 거겠지. 하지만…… 널 사랑하는 마음은 진심이야. 네가 노아를 짝사랑하듯, 나도 널 오랫동안 짝사랑해 왔어. 그렇게 쉽게 포기하진 못하겠다.”

‘더는 안 되겠다.’라고 나현은 생각했다.

사귀는 사람이 노아라는 것을 몰랐을 때, 진후는 순순히 물러날 분위기였다. 하지만 노아라는 걸 아는 순간 그는 돌변했다. 노아쯤은 문제가 되지 않는다, 그렇게 생각하는 것이리라.

그렇다면 나현도 더 이상 그에게 예의를 차릴 필요가 없었다. 회사에서 자르려면 자르라지.

나현은 신경질적으로 컵을 들어 커피를 한 번에 다 마셨다. 그리고 그에게 말했다.

"포기하셔야 할 거예요. 저는 미움 받기 싫어서 남의 눈치를 많이 보지만, 그래도 원하는 게 있을 땐 그거 하나 손에 넣기 위해 뭐든 해요. 딱 그거 하나만 보고 달리거든요."

"그게 정노아라는 거고?"

"네. 그러니까 포기하세요. 이 마음이 흔들리는 일, 절대 없을 거예요."

* * *

할 말을 끝내고 나가는 나현을, 진후는 붙잡을 수가 없었다. 만약 붙잡는다고 해도 그녀는 잡혀 주지 않았으리라.

정말이지, 놀라운 여자다. 저런 면이 있었다니.

가슴이 아픈 와중에도 감탄했다.

여리고 눈치를 많이 보는 면만 있는 줄 알았는데 아니었다. 그녀는 원하는 것이 있을 때는 확실하게 손에 넣기 위해 변하는 타입이었다. 그래서 더욱 포기하기 싫었다.

'제길.'

노아를 욕할 생각은 없었다. 하지만 무어라도 말해야만 했다. 실제로 그렇게 생각하기도 했다. 정노아가 사랑이라니. 노아는 누구도 사랑하지 못한다.

사랑을 받지 못하고 자란 사람은 타인에게 사랑을 주지도 못하게 되어 있다. 실제로 최여울이 죽었을 때, 노아는 눈물 한 방울 흘리지 않았다. 노아에게 있는 것은 그저 자기연민뿐이리라.

나현이 지금은 행복할지도 모르지만 언젠가는 그의 옆에서 외로움을 느끼게 되리라고 확신했다. 스스로 행복을 찾겠다고 했지만, 그래도 여자들은 결국 행복하게 해 주고 지켜 주는 듬직한 남자를 원하게 되어 있다.

'노아야, 미안하지만 넌…… 절대로 나현이를 행복하게 해 줄 수 없어. 그건 너도 알 거야. 조만간 절실히 깨닫게 되겠지.'

* * *

"지금 만나고 싶어요." 라는 말에, 노아는 왜냐고 묻지 않았다.

[지금 갈게요. 아틀리에에요?]

"응."

[조금만 기다려요.]

그를 기다리는 동안 나현은 공들여 머리를 감고 샤워를 했다. 깨끗이 씻었는데도 불쾌감은 사라지지 않았다.

진후를 이해하기 위해 노력했다. 진후의 반응은 충분히 나올 수 있는 반응이었다. 그러나 나현은 진후가 미웠다.

노아는 능력이 없지 않느냐, 내가 더 능력이 있다 따위의 말이었더라면 이렇게 화가 나진 않았을 것이다.

—그 녀석은 누군가를 사랑하고 행복하게 해 줄 만한 녀석이 못 돼. 넌 상처를 입게 될 거야.

그 말은 너무했다. 아무리 좋게 생각하려고 해도 화가 났다. 노아가 진후에 대해 나쁜 소리를 하나도 하지 않아서 더 그랬다.

—유일하게 날 생각해 주는 사람이에요.

노아는 진후에 대해 그렇게 믿고 있었다. 노아가 안쓰러워 가슴이 아팠다.

정말로 '조금만' 기다렸는데 인터폰이 울렸다. 인터폰을 들자 화면에 노아의 모습이 나타났다.

"열쇠로 열고 들어와도 되는데."

[선배 집이라고 생각한다고 했잖아요.]

이렇게나 좋은 사람인데.

나현은 인터폰으로 문을 열어 준 후, 서둘러 표정을 갈무리했다. 그에게 우울한 표정을 보이고 싶지 않았다.

"무슨 일 있었어요?"

현관문 안으로 들어오자마자 그가 물었다. 그는 걱정이 가득한 눈빛으로 나현을 내려다보고 있었다.

"그냥 갑자기 보고 싶어서요."

"정말요?"

"응."

나현은 두 팔을 뻗어 그의 목을 끌어안았다. 나현이 이렇게나 적극적으로 나오자, 그는 놀란 듯 엉거주춤한 자세를 취했다. 그러나 곧 두 팔로 나현의 잘록한 허리를 끌어안았다.

"좋은데요, 선배가 먼저 이렇게 달려드는 거."

"응."

"정말 무슨 일 있는 거 아니죠?"

"응, 아니에요."

한동안 그렇게 그를 안고 있다가 그의 손을 붙잡고 안으로 들어왔다.

"여기 앉아요."

나현이 거실 바닥을 가리키며 말하자 그가 순순히 책상다리를 하고 앉았다. 나현은 그의 다리에 앉아 품에 파고들었다. 그가 작게 웃었다.

"우와, 오늘따라 왜 이렇게 귀엽게 굴어요?"

"싫어요?"

"아니, 심장이 멎을 것 같아서요."

그의 걱정과는 다르게 심장은 멎지 않을 것 같았다. 그의 심장은 평소보다 조금 빠른 속도로 뛰고 있었고, 그의 품에 안긴 나현은 그 소리를 똑똑히 들을 수 있었다.

별거 아닌 행동인데도 그가 이렇게 반응한다는 사실이 기뻤다. 그의 심장이, 그의 사랑을 주장하고 있는 듯했다.

"정말로 금방 왔네요."

나현이 중얼거리듯 말하자, 나현의 머리를 쓰다듬으며 그가 대답했다.

"응, 사실 이 근처에 있었거든요."

"약속 있었어요?"

"아뇨."

"그럼?"

"선배가…… 음…… 진후 형 만나러 간다고 하니까…… 음…… 좀 걱정돼서……."

"걱정?"

"네. 진후 형은 멋진 남자니까 혹시라도…… 선배 마음이 흔들릴까 봐……."

"바보 같은 생각이에요."

"하지만 정말 불안했어요."

"흔들릴 일 없어요."

나현은 그에게서 조금 떨어져 그의 얼굴을 마주 봤다. 그리고 눈썹 끝을 늘어뜨린 그를 향해 똑똑히 말했다.

"이 마음이 흔들릴 일은 절대로 없어요."

"절대라는 말 함부로 하면 안 돼요. 세상에 절대라는 건 수학에만 존재한다고 하잖아요."

"그래요? 그럼 여기에도 존재한다는 걸 보게 될 거예요."

그의 눈이 가늘어졌다.

"말만이라도 기쁘네요."

"말만 하는 거 아니에요. 노아 씨는 흔들릴 예정인가 보죠?"

"우와, 이런 식으로 반격을 당할 줄이야."

노아가 장난스럽게 말하며 자기 심장을 부여잡았다. 그런 그가 사랑스러워서, 나현은 그의 턱에 가볍게 입을 맞췄다. 그리고 떨어지려는데, 노아가 나현의 머리 뒤를 감싸 끌어당겼다. 그의 뜨거운 입술이 나현의 입술을 덮쳐 왔다.

그는 낙인을 찍듯 길게 내리눌렀다가 나현의 아랫입술을 빨아들였다. 부드럽게 빨아들이는 느낌에 나현은 가늘게 숨을 몰아쉬며, 그의 팔뚝을 꽉 붙잡았다.

그의 혀가 나현의 입 안에 들어와 입천장을 훑었다. 그의 혀가 남기고 가는 타액이 달콤했다. 그는 나현의 등을 받치고 있던 손을 옷 안으로 밀어 넣었다. 뜨겁고 부드러운 손바닥이 척추 부근을 쓸어내렸다.

"선배가 너무 적극적이라서."

이윽고 입술을 떼어 낸 그가 나현의 귓가에 속삭였다.

"너무 흥분이 됐는데요."

그는 나현을 바닥에 눕히고 상의를 벗겼다. 순식간에 드러난 나현의 흰 살결을 내려다보며, 그가 혀로 아랫입술을 핥았다. 그는 오만한 느낌이 드는 자세로 나현을 내려다보며, 브라를 위로 올려 나현의 가슴이 그 아래로 빠져나오게 만들었다.

풍만한 가슴이 브라에 눌려 야하고 음란한 모양으로 짓눌린 것을, 그는 가만히 응시했다. 그의 시선에 노출된 가슴과 키스만으로 단단히 곤두선 유두가 부끄러웠다. 그의 시선을 견디다 못해 질끈 눈을 감는데, 그가 말했다.

"조금 거칠게 할지도 몰라요. 말리려면 지금 말려요."

나현은 천천히 눈꺼풀을 들어 올리고 그와 눈을 맞췄다. 그리고 대답했다.

"최고로 거칠게 해 줘요."

그의 목울대가 꿀꺽, 움직이는 것이 보였다. 그는 볼 안쪽의 살을 혀로 훑더니 씩 웃었다.

"후회하지 마요. 그만두라고 해도 안 멈춰요."

"……대체 뭘 할 생각이에요?"

조금 불안해져서 물었더니 그가 짓궂게 웃으며 나현의 상의를 집어 들었다.

"야한 짓."

그는 집어든 상의로 나현의 눈을 가렸다. 시야가 차단되자 순식간에 촉각이 예민해졌다. 그의 숨결이 가슴 끝을 스치는 것까지도 강렬하게 느껴질 만큼.

바스락바스락—

그가 옷을 벗는 소리가 들려왔다.

"뭐, 뭐하게요?"

"쉿."

그는 속삭이며 나현의 두 팔을 끌어와 손목을 묶기 시작했다. 옷이라서 피부에 닿는 느낌이 부드럽기는 하지만, 꽤나 단단히 묶어서 힘으로는 풀 수 없을 것 같았다.

또 부스럭거리는 소리가 들렸다. 이불을 펴고 있는 걸까? 어디에 펴는 거지?

앞이 보이지 않으니 불안했다.

노아를 우습게 봤다. '최고로 거칠게 해 줘요.' 따위의 말을 하는 게 아니었다.

"저기, 노아 씨. 아무래도……."

"안 멈출 거예요."

"그래도…… 뭘 하려는지라도 알려 줘요."

"싫어요."

그가 나현을 번쩍 안아 들었다.

"꺅!"

나현은 작게 비명을 내질렀다. 그는 나현을 이불 위에 눕히고, 결박한 손을 위로 들어 올리게 만들었다. 그리고 또 다른 무언가로 손목을 묶은 끈을 고정시켰다.

"다 됐다."

그가 만족스럽게 중얼거렸을 때, 나현은 팔을 움직일 수 없는 상태가 되어 있었다. 묶인 손목을 어딘가 견고한 곳에 다시 묶어 둔 것이다.

그가 나현의 바지를 벗기고 얇은 팬티까지도 벗겨 냈다. 그의 손가락이 은밀한 검은 수풀을 스치고 지나갔다. 나현은 긴장해서 두 다리를 오므렸다.

그의 손가락이 나현의 목덜미와 가슴, 배, 그리고 허벅지를 천천히 쓸어내렸다. 간지러우면서도 달착지근한 전율이 전신으로 퍼져 나갔다. 나현은 신음을 삼키며 몸을 비비 꼬았다.

"선배 몸은 정말 예뻐요."

그가 속삭였다.

나현은 그의 얼굴을 보고 싶었다. 그가 어떤 표정으로 이 몸을 살펴보고 있는지, 어떤 눈빛으로 그런 말을 하는지 알고 싶었다.

"노아 씨 얼굴이 보고 싶어요."

"안 돼요."

"왜요?"

"오늘은 선배를 좀 괴롭히고 싶으니까."

그가 나현의 배에 쪽 소리가 나게 입을 맞췄다. 반사적으로 두 손을 내리려고 했지만, 덜컥, 무언가 흔들리는 소리만 들렸을 뿐 손은 꼼짝도 하지 않았다.

그제야 두 팔이 자유롭지 못하다는 게 어떤 의미인지 자각했다. 그가 무슨 짓을 해도 이 손으로 막을 수 없는 것이다. 그를 끌어안을 수도, 밀어낼 수도 없다.

은밀한 긴장감에 나현의 보드라운 살결이 바르르 떨렸다.

그가 나현의 배를 쓰다듬었다. 몸의 감각이 몇 배나 예민해져서 그저 쓰다듬는 것뿐인데도 절정에 이를 것만 같았다. 그는 나현의 성감대를 전부 알고 있다는 듯, 느릿하게 나현의 육체를 농락하기 시작했다.

목덜미와 쇄골 부근에서 머물던 손가락이 가슴골과 둔덕에서 노닐다가 그 중앙에 솟아 있는 유두에 닿았다. 단단히 곤두선 양쪽 유두를, 그가 살짝 꼬집었다.

"아……!"

나현은 참지 못하고 비음을 내뱉었다.

그가 작게 웃는 소리가 들려왔다.

"귀여워요, 선배."

"노아 씨 얼굴을…… 흣……!"

그가 더 요구하지 못하게 하려는 듯, 조금 세게 유두를 꼬집었다. 양쪽 유두 끝에서부터 시작된 전율이 온몸으로 퍼졌다. 나현은 저도 모르게 허리를 들어 올렸다.

그는 유두를 꼬집기도 하고, 손톱으로 살짝 긁기도 하며 나현이 정신을 차릴 수 없게 만들었다. 나현은 주체하지 못할 만큼

몸이 젖어 드는 것을 느끼며 다리를 움츠렸다. 발가락 끝에 자꾸만 힘이 들어갔다.

두 팔을 내려 무어라도 잡고 싶은데, 그럴 수가 없어서 애꿎은 허공만 쥐었다가 풀어 주기를 반복했다.

이윽고 공기 중에 노출되어 있던 나현의 한쪽 유두가 뜨겁고 축축한 공간 안으로 들어갔다. 그가 가슴에 입을 댄 것이다. 그가 혀끝을 세워 유륜을 따라 빙글빙글 자극했다. 그러다가 쪽 소리가 날 만큼 세게 젖꼭지를 빨아들이며, 다른 쪽 유두를 비틀듯 꼬집었다.

"아핫!"

나현은 또다시 허리를 들어 올리며 크게 숨을 토해 냈다. 그는 멈추지 않고 계속해서 나현의 가슴 부근을 애무했다. 어린아이처럼 나현의 젖꼭지를 빨며, 다른 쪽은 검지와 엄지로 잡고 빙글빙글 돌렸다.

나현은 탄음을 뱉으며 허리를 틀었다. 두 손이 자유로웠더라면 그의 머리카락을 움켜쥐었을 것이다.

그의 손이 어느새 나현의 다리 사이로 들어왔다. 나현은 허벅지를 움츠렸지만, 집요하게 파고드는 그의 손가락을 막기에는 역부족이었다.

"엄청 젖었어요, 선배."

"노아 씨가……."

"쉿. 들어 봐요."

그가 흠뻑 젖은 입구 부근에서 손가락을 움직였다. 질척거리는 야한 소리가 나현의 청각을 자극했다. 나현은 어디론가 숨고 싶었다. 이런 모습을 그의 앞에 고스란히 드러내야 하는 것이, 그러면서도 자신은 아무것도 볼 수 없다는 것이 수치스러웠다.

수치스러움이 오히려 성적 흥분을 일으킬 줄은 몰랐다.

"이렇게 당하면서 느끼다니. 선배가 나한테 변태라고 할 때가 아닌데요."

"읏……."

"괜찮아요. 그래도 귀여우니까."

그가 나현의 아랫입술을 빨아들이듯 입을 맞췄다. 동시에 그의 손가락이 안으로 깊이 들어왔다.

"지금은 한 개만 들어갔어요."

그의 손가락이 안에서 살짝 움직이는 게 또렷하게 느껴졌다.

"이제부터 한 개 더 넣을 거예요."

그는 낮게 가라앉은 음성으로, 자신이 할 행위에 대해 설명을 해 주었다. 촉각뿐 아니라 청각까지도, 그에게 지배당한 기분이었다.

"이제 두 개 들어갔어요. 선배 안이 좁아서 두 개로도 꽉 끼어요."

그의 음성은 낮은 바리톤이라 듣기 좋았다. 그런 목소리로 야한 행동을 설명하니, 무척이나 섹시하게 들렸다.

"움직일게요. 천천히. 아프면 말해요."

그의 손가락이 밖으로 빠져나갔다. 하지만 다 빠져나가기 전에 다시 안으로 깊이 들어왔다. 나현은 아랫배에 힘을 주며 다리를 움츠렸다. 오므라든 허벅지 한쪽을 잡아, 그가 옆으로 넓게 벌려 고정시켰다.

“자꾸 오므리면 다음에는 다리도 벌려서 묶을 거예요.”

“아, 안 돼요.”

“그런 귀여운 목소리로 안 된다고 하는 건 안 통해요.”

“내가 언제…… 읏! 으흣!”

그의 손가락 끝이 여린 속살을 자극했다. 아프지 않을 만큼, 그러나 전율이 일 만큼 눌렀다가 떨어지는 손가락. 그것이 반복되자 전기가 통하는 것 같은 저릿함과 묘한 간지러움이 퍼져 나갔다.

“선배, 점점 더 젖고 있는 거 알아요? 진짜 야하네요.”

당신이 더 야해, 라는 말은 나오지 않았다. 나현은 숨을 헐떡이면서도 신음을 참아 내느라 정신이 없었다.

“난 이제부터 손가락으로 선배를 가게 할 거예요.”

거기까지 말한 그가 나현의 유두를 길게 빨아들였다.

“그거 알아요? 선배는 가슴을 애무하면 안쪽이 더 좁아져요. 귀여워.”

“아핫…… 읏…….”

“잘 들어요. 난 이제부터 손가락으로 선배를 가게 할 거고요. 그다음에 내 걸로 한 번 더 할 거예요. 싫으면 지금 말해요.”

"……으흣……."

"신음으로 대답을 대신하지 말아요. 이번엔 제대로 대답해요. 잠깐 멈출 테니까."

안쪽을 자극하던 그의 손가락이 움직임을 멈췄다. 가득 찬 이물감을 느낀 채, 나현은 입술을 열었다.

그가 어떤 표정을 짓고 있는지 궁금했다.

"말해요, 선배. 어떻게 할까요?"

"노아 씨가 미워요."

"응, 알아요."

그가 엄지로 나현의 입술을 쓸었다.

"자, 대답해요."

"해, 해 줘요."

"뭘요?"

"둘 다."

"제대로 말해요. 뭘 원하는지."

"……손가락이랑……."

"응."

"노아 씨 거. 두 개 다 해 줘요."

"응."

그의 음성에 웃음이 묻어 있었다.

"둘 다 해 줄게요."

그의 손가락이 다시 움직였다. 그가 예고한 대로, 나현은 그의 손가락으로 첫 번째 절정을 느꼈다. 절정의 여운이 가시기도 전, 그가 나현의 오른쪽 허벅지를 들어 올렸다. 그리고 예고도 없이 그의 물건을 깊이 밀어 넣었다.

"아앗!"

나현은 허리와 목을 뒤로 휘며 비명 같은 신음을 뱉었다.

"이제부터."

그의 페니스가 다시 빠져나갔지만 완전히 빠지기 전에 멈췄다.

"내 걸로 할 거예요."

다시 깊이 들어오는 페니스.

"지금부터는."

다시 빠져나가는.

"그만하라고 해도 소용없어요."

다시 깊숙이.

그의 물건은 단단하고 두꺼웠다. 가득 채운 이물감은 손가락과 다르게 놀랍도록 달큰한 전율을 몰고 왔다. 그의 것이 빠르게 빠져나갔다가 깊이 들어올 때마다, 나현은 신음을 흘렸다.

그에게 흐트러진 모습을 보이기 싫다든가, 소리가 너무 크다든가 하는 생각은 사라졌다. 그런 걱정들을 할 겨를도 없이, 너무나 강한 쾌감이 나현의 몸을 지배했다. 한 번 절정을 느낀 몸은, 두 번째 자극을 무섭도록 흡수하고 거대하게 만들어 전신으로 내뿜었다.

나현의 머릿속은 새하얗게 비어, 그저 다리 사이에서 일어나는 감각에만 집중하고 있었다.

팔에 힘을 줘도, 허리를 틀어도 그 강렬함에서 벗어날 수는 없었다. 그는 나현의 허벅지를 단단히 잡아 옆으로 벌리고 있었다. 그 때문에 그의 물건이 방해받지 않고 더 깊이, 깊이 들어왔다.

살과 살이 부딪치는 소리, 애액이 내는 질척이는 소리. 그의 향기. 오감이 그에게 지배당했다.

"와, 선배. 허리를 엄청 돌리네요. 섹시해요."

그의 음성에 퍼뜩 정신을 차렸다. 그러나 움직임을 멈출 수는 없었다. 몸은 이미 나현의 이성을 벗어나 본능적으로 움직이고 있었다.

안을 가득 채운 페니스의 크기를 버겁다 느끼면서도, 그것이 만들어 내는 쾌감을 좀 더 강하게 느끼고 싶어 하는 육체가 있었다. 나현은 자신에게 그런 음란함이 숨어 있었다는 게 놀랍고 부끄러웠지만, 그것을 드러내는 게 그다지 나쁜 일은 아닌 것 같다는 생각이 들었다.

"선배, 엄청…… 조여요…… 하아."

그가 한 톤 더 낮아진 음성으로 말했다. 그 역시 나현의 몸에 반응한다는 게 기뻤다. 그의 표정을 보고 싶다. 그가 어떤 표정으로 절정을 느끼는지, 그 후에 또 어떤 표정을 짓는지.

나현의 간절한 바람을 읽어 낸 것일까.

그가 나현의 눈을 가리고 있던 상의를 벗겨 냈다. 그제야 그의 얼굴이 눈에 들어왔다.

땀에 젖은 이마에 그의 고수머리가 달라붙어 있었다. 욕망과 애틋함으로 빛나는 촉촉한 눈과 살짝 벌어진 붉은 입술이 말도 못 하게 아름다웠다.

"아, 선배……."

그의 콧등에 잔주름이 생겼다. 그의 물건이 안에서 더 커지고 단단해졌다. 나현은 헐떡거리며 고개를 뒤로 젖혔다. 아랫배 부근에서 시작된 수백 마리 나비의 날갯짓이 달콤한 전율을 불러일으켰고, 그것이 전신으로 퍼져 폭죽이 터지는 듯한 쾌감을 일으켰다.

그와 비슷하게 그의 페니스가 가장 깊이 찌르고 들어왔다가 빠져나갔다. 허벅지에 뜨거운 액체가 뿌려지는 느낌이 들었다.

그가 거칠게 숨을 몰아쉬며 나현의 상체를 누르듯 엎드렸다. 그의 몸에서 나는 향기가 좋았다. 땀에 젖은 몸도, 나현에게 열중하고 있었다는 것을 증명하는 것만 같아 기뻤다.

"아, 선배 몸은 정말…… 최고예요."

"이제 손 풀어 줘요……."

"싫어요."

"왜요?"

"한 번 더 할 거니까."

"말도 안 돼!"

그가 고개를 들더니 나현을 내려다보며 싱긋 웃었다. 장난기

가득한 그의 눈동자가 사랑스러웠다.

"왜 말도 안 돼요. 나 아직 안 죽었어요."

나현은 조심스레 시선을 내려 그의 물건을 확인했다. 그의 말대로 그의 것은 여전히 꼿꼿하게 일어서 있었다.

"왜요? 왜 안 죽었어요?"

"선배 몸이 최고라서요."

"안 돼요. 난 벌써 두 번이나 느꼈단 말이에요."

"말했잖아요. 지금부터는 그만하라고 해도 소용없다고."

"또 하면 나 진짜로 기절할지도 몰라요. 안 돼요, 절대 안 돼."

그가 웃었다.

"뭐야, 나 놀린 거예요?"

"아니, 놀린 건 아닌데요."

그가 미소를 머금은 채 나현의 이마에 입을 맞췄다.

"귀여워서 봐줄게요."

그리고 나현의 손목을 묶어 놨던 옷을 풀어 주었다. 나현은 그제야 고개를 들어, 무엇에 묶여 있었는지 확인했다. 라디에이터였다.

"내가 더 힘을 썼으면 이거 부서졌을 거예요."

"그럴 리가요."

"정말요."

"대리석 식탁이랑 침대를 사야겠어요. 선배가 아무리 힘을 써도 안 부서질 걸로."

"이렇게 묶어 두고 하는 게 좋아요?"

"선배가 난처해하는 걸 보고 싶어서 묶어 보긴 했는데, 나보다는……."

그가 나현을 지그시 응시했다.

"선배가 더 좋아하는 것 같던데요."

"아, 아니에요."

"아니긴. 엄청 젖었던데, 뭘."

"아니라니까요."

"뭐야, 삐쳤어요?"

"안 삐쳤어요. 이런 걸로 안 삐쳐요."

"표정은 삐친 것 같은데? 아까부터 아랫입술 잘근잘근 깨물고 있고."

"아니거든요."

그가 웃음을 터뜨리더니, 나현을 끌어안고 누웠다.

"선배, 진짜 귀여워요."

"귀엽다는 말은 예쁘다는 말을 하기 난감한 외모일 때 쓰는 거래요."

"다른 사람들은 그럴지도 모르겠지만 난 아니에요. 내 눈에 예뻐 보이는 것도, 귀여워 보이는 것도, 선배 한 명뿐이에요."

이렇게나 달콤한 말이 또 있을까? 그리고 이렇게나 아늑한 품이 또 있을까?

그의 팔은 단단하지만 그의 품에 얼굴을 묻고 안겨 있는 것은 편안했다. 그의 가슴은 넓고 따뜻해서, 얼굴을 대고 있으면 잠이 왔다.

아니, 어쩌면 머리를 쓰다듬어 주는 그의 손길 때문인지도 모르겠다. 그는 이보다 더 소중한 것은 없다는 듯 나현의 머리를 어루만지고 있었다.

"내가 선배를 얼마나 사랑하는지 알면…… 정말 깜짝 놀랄 거예요."

그에게 대답해 주고 싶었다.

노아 씨도 놀랄 걸요. 내가 노아 씨를 얼마나 사랑하는지 알면.

그러나 덮쳐 온 수마를, 나현은 이기지 못했다. 눈꺼풀이 무겁게 내려앉았고, 나현은 까무룩 잠이 들었다.

품 안에서 잠든 나현이 사랑스러워, 노아는 이곳을 떠나고 싶지 않았다. 그녀의 고른 숨소리조차도 사랑스럽게 느껴지는 걸 보니, 아무래도 제대로 빠진 것 같다.

짝사랑을 하는 동안 생각했다. 이보다 더 사랑할 수는 없을 거라고.

아니었다.

그녀의 마음까지 알게 되니, 더 많이 사랑하게 되었다. 사랑에 크기는 없다는 말도 있지만, 지금 상황으로 봤을 때는 있는 것 같다. 사랑이 부풀어서, 담을 공간이 없어 가슴이 펑 터지지 않을지 걱정될 정도였다.

"선배, 그거 알아요? 나는 원래 사람을 그리는 걸 싫어했어요. 사람이 싫었거든요."

사람들이 저마다 품고 있는 역겨운 비밀과 어둠. 타인을 향한 악의와 이기심. 그런 것들을 어릴 적부터 겪어 왔다. 그랬더니 인간을 그릴 수 없게 되었다.

"선배를 보는 순간, 그리고 싶어졌어요. 선배랑 눈이 마주치는 순간, 와아, 이 여자, 정말 그려 보고 싶다. 그런 생각을 했어요. 나는 지금도…… 선배를 그리고 싶어요. 선배만 그리고 싶어요."

그녀의 볼록한 이마와 예쁘게 이어지는 콧날, 도톰한 입술을 꼼꼼히 살펴봤다. 갸름한 얼굴형과 새하얀 피부, 길고 가느다란 목과 풍만한 가슴. 그 무엇 하나 미운 곳이 없었다.

"정말 그리고 싶은데. 매일 이렇게 옆에서 선배를 지켜보고 함께 잠들고 같이 아침을 맞이하고…… 하고 싶은 게 참 많은데. 미안해요. 내가 아직 가진 게 없어요."

나현의 이마로 흘러내린 머리카락을 뒤로 넘겨 주었다.

"지금은 해 줄 수 있는 게 없지만, 노력할게요. 너무 늦지 않도록."

나현은 꿈결에 노아의 음성을 들었다. 낮고 부드러워서 녹을 듯 달콤한 음성이었다.

말해 주고 싶었다.

해 줄 수 있는 거 많이 있다고. 지금 이렇게 옆에 있는 것만으로도, 아주 많은 걸 해 주는 거라고. 당신이 해 주는 예쁘다는 말, 귀엽다는 말, 최고라는 말. 그것이 얼마나 이 가슴을 충족시켜 주는지 모른다고. 당신의 그 말들이 얼마나 용기를 주는지 모른다고.

하지만 잠에 취해 아무 말도 하지 못했다.

그가 조심스레 일어나 옷을 입고 나가는 소리가 들려왔다. 그와 오랜 시간 함께였는데도, 내일 또 보는데도, 허전한 기분이 밀려 왔다.

하지만 나현은, 우는소리를 하지 않기로 결심했다. 더 이상 그를 동정하지도 않기로 했다.

그의 상황을 안쓰러워하고 불쌍해한다고 달라지는 것은 없었다. 그러니까 그냥 있는 힘껏 사랑하고, 의심 없이 사랑을 받아들이자. 그가 불안해하지 않도록. 지금 느끼는 이 행복을, 그 역시 알 수 있도록.

*　*　*

웬일로 거실의 불이 꺼져 있었다. 하지만 노아는 긴장을 늦추지 않고 현관문을 열었다. 신발을 벗고 들어가 안을 둘러보는 자신의 모습이 흡사 도둑 같아서 쓴웃음이 나왔다.

제집이 아니라고 생각해 왔으니 드나드는 것이 어색했고, 그 기분이 몇 년째 사라지질 않았다. 내 집에 왔으니 쉬자, 라는 생각은 해 본 적 없다. 유일한 쉼터는, 나현이 있는 그곳, 나현을 만나는 그 순간이었다.

거실엔 정말로 아무도 없었다. 조용히 방으로 들어가 문을 닫았다. 옷을 벗으려는데 노크 소리가 들려왔다.

그러면 그렇지, 라고 생각하며 문을 열었다.

진후였다.

나현과 함께 있는 동안 그에 대한 생각을 잠시 잊고 있었다. 그러고 보니, 나현이 진후를 만난 게 오늘 낮의 일이다. 아마 나현에게 둘 사이의 관계에 대해 들었으리라.

"얘기 좀 하자, 노아야."

"늦은 시간이야."

"그래. 그래도 얘기 좀 해야겠다."

들어오라는 말도 하지 않았는데 그가 방 안으로 들어왔다. 노아는 불쾌감을 감추지 않고 그를 노려봤다. 하지만 그는 노아의 시선을 느끼지 못하는 것 같았다.

'그렇게 많이 좋아했나? 하긴. 나한테 말할 정도였으니 쉬운 마음은 아니었겠지.'

노아는 침대 끝에 가서 걸터앉았다.

"할 말이 뭔데?"

"나현이한테 얘기 들었다."

그는 곧바로 본론으로 들어갔다. 조금 성급한 모습을 보니, 같은 남자로서 안타깝다는 생각이 들었다. 연진후를 안타깝게 여기는 날이 올 줄이야.

"무슨 얘기?"

"너랑 나현이가 사귄다는 이야기."

"아아, 그거."

"아아, 그거?"

노아의 반응이 마음에 들지 않은 듯 그가 인상을 구겼다. 그토록 여유 없는 그의 모습은 처음이었다.

"네겐 그렇게 가벼운 모양이지?"

"가볍다니. 그런 게 아냐."

"그럼 그 반응은 뭐야?"

"내 반응이 왜? 대체 내가 어떻게 반응해야 하는데?"

"……."

"이 시간에 갑자기 들어와서 얘기 좀 하자더니, 내 애인에 대해 이야기하고 있잖아. 내가 어떤 반응을 보여 주길 기대했는데?"

"……넌 나현이랑 안 어울려."

노아는 피식 웃었다.

"형은 어울리고?"

"그렇다고 생각하는데?"

"글쎄. 형은 좀 더 집안이 빵빵한 여자가 어울리지 않겠어? 안팎으로 내조를 잘해 줄 여자."

"아니, 난 나현이면 돼. 나현이를 행복하게 해 줄 능력도 있고."

이번에는 노아가 할 말이 없어졌다.

"넌 나현을 행복하게 해 주지 못할 거다, 연노아."

"정노아야."

노아는 일어나 그를 마주 봤다.

"난 정노아야, 형. 그리고 내가 나현 선배를 행복하게 해 주고 말고는 형이 상관할 문제가 아냐. 나현 선배랑 사귀는 건 나고, 나현 선배가 사랑하는 사람도 나야. 형은 그저 회사 상사일 뿐이야. 나와 나현 선배의 일에 끼어들려고 하지 마."

"너는 지독하게 이기적이야, 연노아."

"정노아라고."

"이런 상황에서도 성씨나 따지고 앉아 있지. 넌 네 자신밖에 모르는 놈이거든."

진후가 악의를 드러내는 건 처음이었다. 이 집에서 유일하게 노아를 감싸 주는 사람이라고 생각했다. 순수하고 강직한 줄로만 알았는데, 이런 일면을 감추고 있었을 줄은 몰랐다.

하지만 진후의 감춰진 일면을 보게 된 당혹감은 그리 크지 않았다. 그의 음성에 겹쳐진 한 여자의 목소리 때문이었다.

—넌 네 자신밖에 몰라, 정노아. 사람 사랑할 줄을 모르지. 너는 그 선배를 사랑하는 게 아냐. 네 그림을 좋아하는, 네 팬에게 애정을 갖고 있는 것뿐이야. 네게 중요한 건, 그저 네 자신이야.

나현이 떠난 후, 괴로워하는 노아에게 여울은 그런 말을 했었다.

"네가 할 줄 아는 건 자신의 입장을 안쓰러워하고 불쌍히 여기는 것뿐이야. 너는 네 자신에게 심취해 있어. 타인을 본인의 불행에 끌어들이는 걸 서슴지 않지. 타인의 입장, 타인의 미래 따위는 네 안중에 없으니까."

노아가 흔들리는 걸 느낀 듯, 진후가 쏟아부었다.

"너는 네 이기심으로 나현이를 상처 입힐 거야."

—넌 그 선배에게 고백하지 않길 잘했어. 지금보다 더 가까워졌으면 넌 분명 그 선배에게 상처를 줬을 거야. 네 이기심으로.

다른 환경에서 자란 두 사람이 같은 말을 하고 있다. 그러고 보니 이 집안사람들도 늘 노아에게 이와 비슷한 말을 한다.

이기적인 놈, 저밖에 모르는 놈.

집안사람들의 말은 흘려들었다. 그저 노아에게 상처를 입히기 위한 의미 없는 말일 거라고 생각했다.

그러나 여울과 진후의 말은 흘려들을 수가 없었다. 어찌 되었든 두 사람은 노아와 그나마 가까운 관계였다.

"너의 나르시시즘에 나현이를 끌어들이지 마."

"나는……."

"네가 정말로 나현이를 생각했다면, 그녀를 위해 아무것도 해 줄 수 없는 상황에서 연애만 하고 있진 않겠지. 진심으로 나현이와의 미래를 생각해 본 적이나 있나? 너와 미래를 공유했을 때, 그녀가 겪을 일들, 감정들에 대해 생각이나 해 본 적 있어?"

"그러는 형은!"

"나?"

"그래. 형도 마찬가지잖아. 선배가 이 집안에 들어왔을 때 겪을 고초에 대해 생각해 봤어? 이 집안사람들이 뒷배 없는 선배를 얼마나 무시할지, 괴롭힐지, 생각해 봤냐고."

"그래, 해 봤지. 그리고 어떻게 보호해야 할지도 생각했고. 연노아, 나는 나현이를 위해 뭐든 해 줄 수 있고 그럴 능력도 있다. 그런데 네겐 뭐가 있지?"

"그건……."

말문이 막혔다.

그러나 이대로 물러설 수는 없었다. 진후는 행동력이 있는 남자였다. 노아가 물러서는 순간, 맹수처럼 빠르게 나현을 낚아챌 것이다.

그녀를 잃을 수는 없었다. 그게 설령 이기적인 마음 때문이더라도.

'믿어야 돼.'

나현의 말을 믿어야만 했다.

노아가 있어서 행복하다는 그 말을 의심 없이 믿어야만, 그녀를 얻을 수 있었다.

하지만 정말일까?

사랑의 시작 단계인 지금이야 노아만 있어도 충분하다 생각하겠지만, 시간이 흐르면 어떨까. 그 마음이 변하지 않을까? 더 많은 것을 필요로 하게 되지 않을까?

죽을 만큼 사랑해서 결혼한 커플들도 이혼을 하는 법이다. 그런데 연애를 하는 와중에 이렇게 잘난 남자가 접근을 해 오면, 흔들리지 않을 여자가 어디 있을까?

노아는 눈을 감았다.

그러자 나현의 눈동자가 떠올랐다.

노아를 똑바로 응시하는 흔들림 없는 눈동자. 그 맑고 깊은 눈동자.

노아는 다시 눈을 뜨고 진후를 응시했다. 그녀가 노아를 볼 때처럼 지그시, 흔들림 없이.

"나가, 형."

"그게 네 대답이냐?"

진후가 조소를 머금었다. 노아는 씩 웃으며 방문을 가리켰다.

"응, 내 대답이야. 나현이는 내 거야. 나는 나현이 거고. 능력이든, 돈이든, 권력이든, 내가 알아서 할 거야. 나 혼자 못 하면 선배랑 상의할 거야. 우리 사이에, 형이 낄 틈은 없어."

진후의 얼굴에서 조소가 사라졌다.

*　　*　　*

질투심에 하지 말아야 할 말을 했다.

진후는 자신을 경멸했다.

노아에게 그렇게까지 말하려는 건 아니었다. 아니, 쓴소리를 할 생각도 없었다. 그러나 그의 아름다운 얼굴을 보는 순간, 나현을 가진 그의 당당한 눈빛을 보는 순간, 자신도 생각지 못한 말이 튀어나왔다.

그리고 그 말은, 노아를 상처 입히지 못했다. 임나현이라는 여자가 만들어 낸 단단한 방패가 그를 지키고 있었던 것이다.

나현을 얻기 전의 노아였다면 상처 입었으리라. 그리고 고통스러운 표정을 얼굴 전체에 여실히 드러냈으리라.

하지만 이제는 아니다. 노아에게는 임나현이라는 방패가 생겼다. 그 어떤 칼도, 송곳도 뚫을 수 없는 단단한 방패.

그런 여자였다, 진후가 놓친 여자는.

'안 돼. 놓칠 수 없어.'

질투에 물들어 흉측해진 자신을 환멸하면서도, 그녀를 향한 마음을 내려놓을 수가 없었다.

조용한 듯하면서도 한 남자의 방패가 되어 줄 수 있는 그녀를, 진후는 반드시 손에 넣고 싶었다. 이 얼굴이 질투로 덮여 흉악하게 변하는 한이 있더라도.

*　*　*

가끔씩 화들짝 놀라는 것처럼 잠에서 깨어날 때가 있다. 나현에게는 오늘이 그러했다.

번쩍, 눈을 뜨고 멍하니 천장을 응시했다.

벌써 며칠째 지내 온 아틀리에인데 낯선 곳처럼 느껴졌다. 멍하니 천장을 응시하다가 이곳이 그의 아틀리에라는 것을 떠올렸다. 불과 몇 시간 전까지만 해도 그의 품에 안겨 있었는데, 굉장히 오래전의 일처럼 느껴진다.

잠결에 여러 가지 이야기를 듣고, 또 여러 가지 생각을 했던 것 같은데 기억이 희미했다. 그때에 느낀 감정만 어렴풋이 기억날 뿐이다.

나현은 무거운 몸을 일으켰다. 어젯밤 행위의 여파가 고스란히 남아 있었다. 온몸이 쑤셨다.

'어젠 정말…… 다른 사람이 된 것 같았어.'

남자의 물건을 받아들이고 그렇게 허리를 흔드는 일이 생길 줄은 꿈에도 몰랐다. 굉장히 부끄러운 행동이라고만 생각했었는데, 그의 품에 안긴 순간에는 다른 생각을 할 여유가 없었다. 그저 짐승적인 욕망만이 가득했을 뿐이다.

어제의 행위를 떠올리자 몸이 달큰하게 달아올랐다. 나현은 머리를 휘휘 저어 야한 생각을 떨쳐 내고 욕실로 들어갔다. 평소보다 차가운 물로 샤워를 하고 나와 거울로 몸을 살펴봤다.

노아가 또 다른 곳에 키스마크를 만들어 놨을까 봐 걱정이 됐기 때문이다. 다행히 새로 생긴 자국은 없었다. 하지만 전에 생긴 키스마크가 아직 완전히 사라지지 않았다.

오늘도 그 티셔츠를 입을 수밖에 없겠다.

집에서 나온 후에야, 나현은 진후를 떠올렸다. 진후에게 노아와의 관계를 밝혔다. 그날 진후의 행동으로 봐선, 앞으로 나현과 노아를 진지하게 지켜볼 것만 같았다. 앞으로 회사에서의 행동을 더욱더 조심해야지.

'부장님이 노아에게 나쁜 소리를 하지는 않았겠지? 만약 그랬으면 정말 미워하게 될 것 같은데.'

그런 생각을 하며 버스정류장에 도착했다. 꽤 많은 사람들이 피곤한 표정으로 버스를 기다리고 있었다. 나현도 그들 사이에 섞여 버스를 기다리고 있을 때였다.

"나현아."

정말로 생각지도 못한 남자의 음성이 뒤쪽에서 들려왔다.

최근 며칠, 그 남자에 대해 새까맣게 잊고 있었다. 그래서 나현은 잘못 들은 줄 알았다.

"나현아, 임나현."

하지만 그 목소리가 한 번 더 들려왔고, 나현은 뻣뻣하게 굳었다.

호진이 그의 이름을 거론했을 때만 해도, 나현은 이 상황에 대한 시뮬레이션을 여러 번 했다. 이렇게 반응해야지, 저렇게 행동해야지. 하지만 정말로 그 상황이 되자, 그동안 생각한 계획은 깨끗이 사라지고 긴장을 고스란히 겉으로 드러내고 말았다. 그 역시 나현의 긴장을 눈치챘으리라.

나현은 돌아보지 않았지만, 그가 다가와 나현의 어깨에 손을 얹었다. 파충류가 피부에 닿은 듯 끔찍한 느낌에 몸을 부르르 떨며 뒤를 돌아봤다.

그 남자가 있었다.

두 번 다시 만나고 싶지 않았던 남자.

양민우.

〈다음 권에 계속〉